로쟈의
러시아 문학 강의
20세기

# 로쟈의 러시아 문학 강의 20세기

초판 1쇄 발행 2017년 4월 25일
초판 3쇄 발행 2022년 3월 10일

지은이 | 이현우
펴낸이 | 조미현

편집주간 | 김현림
책임편집 | 김호주
디자인 | 나윤영
일러스트 | 조성민

펴낸곳 | (주)현암사
등록 | 1951년 12월 24일 · 제10-126호
주소 | 04029 서울시 마포구 동교로12안길 35
전화 | 365-5051 · 팩스 | 313-2729

전자우편 | editor@hyeonamsa.com
홈페이지 | www.hyeonamsa.com

ISBN 978-89-323-1847-9  03800

이 도서의 국립중앙도서관 출판시도서목록(CIP)은
서지정보유통지원시스템 홈페이지(http://seoji.nl.go.kr)와
국가자료공동목록시스템(http://www.nl.go.kr/kolisnet)에서 이용하실 수 있습니다.
(CIP제어번호 CIP2017009420)

*지은이와 협의하여 인지를 생략합니다.
*책값은 뒤표지에 있습니다. 잘못된 책은 바꾸어 드립니다.

# 로쟈의
# 러시아 문학 강의

## 20세기

### 고리키에서 나보코프까지

문학, 혁명을 만나다

이현우 지음

ᄒ현암사

일러두기
- 외국 인명 및 지명 표기는 외래어 표기 규정에 따르되, 러시아어는 대부분의 매체에서 통용되는 관용적인 표현을 살린 경우가 많다.
- 마지막 쪽에 본문에서 인용한 책의 서지사항을 밝혀두었다. 인용한 부분과 본문의 인명 표기가 다를 경우, 본문에 맞춰 통일했다.
- 단행본, 장편, 작품집 등은 『 』, 단편, 논문, 시 등은 「 」, 미술 작품, 영화 등은 〈 〉, 신문, 잡지 등은 《 》로 표기했다.

혁명은 도처에, 모든 것에 존재한다.
그것은 무한하다.
마지막 숫자가 없듯이 마지막 혁명도 없다.

— 예브게니 자먀틴

"루슬란과 류드밀라의 친구들이여!" 『예브게니 오네긴』에서 푸슈킨이 독자들에게 건네는 인사입니다. 푸슈킨의 이름을 먼저 알린 작품이 『루슬란과 류드밀라』라는 서사시였습니다. 『로쟈의 러시아 문학 강의 20세기』를 펴내면서 저도 "러시아 문학 강의의 독자들이여!"라고 부르고 싶습니다. 특히 이 책을 기다려준 독자들에게는 특별한 감사의 마음까지 담아서 호명하고 싶습니다. 2014년 초에 19세기 강의를 펴내면서 그 속편으로 20세기 강의도 예고했지만 많은 격려와 독촉에도 불구하고 이제야 독자들과 다시 만나게 되었습니다.

오랜만이라는 느낌이 들지 않을 수 없는데, 따져보면 3년 남짓의 기간입니다. 짧다면 짧고 길다면 긴 이 시간이 저에겐 '짧지만은 않은' 기간이었습니다. 그사이에 국내외에서 일어난 여러 사건과 변화를 고려하면 그렇습니다. 게다가 어떤 이들은 이미 없거나 또 멀리 있기도 할 것입니다. "그들 없이 오네긴은 완성됐노라"라고 푸슈킨은 『예브게니 오네긴』의 말미에 적었습니다. 저 역시도 "그들 없이 20세기 강의는 완성됐노라"라는 소회를 갖게 됩니다. 심정적으로는 한 세기가 흘러간 듯합니다. 제목 그대로.

'푸슈킨에서 체호프까지'를 다룬 19세기 강의에 이어서 20세기 러시아 문학 강의는 '고리키에서 나보코프까지'를 다룹니다. 책의 바탕이 된 강의를 실제로 진행한 건 2009년이었고, 그 이후 몇 차례 더 진행하면서 내용을 보강했습니다. 그럼에도 결코 충분하다고 말씀드릴 수는 없습니다. 오히려 책으로 엮으면서 강의한 내용을 많이 덜어냈습니다. 듬직한 강의가 되려면 책의 분량이 두 배는 되어야 할 것 같지만, 여건상 현재로서는 제가 감당할 수 있는 일이 아닙니다.

사실 너무 많은 작가들의 너무 많은 작품이 포진해 있는 것이 20세기 러시아 문학의 풍경이어서 그 가운데 일부만으로 20세기 러시아 문학 강의를 갈음한다는 게 무리한 일이기도 합니다. 19세기 문학에서 다룬 작가들이 누구도 빼놓을 수 없는 대표성을 띠는 것과 비교되는 대목인데요, 비슷한 크기의 담요로 덮고자 했지만 19세기보다는 20세기 러시아문학 강의에서 삐져나온 부분이 더 많이 보일 거라고 미리 말씀드리겠습니다.

그렇지만 한 권의 입문서에 대한 기대치를 낮춘다면 20세기 러시아의 구도와 특징을 대략 어림해보실 수는 있으리라고 생각합니다. 언제 기회가 된다면 이 책에서 소개한 작가와 작품들에 대해 더 자세하게 해설하고 싶은 욕심도 가져보지만, 그 경우에도 순서상 19세기 작가들을 먼저 다루어야 할 테니 기약할 수 없는 노릇이네요. 이 책에서 설명한 몇몇 작품은 아직 강의에서 편하게 읽을 수 있는 정본 번역본이 없는 상태인데, 나중에라도 새로운 번역본과 더 좋은 번역본이 나온다면 20세기 강의를 다시 진행해볼 수 있겠습니다.

『예브게니 오네긴』에서 푸슈킨이 그랬듯 서문을 생략하고 바로 본문으로 건너가고 싶었습니다(그렇지만 푸슈킨도 고전주의에 대한 예의 차원에서 전체 8장으로 이루어진 이 운문소설의 7장 끄트머리에 뒤늦은 서문을 붙여놓았지요). 그럼에도 감사의 말을 빼놓을 수는 없겠습니다. 강의와 달리 책은 여러 사람의 손을 거치게 되며, 이 강의책도 마찬가지입니다. 특별히 원고를 정리하고 마무리를 독려해준 현암사 편집부에 감사를 전합니다. 그리고 애초의 의도는 아니었지만 출간이 지연되는 바람에 이 책이 러시아 혁명 100주년을 기념하는 의미를 갖게 되어 기쁘게 생각합니다. 때로 우리는 하고자 하는 일과는 다른 일을 하는 법이지요.

러시아 문학 강의를 마무리하려니 아무래도 러시아 근대문학의 시작이자 제 강의의 출발점이 되었던 푸슈킨을 다시 떠올리게 됩니다. 『예브게니 오네긴』의 마지막 대목을 저대로 고쳐 읽습니다.

오, 운명은 얼마나 많은 것을 우리에게서 데려갔던가!
가득 찬 인생의 술잔을 다 비우지 못한 채
인생의 축제를 일찌감치 떠나간 사람은 행복하여라.
인생의 소설을 다 읽기도 전에
흔쾌히 작별을 고할 수 있었던 사람은 진정 행복하여라.

올해는 푸슈킨이 세상을 떠난 지 180주년이 되는 해입니다. 『예브게니 오네긴』을 영어로 옮기고 방대한 주석까지 붙인 나보코프가 세상을 떠난 지 40주년이 되는 해이기도 하고요. 더불어 제가 러시아문학에 입문한 지 30년이 되는 해이기도 합니다. 부족한 대로 이 책에 이 모든 것을 기억하고 기념하는 뜻도 담고자 합니다.

2017년 4월
이현우

차례

# 러시아 혁명과
# 소비에트 러시아

"러시아 문학은 오직 1917년의 시점에서만
파악할 수 있다."

죄르지 루카치

**한 시대의 종말과 새 시대의 시작**

이제 본격적으로 20세기 러시아 문학의 세계로 들어가 보겠습니다. 20세기 러시아는 물론 사회주의 러시아, 곧 소비에트 러시아와 분리해서 생각할 수 없습니다. 아시다시피 1917년 제정 러시아는 종말을 고하고 10월 혁명과 함께 새로운 시대로 진입합니다. 1917년부터 1991년까지인데, 이 시대를 우리는 통상 '소련'이라고 불렀죠. '소비에트 사회주의 공화국 연방'의 약칭이었습니다. 소련이 해체된 이후의 시기를 일컬어 '포스트소비에트'라고 부릅니다. '사회주의 러시아'에서 '자본주의 러시아'로 바뀌었고, 정치 지도자로 구분하자면 옐친 시대와 푸틴 시대입니다. 이 시기 문학도 '포스트소비에트 문학'이라고 부르고요. 그렇다면 20세기 문학은 소비에트 문학을 기준으로 그 이전과 이후까지 삼등분할 수 있습니다.

러시아 문학에서 리얼리즘의 시대는 1880년경 마무리됩니다. 투르게네프와 톨스토이, 도스토예프스키의 시대였습니다. 작품을 기준으로 하면 투르게네프의 『루딘』이 발표된 1856년부터 『카라마조프가의 형제들』

이 발표된 1880년까지입니다. 이들 3대 작가에 덧붙이자면 『오블로모프』의 작가 이반 곤차로프와 『골로블료프가의 사람들』의 작가 미하일 살티코프-셰드린이 러시아의 리얼리즘을 대표하는 5대 작가입니다. 이어서 1905년 정도까지가 과도기인데 이 시기를 대표하는 작가가 안톤 체호프입니다. 그는 리얼리즘 문학의 전통을 마무리하면서 동시에 19세기 문학의 막을 내리는 역할도 합니다. 그래서 '가을의 작가' 혹은 '황혼의 작가'라고도 불립니다. 체호프의 마지막 희곡인 「벚꽃 동산」은 1903년에 발표되기에 연도를 기준으로 하면 20세기에 속합니다. 그래서 20세기 대표작 가운데 제일 첫손에 꼽히기도 하지만 19세기 마지막 작품으로 봐도 좋을 듯해요. 혹은 19세기와 작별을 고하는 작품으로 읽어도 무방합니다.

「벚꽃 동산」이 20세기 첫머리에 나오는 깃에는 상낭한 상징성이 있습

모스크바 예술극장에서 공연된 연극 〈벚꽃 동산〉의 한 장면.(1943)

니다. 이 작품의 주요 사건은 무대에 직접 등장하지는 않지만 벚꽃 동산 경매입니다. 아름다운 벚꽃 동산의 주인은 현실감각이 전혀 없는 귀족 계급의 여지주예요. 부채를 감당하지 못해서 벚꽃 동산이 경매에 넘어가게 생겼는데, 아무런 실질적인 조치도 취하지 않습니다. 그러자 할아버지와 아버지가 이 지역의 농노였지만 자신은 성공한 사업가가 된 상인이 제안을 합니다. 벚나무를 다 베고 별장지로 분양하면 채무를 탕감하는 것은 물론이고 돈도 벌 수 있다고요. 부동산업자의 전형적인 사업 방식이지요. 하지만 여지주는 그 현실적인 제안을 거부하고, 벚꽃 동산은 결국 타인에게 매각되고 맙니다. 그런데 새 주인이 바로 그 상인이에요. 그런 식으로 한 세대, 한 시대의 종말, 한 사회 계급의 종말을 그린 작품이라 할 수 있습니다.

### 밑바닥에서 수용소까지

영국의 역사학자 에릭 홉스봄은 중요한 단절 혹은 전환이 일어난 해를 기준으로 시대를 구분하여, 19세기는 프랑스 대혁명이 발생한 1789년부터 제1차 세계대전이 발발한 1914년까지 길게 잡습니다. 그래서 '장기 19세기'라고 부릅니다. 반면 20세기는 1914년부터 소련이 역사의 무대에서 퇴장한 1991년까지로 잡아요. 그렇게 짧게 잡기에 '단기 20세기'라고 부릅니다. 이렇듯 시대 구분이 연도와 딱 맞아떨어지는 것은 아니죠.

같은 식으로 '20세기 러시아 문학'도 규정해보자면, 작가 기준으로는 고리키부터, 그리고 작품으로는 1902년에 출간된 「밑바닥에서」부터 시작하는 것으로 볼 수 있습니다. 그런 뒤 1973년 출간된 솔제니친의 『수용

1919년 러시아 공산당 8차 회의 당시 사진. 앞에서 두 번째 줄 앉아 있는 사람 중 왼쪽에 서 두 번째부터 차례로 스탈린, 레닌, 칼리닌이다.

소 군도』를 소비에트 사회주의의 파산 선고로 본다면 대략 70년의 역사지요. 정치사로서 소비에트의 역사가 1917년부터 1991년까지 70여 년의 기간인 데 견줄 수 있습니다. 그래서 저는 곧잘 소비에트 문학을 '밑바닥에서 수용소까지'라고 정리합니다. 이 책에서도 고리키부터 솔제니친까지를 범위로 잡았습니다. 마지막에 다룬 나보코프는 러시아 망명 작가로서 독특한 위상과 의미를 갖기에 그의 자리도 할당했습니다. 각각의 작가들에 대해선 해당 장에서 더 자세히 다루겠지만, 대강의 개요는 이 자리에서 말씀드리겠습니다.

"러시아 문학은 오직 1917년의 시점에서만 파악할 수 있다."

헝가리의 문예 이론가이자 마르크스주의 철학자 죄르지 루카치는 러시아 문학사의 전개 과정을 개관하면서 이렇게 못 박았습니다. 1917년

1917년 2월 혁명 당시 희생된 이들의 장례식이 열린 상트페테르부르크.

혁명 이전의 러시아 문학은 이 문제적 시간과 사건에 의해 의미를 부여받는다는 뜻이죠. 혁명과 사회 변혁에 얼마나 이바지했는지가 평가의 기준이 됩니다. 일종의 '줄 세우기'인 셈이죠. 이런 관점에 대해 문학을 사회 변혁의 수단으로 간주한다는 비판도 가능하지만, 문학을 바라보는 하나의 강력한 관점인 것만은 부인할 수 없습니다. 특히 러시아 문학의 경우에는 말이죠. 하지만 혁명으로 건설된 사회주의 러시아는 1991년 소련이 해체되면서 역사의 뒤안길로 사라져버렸습니다. 루카치가 전혀 예상치 못했던 일이죠. 최악의 공산주의라 하더라도 최선의 자본주의보다 낫다고 보았던 루카치가 생전에 목도했더라면 경악했을 법합니다.

현실 사회주의의 몰락은 러시아 문학사를 바라보는 시점을 하나 더 제공합니다. 곧 러시아 문학사를 보는 시점은 두 가지입니다. 하나는 1917년 시점으로 보는 것이고, 다른 하나는 1991년 시점에서 재평가하는 것입니다. 재평가는 가치의 전도, 곧 뒤집기도 포함합니다. 고리키가 대표적인

데요. 고리키는 러시아 혁명문학의 아버지이자 사회주의리얼리즘의 원조이고 위대한 작가였습니다. 그런데 1991년 이후에는 고리키 전집이 레닌 전집과 함께 헐값에 버려지다시피 했습니다. 문학적 의의라는 관점에서 보면 소련 시절에 비해 비교가 안 될 정도로 평가절하된 감이 있습니다. 그렇다면 고리키 문학의 진짜 자리는 어디일까요? 1917년(사회주의 혁명)과 1991년(사회주의 몰락)이라는 두 시점 사이의 간극 혹은 차이, 즉 시차(視差)를 고려하는 것이 필수적이라고 생각됩니다. 이 강의에서도 한 가지 시선이 아닌 두 겹의 시선으로 바라보도록 애쓰려 합니다.

### 사회주의리얼리즘의 효시, 고리키의 『어머니』

밀이 나온 김에 고리키부터 말씀드리겠습니다. 1868년생인 고리키는 1892년부터 작품 활동을 시작합니다. 고리키는 우리에게도 친숙한 작가인데, 대표작 『어머니』(1906)는 제가 대학에 다니던 1980년대 후반에는 신입생 추천도서 목록에 꼭 들어가 있던 작품이었습니다. 러시아의 20세기 초반과 우리의 1980년대의 시대적 분위기가 비슷했다는 뜻도 될까요. 소비에트 문학이란 무엇인가 하는 질문을 던지면 일단 고리키를 떠올릴 수밖에 없는데, 그 고리키의 대표작이 바로 『어머니』이기에 소비에트 문학의 간판이라 해도 되겠습니다. 실제로 소비에트 문학을 이해할 때 가장 핵심적인 것이 문예 창작의 강령이자 방법론으로서 1934년에 공포된 '사회주의리얼리즘'입니다. 사회주의 체제에서는 문학의 독자성이 인정되지 않습니다. 레닌이 1905년에 발표한 「당조직과 당문헌」은 문학의 역할을 못 박아놓습니다. 문학은 혁명운동에 복무해야 한다는 것입니다. 즉, 사회주의 체제에서 문학은 그 자체가 목적이 아니라 수단입니다.

그런 강령적 입장을 혁명 이후에 구체화해놓은 것이 사회주의리얼리즘입니다. 작가들에겐 창작의 기본 지침이자 교시인 셈이죠. 고리키의 『어머니』가 이 사회주의리얼리즘의 효시가 되는 작품입니다. '사회주의리얼리즘 이전의 사회주의리얼리즘', 다시 말해 사회주의리얼리즘이라는 말이 나오기도 전에 쓰였지만 사회주의리얼리즘의 요건을 이미 잘 충족하고 있는 작품이라는 것이죠. 즉, '견본'입니다. 이후에도 여러 작품을 통해서 고리키는 초기 소비에트 문학을 대표하는 작가로서 간판 역할을 합니다. 선도적 모범을 보여준다고 할까요. 그렇게 당과 국가의 요구에 부응하는 작품들이 소련의 '공식 문학'입니다. 공식적으로 발표되고 출간되는 작품은 이러한 요구를 충족시킨 작품이어야 했습니다. 반대로 그러한 요구에 부응하지 않거나 사회주의 체제에 비판적인 작품은 공식적으로 출간되기 어려웠습니다. 비공식적으로만 유통되고 읽힐 수 있었는데, 이런 작품들은 '비공식 문학'이라고 합니다.

사회주의 혁명에 대한 비판을 함축하고 있어서 러시아에서는 정식으로 출간될 수 없었던 예브게니 자먀틴의 『우리들』이나 보리스 파스테르나크의 『닥터 지바고』 등이 모두 비공식 문학에 속합니다. 공식적으로는 '존재하지 않는' 작품들이죠. 작가 사후에 불완전한 판본으로 출간된 미하일 불가코프의 『거장과 마르가리타』도 그렇고, 1980년대에 와서야 재발견된 작가 안드레이 플라토노프의 『체벤구르』도 마찬가지입니다. 20세기 러시아 문학의 대표작 상당수가 아이러니하게도 당대 독자들이 읽을 수 없었던 비공식 문학입니다. 반면 미하일 숄로호프는 공식 문학을 대표하는 작가였습니다. 『고요한 돈 강』으로 1965년 노벨문학상을 수상했죠.

참고로 러시아 작가 중 최초의 노벨상 작가는 1933년에 수상한 이반

러시아의 노벨문학상 수상자들.
상단 왼쪽부터 차례대로 이반 부
닌, 보리스 파스테르나크, 미하일
숄로호프, 알렉산드르 솔제니친,
이오시프 브로드스키, 스베틀라나
알렉시예비치.

부닌입니다. 러시아 혁명 이후 망명해서 1953년에 세상을 떠날 때까지 러시아 땅을 다시 밟지 못했습니다. 「샌프란시스코에서 온 신사」 같은 단편소설과 자전적 장편소설 『아르세니예프의 생애』 등이 대표작입니다. 부닌에 이어서는 1958년에 파스테르나크가 노벨문학상 수상자가 됩니다. 『닥터 지바고』가 수상의 계기가 된 작품인데, 러시아 혁명에 대한 부정적 시각을 담고 있어서 상당한 논란을 불러일으키게 됩니다. '파스테르나크 사건'이라고도 불려요. 숄로호프는 파스테르나크와 대비되는 작가입니다. 파스테르나크가 러시아 인민의 공적이었다면 숄로호프는 인민 작가이자 문학 권력자였습니다.

이 책에서는 다루지 않지만, 숄로호프 다음으로 소련을 대표했던 작가는 소수민족 출신인 친기즈 아이트마토프입니다. 중앙아시아 키르기스스탄 출신의 작가로 국내에도 『하얀 배』, 『백년보다 긴 하루』 등의 대표작이 번역돼 있습니다. 구소련은 다민족 국가였기 때문에 소수민족 할당제 같은 게 있었어요. 문학예술 분야에서도 러시아인만 득세하는 걸 방지하기 위해서 소수 민족 작가들을 배려했습니다. 한국계(고려인) 작가로는 아나톨리 김이 그런 경우입니다. 『다람쥐』, 『아버지 숲』 등이 국내에도 소개된 아나톨리 김은 러시아 문단에서 상당한 인지도를 가진 작가였습니다. 한편 숄로호프와 솔제니친에 이어서 1987년에 노벨문학상을 수상한 러시아 작가는 망명 시인 이오시프 브로드스키입니다. 비록 정치적 국적은 바뀌었지만 러시아어로 시를 쓴 브로드스키의 문학적 국적은 물론 러시아입니다. 2015년 수상자로 선정된 벨라루스의 스베틀라나 알렉시예비치도 러시아어로 책을 쓴 작가로, 역시 문학적 국적은 러시아라고 할 수 있습니다.

## 격동기에 쏟아져 나온 천재들

20세기 초반의 러시아 문학은 '은세기' 문학으로 불립니다. 19세기 푸슈킨과 레르몬토프의 시대가 러시아 문학의 '황금시대'였고, 그에 견주어 '은세기'라는 말을 쓰지요. 정치적으로도 격동기였지만 문학과 예술 분야에서 수많은 천재들이 쏟아져 나왔던 시기이기도 해서 사실 황금시대보다 더 화려해 보이기도 합니다. 1917년 혁명 이후에는 물론 이러한 흐름이 바뀌기 시작합니다. 특히 스탈린을 중심으로 한 권력 구조가 안정되기 시작하는 20년대 후반부터는 사회주의 이념이 창작에도 강요되기 시작해요. 그래서 1930년대부터 1950년대, 스탈린이 사망하기까지는 사회주의리얼리즘이 주도합니다. 숄로호프의 작품들이 대표적이라고 말씀드렸는데, 알렉산드르 파데예프라는 작가가 쓴 『궤멸』도 사회주의리얼리즘의 대표작입니다. 스탈린 시대 러시아 문학의 간판 격이었던 작가였는데, 스탈린 사후 스탈린에 대한 공개적인 비판이 터져 나오자 자살합니다. 스탈린 체제와 명운을 같이했다고 할까요. 그게 1956년의 일입니다.

1953년에 스탈린이 죽자 권력을 승계한 흐루쇼프가 1956년 제20차 소련공산당 전당대회에서 비밀 연설을 하면서 스탈린의 과오에 대해 공식적으로 비판합니다. 공개석상에서 처음으로 그런 얘기를 하는 바람에 회의장에서 쓰러지는 사람도 있었다고 합니다. 파데예프의 자살도 그 여파였습니다. 사실 동시대인들이 스탈린의 과오를 몰랐던 것은 아니에요. 다만 공개석상에서 그걸 말할 수 있다는 사실 자체가 충격적이었던 거지요. 그것이 중요한 전환점이 됩니다. 이 연설이 기폭제가 돼서 이른바 '해빙'이라고 불리는 시기가 도래합니다. 스탈린의 사망부터 흐루쇼프의 실각과 브레즈네프의 집권까지 이어지는 대략 10년간을 지칭합니다. 해빙

흐루쇼프가 스탈린 격하 연설을 한 1956년 공산당 전당대회.

기에는 창작에서 사회주의리얼리즘에 대한 요구가 완화됩니다. 이 시기를 대표하는 작품으론 1954년에 발표된 일리야 예렌부르크의 『해빙』이 있습니다. '해빙'이란 말도 이 작품 때문에 유행어가 됐습니다. 해빙기의 가장 충격적인 작품은 단연 솔제니친의 『이반 데니소비치의 하루』였습니다. 1962년에 《노비 미르(신세계)》란 러시아의 대표 문학잡지에 발표됐는데, 스탈린 시대였다면 상상할 수도 없었던 사건입니다. 구소련식 사회주의 체제를 '수용소 사회'로 폭로한 작품이었으니까요. 솔제니친은 1970년대 중반 추방되기 때문에 러시아에서 작가 활동을 한 기간은 10년 남짓입니다. 통상 '반체제 작가'로 분류되는 솔제니친은 1974년에 강제 추방되기까지 러시아의 가장 문제적 작가로 활동하게 됩니다.

한국에서는 20세기를 대표하는 러시아 작가로 보통 파스테르나크와 솔제니친을 꼽습니다. 두 작가가 가장 친숙한 데는 그럴 만한 이유가 있습니다. 이들이 '반공 작가'로 소개되고 수용되었기 때문입니다. 『이반 데니소비치의 하루』같은 경우도 사회주의 체제를 비판했으니까 반공 문학으로 간주되었지요. 솔제니친이 국내에서 높이 평가되고 많이 번역된 이유입니다. 데이비드 린 감독의 영화로도 유명한 파스테르나크의 『닥터 지바고』는 구소련에서는 공식 출간될 수 없었던 작품입니다. 1980년대 중반 고르바초프의 개혁개방 정책 이후에야 러시아에서 출간됩니다. 즉, 구소련 체제와는 양립하기 어려운 작품이었죠.

상대적으로 국내에는 덜 알려진 편이지만, 20세기 러시아 문학을 대표하는 또 다른 작가로 불가코프와 플라토노프가 있습니다. 극작가로서 불가코프는 여러 희곡과 함께 중단편들도 썼지만 역시 대표작은 『거장과 마르가리타』입니다. 생전에는 당의 검열과 탄압 때문에 작품을 제대로 발표할 수 없었고, 무대에 올릴 수도 없었습니다. 지금은 가장 많이 무대에 올려지는 20세기 극작가이니 문학사는 오래 두고 볼 일입니다. 『거장과 마르가리타』는 러시아에서 텔레비전 영화로도 만들어져 상당한 인기를 모으기도 했습니다. 플라토노프는 '20세기의 도스토예프스키'란 평가까지 듣고 있는 거장입니다. 역시나 생전에는 출간하지 못했던 대표작 『체벤구르』를 비롯해 주요 작품이 우리말로 번역돼 있어서 다행스럽게 생각합니다. 그리고 마지막으로 『롤리타』를 쓴 망명 작가 나보코프를 들수 있겠네요.

대략 이러한 작가들과 그들의 대표작을 살펴봄으로써 20세기 러시아 문학을 조망하는 것이 이 책의 목표입니다. 물론 20세기 러시아 문학 는 훨씬 더 많은 시인과 작가들로 채워져 있습니다. 하지만 여러 제약 때문에 모두 다루기 어려워, 이 책에서는 여덟 명의 산문 작가를 선택했습니다. 우리는 모든 것에 대해서 충분히 말하기 어렵습니다. 강의도 마찬가지입니다. 제가 할 수 있는 건 입문적 성격의 소개입니다. 길잡이 역할이라고 할까요. 이 강의가 계기가 되어 20세기 러시아 문학과의 좋은 만남을 이어가신다면 저로선 더 바랄 게 없습니다. 그럼 이제 러시아 문학으로의 여행을 다시 떠나보겠습니다.

# 소비에트 문학의 시작

### 고리키의 『어머니』 읽기

"우리에겐 민족도 인종도 없고
오직 동지 아니면 적이 있을 뿐입니다.
모든 노동자들은 우리의 동지들이고
모든 배부른 자들, 모든 권력자들은 우리의 적입니다."

『어머니』 가운데서

# 막심 고리키

MAXIM GORKY • 1868~1936

# 고리키에 대해서

고리키와 함께 20세기 러시아 문학 강의를 시작하겠습니다.

19세기 러시아 문학을 마감한 작가가 안톤 체호프라면, 20세기 러시아 문학을 열어젖힌 작가가 막심 고리키입니다. 우리나라에는 제법 일찍 소개된 작가죠. 우선 1920~1930년대 카프, 즉 조선프롤레타리아문학가동맹을 통해 소개되었다가 1980년대 학생운동과 노동운동이 활발해지면서 대학가를 중심으로 『어머니』가 널리 읽혔으니까요. 당시 베스트셀러의 하나였습니다.

막심 고리키는 1868년 러시아 중부 산업도시인 니즈니노브고로드에서 태어났습니다. '고리키'는 필명입니다. 본명은 알렉세이 막시모비치 페시코프인데, 알렉세이가 이름이고 막시모비치는 부칭(父稱)입니다. 막심의 아들이란 뜻이죠. 페시코프가 성입니다. 필명인 고리키는 러시아어로 '쓰라린'이란 뜻입니다. '막심'은 '맥시멈'이란 뜻도 있으니 막심 고리키는 '그토록 쓰라린'이란 뜻이 되는데, 그의 필명에 이미 쓰라린 운명이 새겨져 있는 셈입니다. 10대 후반에 권총 자살을 시도했다가 폐에 구멍이 나서 평생 후유증에 시달렸거든요.

〈고리키의 초상〉(이사크 브로드스키, 1937)

고리키는 어릴 때 부모를 잃고 외할아버지와 외할머니 손에서 자랐습니다. 그러다 외할아버지까지 파산하자 어린 시절부터 신발 가게 점원, 제도사 수습공, 접시닦이, 화실 수습공 등 온갖 직업을 전전합니다. 그런 가운데도 독학으로 글을 익히고 책을 많이 읽죠. 19세기 러시아 작가들이 대부분 귀족 출신이거나 사제, 의사 혹은 상인의 아들 같은 잡계급 출신인 데 반해 고리키는 그야말로 '룸펜 프롤레타리아'였습니다. 그래서 그는 자신을 책을 읽고 글을 쓰는 민중으로 여겼고, 작가라는 말보다 '숙련공'으로 불리길 더 좋아했습니다. 말하자면 고리키는 19세기 작가들이 지녔던 민중에 대한 부채의식을 전혀 가질 필요가 없었는데, 그 자신이 바로 '민중'이었기 때문입니다.

이처럼 밑바닥 생활을 전전하면서 다양한 경험을 하던 고리키는 집시 얘기를 다룬 「마카르 추드라」라는 단편을 1892년 발표하며 문단에 나온 뒤 부랑자를 다룬 「첼카시」와 노동자 얘기를 다룬 「스물여섯 명의 사내와 한 처녀」 등을 씁니다. 본격적인 노동자 소설이라 할 수 있는 장편 『어머니』를 발표하기 전에 쓴 초기 단편은 대부분 이처럼 자유로운 집시와 부랑자를 주인공으로 했습니다.

### 인간에겐 얼마만큼의 자유와 진실이 필요한가

「첼카시」는 항구에 정박한 배에서 몰래 도둑질하는 부랑자 이야기입니다. 주인공인 첼카시가 어수룩한 농부 가브릴라를 꼬드겨 도둑질을 하죠. 첼카시가 하룻밤 사이에 몇백 루블어치의 물건을 훔치는 걸 본 가브릴라는 놀랍니다. 가난한 농부로서는 상상도 할 수 없는 액수였거든요. 결국 자존심을 버리고 첼카시한테 그 돈을 자기에게 다 줄 수 없냐고 애원합니다. 당신은 또 도둑질하면 얼마든지 쉽게 얻을 수 있지 않느냐는 거죠. 실랑이 끝에 돈을 조금 내주면서 첼카시는 "이 뻔뻔한 녀석! 거지 발싸개 같은 놈아! 그래, 돈 때문에 그따위로 망가지냐?" 하고 가브릴라를 비웃습니다. 돈 때문에 자존심을 그렇게 쉽게 내던져도 되느냐는 말이죠. 하지만 가브릴라는 돈을 받고는 "아저씨는 정말 좋은 분이세요! …… 영원히 잊지 않겠습니다! ……무슨 일이 있어도……. 마누라와 애들까지 아저씨를 위해 기도하게 할 겁니다!"라며 기뻐 흐느낍니다. 그의 흐느낌을 듣고 첼카시는 자신은 비록 도둑이고 고향을 등진 부랑자지만 스스로를 버리는 비열한 인간이 되지는 말자고 다짐한다는 얘기입니다.

부랑자와 농민의 가장 큰 차이는 자유죠. 농민은 대개 땅에 예속돼 있으니 상대적으로 자유로운 부랑자와는 처지가 많이 다릅니다. 「첼카시」에서 볼 수 있듯이 고리키는 자유라는 가치를 매우 중요하게 생각했습니다. 고리키 문학의 바탕이 되는 정서랄까요. 자유로움에 대한 숭배, 자유로운 인간으로서 행동하고자 하는 의지 같은 것이 작품 면면에 남아 있습니다. 이렇게 단편을 여러 편 발표하던 고리키는 1900년대 들어서 희곡을 몇 편 쓰게 되는데, 그중 「밑바닥에서」(1902)가 가장 대표적인 작품입니다. 국내에선 「밤주막」이란 제목으로 널리 알려진 이 작품에는 빈민 합숙소를 배경으로 다양한 군상의 '밑바닥 인생'이 등장합니다. 합숙소의 주인과 안주인, 자물쇠공과 그의 병든 아내, 만두 장수, 모자 장수, 구두 수선공, 남자과 배우, 그리고 직업이 없는 여러 부랑자죠. 이야기는 치정에 얽힌 살인과 비관 자살로 마무리되지만, 작품의 이념적 핵심은 '인간에겐 얼마만큼의 진실이 필요한가' 하는 문제입니다. 혹은 고리키 식의 '사람은 무엇으로 사는가'라는 질문이랄까요.

작품에서 순례자 노인 루카는 처지가 불우한 사람들에게 '위로의 거짓말'을 남기고 떠납니다. 폐병으로 죽어가는 여인에겐 죽음 이후에 안식이 있다고 일러주고, 알코올 중독자에게는 병을 치유해주는 자선병원이 생겼다고 말하는 식이죠. 사랑에 빠진 청춘 남녀에게는 '황금의 시베리아'로 도망가서 살라고 충고하기도 하고요. 물론 그의 거짓말은 현실에서 아무런 효력을 발휘하지 못합니다. 그는 단지 나약한 사람들을 동정하여 거짓말로라도 위로하고 싶었을 뿐입니다. 반면 전신 기사 출신인 사틴은 거짓말은 노예나 군주의 종교일 뿐이며 스스로가 주인인 자에게는 불필요하다고 말합니다. 자유로운 인간의 신은 진실뿐이기 때문입니다. 문제는 과연 인간이 진실을 견딜 만큼 강하고 자유로운가 하는 것입니다. 현재의 인간이 그렇게 강하지 못하다면?

"사람은 무엇 때문에 사는 거요?"라는 사틴의 질문에 루카는 '더 나은 사람을 위해서'라고 말합니다. "그야 사람들은 더 나은 인간을 위해 사는 거지"라고 직역할 수 있는 대목을 우리말 번역본 두 종은 각기 이렇게 옮겼습니다. "그야 보다 나은 삶을 위해 살고 있는 거지!"(「밑바닥에서」, 지만지) "사람들은 자기보다 더 나은 사람을 낳기 위해 사는 거야!"(「밤주막」, 범우사) 전자의 번역에서 '보다 나은 삶'을 '후세의 삶'으로 본다면 두 해석은 대동소이하지만, 자신의 '미래의 삶'으로 본다면 초점이 달라지죠. 이어지는 대목에서도 전자는 "누구나 자신을 위해 살다 보면 보다 나은 삶을 살게 될 거라고 생각하는 거야!"라고 옮긴 데 비해 후자는 "모두 자기 자신을 위해 산다고 생각하지만, 실은 자기보다 나은 사람을 낳기 위해 살지!"라고 옮겼습니다. 원문에 더 가까운 것은 후자 쪽인데, 이 대목은 니체의 『차라투스트라는 이렇게 말했다』의 영향을 받은 것으로도 읽힙니다. 니체는 결혼을 "당사자들보다 더 뛰어난 사람 하나를 산출하기 위해 짝을 이루려는 두 사람의 의지"라고 정의했으니까요.

물론 우리는 '더 나은 인간'이 어떤 사람이고, 왜 태어났으며, 무슨 일을 할 수 있는지 알 수 없지만, 그는 우리를 행복하게 해줄 수도, 더 많은 혜택을 줄 수도 있습니다. 그런 가능성을 품고 있기에 우리는 모든 사람을 존경해야 한다는 것이 사틴의 주장입니다. "인, 간! 인간은 위대해! 얼마나 자랑스러운 이름인가! 인, 간! 인간을 존중해야 해!"라는 그의 외침은 '인간'을 언제나 대문자로 쓴 고리키식 휴머니즘의 최대치를 표현하고 있습니다. 인간에게 필요한 것이 삶에 대한 쓰라린 진실인지, 위로를 주

연극 〈밑바닥에서〉(1902)의 한 장면.

는 거짓인지에 대한 극중 인물들 간의 논쟁을 정리하면서 사틴은 이렇게
말합니다.

"스스로 제 몸을 지배할 수 있는 사람이나 남의 이마에 흐르는 땀
에 의지하지 않고 독립할 수 있는 사람에게는 거짓말이란 전혀 소용
없는 거야. 그러니까 거짓말이란 노예와 군주의 종교야. 진실은 자유
로운 인간의 신이거든."

그가 말하는 자유로운 인간에게는 이제 위안을 주는 아무런 거짓말도
필요하지 않습니다. 어떠한 종교나 권위도 필요 없죠. 진실만으로 충분하
기 때문입니다. 그에게는 진실이 곧 신이고, 스스로가 곧 신이기 때문입
니다. 우리는 모두 "자기보다 더 훌륭한 사람을 낳기 위해서" 사는 거라고
주장하는 그의 말을 조금 더 들어볼까요.

"인간은 진리야. 그러나 대체 인간이란 뭐야. 그건 너라든지 나라든지 또는 저것들이라든지, 이런 손톱만 한 게 아냐. 그건 너도, 저것들도, 루카 영감도, 나폴레옹도, 마호메트도, 모두들 함께 모은 거야. (공중에 사람 형체의 윤곽을 그리며) 알겠나? 인간이란 이렇게 큰 거야. 모든 것의 시초와 모든 것의 종말이 이 속에 포함돼 있거든. 모든 것이 다 인간 속에 있는 거야. 모든 것이 다 인간을 위해서 있는 거야. 이 세상에는 오직 인간이 있을 뿐이고……. 그 밖의 것들은 모두 인간의 손이나 머리로 만들어진 거야. '인간!', 제법 거만하게 들리지 않느냐 말이야, '인—간!' 인간이란 본래부터가 동정할 것이 아니라 존경해야 할 성질의 것이야……."

사틴의 이런 대사는 휴머니즘의 최대치를 표현하고 있습니다. 그 휴머니즘이 바로 그리스 신화에서 인간에게 불을 전해준 프로메테우스의 이념 아닐까요? 그런데 고리키는 거기서 한 걸음 더 나아갑니다. 그리하여 인간은 결코 동정의 대상이 아닌 존경의 대상이라고 '거만하게' 말하는 사틴에게서 우리는 새로운 프로메테우스-고리키의 형상을 보게 되죠. 프로메테우스-고리키가 인간에게 가져온 '횃불'은 진실이고 자유입니다. 어떠한 구속이나 억압에서도 자유로운 인간에 대한 이념이죠. 이때 그가 말하는 인간은 개인이 아니라 집합적인 인간, 즉 좀 더 '큰 인간'입니다. 고리키에게 인간은 언제나 '대문자' 인간이었습니다.

문제는 휴머니즘에 과도하게 경도된 이면에는 나약한 인간에 대한 경멸이 숨어 있을 수 있다는 것입니다. 인간은 위대하다는 주장은 곧 위대하지 않으면 인간이 아니라는 인식을 낳을 수 있으니까요. 실제로 현실

톨스토이(좌)와 체호프(우), 고리키(뒤).

사회주의에서는 인간을 '인간'과 '벌레'로 나누기도 했습니다. 인간에 못 미치는 자들은 벌레로 분류돼 수용소에서 강제 노역을 하는 등 인간의 자유와 존엄성을 박탈당했죠. 휴머니즘의 또 다른 면입니다.

고리키는 만년에 요양 중인 톨스토이를 찾아가 자주 대화를 나누었는데, 하루는 고리키가 「밑바닥에서」를 읽어주자 주의 깊게 듣고 난 톨스토이는 그다지 호의적이지 않은 평을 했다고 합니다. 지나치게 기교적이라면서 좀 더 단순하게 쓰라고 주문했지요. 그러고는 "자네는 여자를 이해하지 못하는 것 같아. 그렇게 해서는 독자들이 그들을 기억할 수 없어"라고 덧붙였다고 합니다. 비록 톨스토이에게서는 탐탁지 않다는 평을 들었지만 「밑바닥에서」는 고리키의 가장 대표적인 희곡입니다.

### 새로운 인간의 시대, 소비에트 문학의 시작

1906년 『어머니』를 시작으로 고리키는 본격적으로 장편소설을 쓰기 시작합니다. 사실 『어머니』는 1905년 러시아 제1차 혁명 이후 긴박한 시대적 요구에 부응하려고 쓴 작품입니다. 사회 변혁의 시기에 작가로서 작품을 통해 발언할 필요가 있었던 것이죠. 일부 비평가들은 인물의 구도나 작품에 드러난 세계관이 지나치게 이분법적이고 도식적이라고 비판합니다. 하지만 제게는 그런 비판이 도식적으로 보입니다. 그 시대 자체가 도식적이었기 때문입니다. 우리의 1980년대를 떠올려보면 이해하기가 쉽습니다. 그야말로 이분법적이고 도식적인 사회였죠. 억압적이기도 했고요. 그런 시대를 배경으로 한 작품을 평하면서 다양성을 요구하는 것은 무리입니다. 착취하는 자본가들과 착취당하는 노동자들의 대립 구도 자체가 도식적인 시대를 그린 작품을 보고 도식적이라고 비판만 할 수는 없죠.

고리키의 『어머니』도 마찬가지입니다. 예술성에 중점을 두기보다 시대성을 담는 데 충실한 작품입니다. 물론 시대 상황이 바뀌면 이런 작품들은 잊히거나 시대에 뒤떨어지는 것으로 평가되곤 하지만, 저는 그런 작품들도 충분히 의미가 있다고 생각합니다. 예를 들어 미국 노예해방운동의 도화선이 된 해리엇 비처 스토의 『톰 아저씨의 오두막』 같은 작품은 문학적으로 어떤 평가를 받든 무시할 수 없죠. 어쨌든 현실을 바꿨으니까요.

『어머니』는 흔히 사회주의리얼리즘의 효시로 평가됩니다. 『어머니』가

쓰일 때는 사회주의리얼리즘이라는 말이 없었습니다. 그러니 소급 적용된 셈이지요. 고리키 자신은 '사회적 낭만주의'라고 불렀습니다. 낭만주의에는 두 종류, 즉 개인적 낭만주의와 사회적 낭만주의가 있다고 봤어요. 개인적 낭만주의는 러시아 문학에서는 1820년대부터 1840년대, 그러니까 푸슈킨과 레르몬토프 시대의 문학을 가리킵니다. 낭만주의는 낭만적 자아 혹은 개인을 세계와 맞대응시킨 대단히 혁명적인 세계관을 내장하고 있습니다. 그래서 '낭만주의 혁명'이라고 부르기도 합니다. 유럽에서는 프랑스의 사상가 루소나 영국 시인 바이런 등이 사상적 또는 정념적 토대를 제공했습니다. 한데 고리키는 개인적 낭만주의자가 아닌 사회적 낭만주의자를 자처합니다. 이것을 혁명적 낭만주의라고도 합니다.

이론적으로 이렇게 설명할 수 있습니다. 사회적 낭만주의는 사회에 혁명적 변화가 진행되는 이행기 또는 과도기에 등장하기도 하고 요청되기도 하는 세계관입니다. 이런 시기에는 현실에 제약받지 않는 자유로운 정신이 변혁의 에너지로 작용하게 되죠. 개인적 낭만주의와의 차이점이라면 사회적 낭만주의는 개인의 한계를 집단 속에서 극복한다는 것입니다. 집단은 영구적이고 불멸인 존재죠. 개개 혁명가들은 단지 구성원일 뿐이라 얼마든지 스러질 수 있지만 집단적 신체는 영속적입니다.

사회적 낭만주의에서도 가장 중요한 가치는 자유입니다. 고리키는 자유를 매우 높이 평가했습니다. 고리키 문학의 기저에 있는 것 또한 자유입니다. 다만 『어머니』에서는 초기 단편들에 비해 기질적 낭만성이라든가 자유의 가치가 잘 드러나지 않습니다. 최소화돼 있다고 할까요. 그래서인지 구소련이 해체된 뒤 고리키의 초기 단편들은 여전히 많이 읽히는 반면 『어머니』를 비롯한 장편들은 상대적으로 덜 읽힌다고 합니다. 하지만 작품이 발표될 당시에는 달랐습니다. 『어머니』에 대해서는 레닌도 매우 시의적절한 작품이라고 평했지요. 때로는 시의성이 평가의 가장 중요한 기준이 되기도 합니다.

### 두 얼굴의 고리키

『어머니』는 러시아 문학사상 최초의 노동자 소설입니다. 아들인 파벨 블라소프가 각성된 노동자 계급을 대표하는 인물이라는 점, 그리고 어머니 펠라게야 닐로브나 또한 아들에 이어 노동운동에 헌신하게 되는 어머니로 그려진다는 점에서 최초라고 할 수 있습니다.

러시아는 유럽 국가들 중 가장 늦게 산업화되었습니다. 그래서 1890년 대쯤에 이르러서야 노동자 계급이 본격적으로 형성되기 시작합니다. 노동문제가 사회문제로 부각된 것은 1900년대에 들어서인데, 『어머니』에는 바로 사회적 문제로서 제기된 노동문제가 집약적으로 묘사돼 있습니다. 다만 공장 노동자들의 삶이나 생활, 일상에 대해서는 자세히 그려지지 않습니다. 세부 묘사 부족이 이 작품의 약점이라고 할 수 있죠. 그래서 고리키는 이 작품을 장편소설이 아니라 '중편소설'이라고 했어요. 장편소설에 요구되는 것은 현실에 대한 총체적 묘사입니다. 그런데 『어머니』는 노동자 계급의 활동만 묘사했지 그들의 자세한 생활상은 물론 그 대척점에 놓인 자본가 계급에 대한 묘사가 상대적으로 부족한 감이 있습니다. 이런 이유에서 고리키는 작품의 길이와 별개로 이 작품이 장편소설에 미치지 못한다고 판단한 것이죠.

1906년에 이 작품이 발표되고 10년 뒤인 1917년 러시아에서 사회주의 혁명이 일어납니다. 설사 혁명을 예견하고 쓰지 않았더라도 당시 시점에서 보면 혁명의 길을 열어젖힌 작품, 즉 혁명의 이정표가 된 작품입니다. 그래서 나중에 사회주의리얼리즘이 공표됐을 때 그 원조가 되는 작품으로 자리매김되는 것이죠.

『어머니』의 파벨 블라소프나 어머니 펠라게야 같은 인물은 사회주의리얼리즘이 공표되기 전에 이른바 '긍정적 주인공'상을 구현한 예로 꼽을 수 있습니다. 고리키는 파벨을 '강철 같은 인간'이라고 묘사했습니다. 현실 정치에서 '긍정적 주인공'상을 극단적으로 보여준 건 스탈린이었죠. 스탈린이란 이름 자체가 강철 인간이란 뜻이고요. 실제로 고리키는 스탈린 시대에 권력의 수뇌부로부터 이번에는 '아버지'라는 소설을 써보라는 제안을 받기도 했답니다. 스탈린을 염두에 둔 제안이었겠죠.

고리기와 레닌의 관계도 흥미롭습니다. 혁명 이후 레닌을 비판했던 거의 유일한 인물이 고리키였다고 합니다. 실제로 1917년 《노바야 지즌(새 생활)》이라는 잡지에 실린 「시의적절치 않은 생각들」이란 제목의 칼럼에서 고리키는 레닌과 트로츠키를 권력에 중독된 자들이라고 신랄하게 비난합니다. 상당히 곤혹스러운 비판을 받은 레닌은 고리키를 외국으로 내보냅니다. 그래서 고리키는 1921년 자의 반 타의 반으로 망명길에 올랐다가 10년 만인 1931년에 돌아옵니다. 그러고는 1934년 결성되는 소련 작가동맹의 초대 회장을 맡습니다.

레닌의 처지에서 보면 고리키는 두 얼굴을 가진 작가입니다. 1906년에 '시의적절한' 작품을 쓴 고리키와 1917년에 '시의적절치 않은' 비판을 한 고리키. 이 부분은 소련의 공식적인 문학사에서도 다루지 않았습니다. 따라서 고리키와 러시아 혁명에 대해서는 재조명해볼 여지기 있습니다. 『어머니』라는 작품 때문에 러시아 혁명에 크게 기여한, 사회주의의 원조

작가로 알려졌지만, 실제 혁명 과정에서는 레닌과 볼셰비키 권력자들에게 매우 신랄한 비판을 가한 인물이기도 하니까요.

고리키는 사회주의 건설에 가장 중요한 핵심은 문화와 교육이라고 생각했습니다. 사회주의 문화와 사회주의 교육이 결국 사회주의의 토대가 된다고 믿었죠. 하지만 스탈린은 경제적 토대, 즉 하부구조에 집중합니다. 전통적인 마르크스 이론에 따르면 문화와 교육은 상부구조에 해당하고, 핵심은 하부구조인 경제적 토대를 다지는 데 있으니까요. 그렇게 경제개발 5개년 계획이 시행되고 중공업화와 농업집산화 등이 이뤄지는데, 고리키의 생각과는 상충되는 방향으로 전개됩니다.

레닌 사망 이후 스탈린 시대의 고리키는 사회주의 대표 작가로 활동하기보다는 문학적 전통의 보호자 역할에 더 충실했습니다. 스탈린 시대 대숙청기 때 고리키 덕에 목숨을 건진 작가가 여럿 됩니다. 스탈린도 고리키를 무시할 수는 없었기 때문이지요. 1936년 고리키가 세상을 떠났을 때 암살설이 제기되기도 했습니다. 사인이 정확히 밝혀지지 않은 데다 바로 다음 해인 1937년에 대숙청이 시작되었거든요. 사전 정지 작업의 하나로 부담스러운 고리키를 제거했다는 설이 있습니다. 물론 입증된 사실은 아니지만 스탈린과 고리키의 불편한 관계를 엿보게 합니다.

고리키는 『어린 시절』, 『세상 속으로』, 『나의 대학』으로 이루어진 자전 3부작도 남겨 흔히 톨스토이와 많이 비교됩니다. 톨스토이도 『유년 시절』, 『소년 시절』, 『청년 시절』의 자서전 3부작을 남겼죠. 그런데 두 작가가 좀 다릅니다. 톨스토이는 말 그대로 자전소설에 충실하게 자기 얘기만 썼는데, 고리키는 주로 자신이 만난 사람들에 대해 썼습니다.

# 고리키의 『어머니』 읽기

## 『어머니』는 어떤 소설인가

앞서 말한 대로 『어머니』는 공장 노동자인 파벨이 프롤레타리아라는 사실을 자각하고 계급의식으로 무장한 혁명적 노동자로 성장해가는 과정을 그린 작품입니다. 세계 문학사에 최초로 등장한 영웅적 노동자상이라는 데 의의가 있습니다. 더욱이 궁핍한 생활 속에서 늘 순종하고 희생하는 삶을 영위하던 파벨의 어머니가 아들의 변화 과정을 통해 주체적 인간으로 우뚝 서는 모습을 감동적으로 그렸습니다.

작품은 전지적 시점과 어머니의 시선으로 바라본 제한적 시점 두 가지가 교차되며 진행됩니다. 전지적 시점과 함께 어머니의 제한적 시점을 결합한 이유는 어머니의 의식 변화와 각성 과정에 초점을 맞추기 위해서였다고 볼 수 있죠. 소설 앞부분에선 전지적 시점으로 인물과 배경을 개괄적으로 그리고, 아버지가 죽은 뒤 술에 절어 방탕하게 보내다가 어느 날부터 책을 들고 다니고 사회주의 모임에 참여하면서 서서히 변해가는 파벨의 모습은 어머니 시점으로 그렸으니까요. 그러다 보니 독자로서는 어머니 시점에 머물 수밖에 없어서 전체적인 상황을 파악하기가 쉽지 않습니다. 이런 한계를 무릅쓰면서까지 어머니의 시점을 택한 것으로 보아 고리키는 아들인 파벨보다 어머니의 변화에 더 주안점을 둔 것이죠. 그런 의미에서 아들인 파벨보다 어머니 닐로브나가 이 소설의 주인공에 값합니다.

## 즉자적 노동자에서 대자적 노동자로

매일같이 마을로부터 떨어져 있는 노동자촌의, 열기와 기름 냄새
로 절어 있는 대기 속에서 공장 사이렌이 떨리는 듯한 소리로 울려 퍼
지면 그 소리를 따라 회색빛 작은 집들로부터 아직 잠에서 덜 깬 몸으
로 제대로 휴식도 취하지 못한 채 침울한 얼굴을 한 사람들이 마치 질
겁한 곤충처럼 거리로 뛰쳐나온다.

작품 초반부에는 전지적 작가 시점으로 공장의 모습을 그렸습니다. 상
당히 압축적인데 굳이 러시아의 공장 지대를 상상할 필요는 없습니다. 예
전엔 우리의 어느 공장 지대에서도 흔히 볼 수 있었던 광경이니까요.

산업화 초기의 노동자들은 공장 노동자라기보다 공장 노예라 할 법한
삶을 살았죠. 마치 기계처럼 노동력을 착취당하고 폐기 처분되는 과정을
겪었습니다. 고된 노동에 지친 그들을 달래주는 것은 술뿐이었습니다. 하
지만 탈출구 없는 불안한 상황에서 술은 단지 불안을 잠시 잊게 할 뿐 해
결책은 될 수 없지요. 자신의 분노를 표출할 표적을 찾지 못하고 '마음의
병'이 마치 '검은 그림자'처럼 드리워지는 겁니다.

자신들이 왜 이토록 고통스럽고 무의미한 노예 생활에서 벗어나지 못
하는지 미처 인지하지 못해 더 불안한 것이죠. 이른바 '즉자적' 노동자들
입니다. 노동자이지만 노동자 의식을 갖지 못한 노동자. 아직은 노동자
계급이라는 의식을 갖는 '대자적' 노동자가 되지 못한 노동자입니다. 파
벨의 아버지 미하일 블라소프가 대표적 인물이죠. 아내에게 이유 없이 폭
력을 휘두르며 분풀이를 합니다. 아들에게도 폭력을 쓰죠.

즉자적 노동자에서 대자적 노동자로 이행해야 비로소 노동자의 계급적 연대가 가능해집니다. 개인의 힘으로는 억압적 자본의 착취에 대항할 수 없으니까요. 그 과정에서 필요한 것이 이른바 '의식화'입니다. 말 그대로 노동자로서의 의식, 노동자라는 의식을 갖는 것이죠.

의식화는 주로 책을 통해 이루어집니다. 우리도 1970~1980년대 노동자들이 노동자로서 각성하고 연대해나가는 과정에서 책이나 문건이 중요한 역할을 하지 않았습니까. 이른바 학습이죠. 그래서 당시엔 단지 관련 책자를 소지했다는 이유로 잡혀가기도 했습니다. 『어머니』에서 파벨도 마찬가지입니다. 모임에서 책을 읽고 토론한다는 것 자체가 이미 즉자적 노동자에서 대자적 노동자로 거듭나는 과정이죠. 하지만 이 과정에서 노동자들이 변화에 대한 거부감을 보이기도 합니다.

사람들은 자신들을 괴롭히는 변함없는 삶의 힘에 익숙해 있어 결코 더 나은 방향으로의 어떤 변화도 바라지 않았기 때문에 모든 변화를 단지 억압하기에 적합한 것으로만 생각했다.

착취와 억압 속에 살고 있는데도 그 생활에 이미 익숙해진 탓에 변화를 두려워하죠. 더구나 의식 변화를 통해 존재의 변화를 끌어내야 하니, 그저 마음만 먹는다고 쉽게 이루어지는 일이 아닙니다.

**아버지의 폭력에서 벗어나다**

파벨은 열네 살이 되던 해 폭력적인 아버지에게 "건드리지 마세요. 참을 만큼 참았어요!"라고 외치며 당당히 맞섭니다. 아버지는 그 뒤

탈장으로 사망하고 파벨과 어머니 닐로브나는 자립하게 되죠. 이제 파벨은 가계를 책임져야 할 가장이 되고, 이때부터 달라지기 시작합니다.

어머니는 그를 유심히 관찰해본 결과, 아들의 거무스름한 얼굴이 한결 날카로워지고 두 눈은 뭘 쳐다볼 때고 훨씬 심각해졌으며 입술은 이상하리만큼 엄하게 꽉 다물려 있다는 것을 알았다. (……) 자기 아들이 공장 청년을 닮아가지 않는 것을 본다는 게 어머니로선 기분 좋은 일이었다고는 하지만, 아들이 무언가에 주의를 집중하고 완고하게 어딘가 어두운 삶의 급류로 흘러 들어가고 있다는 것을 눈치챘을 때 그녀의 마음속에선 까닭 모를 두려움이 느껴졌다.
(……) 그는 책들을 가져오기 시작했는데, 책을 읽을 땐 눈에 안 띄게 읽으려고 애썼고, 다 읽은 책은 어딘가에 숨겼다. 그는 어쩌다가 책에서 뭔가를 종이에다 베껴 쓰기도 했지만, 그것 역시도 감추었다.

처음에는 이렇게 변화해가는 아들의 모습에 경계심을 갖고 두려움마저 느끼지만 닐로브나 또한 차츰 동화되면서 아들을 자랑스러워하게 됩니다.
한편 파벨의 의식화를 그렸지만 앞서 말한 대로 그 과정이 그다지 자세하게 설명되진 않습니다. 어떤 생각의 변화를 겪었는지까지는 알 도리가 없는 거죠. 어쨌든 어머니도 글을 배워 문맹에서 벗어납니다. 한 가지 흥미로운 점은 당시 러시아의 문맹률이 90퍼센트에 육박했다는 사실이에요. 19세기에는 무려 95퍼센트였죠. 이런 상황이니 먼저 각성한 노동자들이 책을 읽고 의식화된 상태에서 다른 동료 노동자들을 일깨우기 위해 애쓰게 됩니다. 그 부분에 대해 파벨이 어머니에게 이야기하는 대목이 있습니다.

"전 금서들을 읽고 있어요. 그것들은 우리 노동자들의 삶에 대해 얘기하고 있다고 해서 금지된 책들이에요……. 그것들은 조심조심 몰래 인쇄된 것이어서 만약에 제가 갖고 있다는 게 발각되면 전 감옥에 가게 돼요. 제가 진실을 알고 싶어 한다는 이유로 감옥에 간단 말입니다. 이해하시겠어요?"

그녀는 갑자기 숨이 콱콱 막혀왔다. 두 눈을 크게 뜨고 아들을 들여다보니 그가 왠지 낯설게만 보였다.

(……) "생각해보세요, 우리기 도대체 어띤 삶을 살아왔던가요? 어머닌 벌써 마흔이에요. 그런데 과연 어머닌 살아 있었다고 할 수 있겠어요? 아버지는 어머니를 때리기만 했어요. 지금 생각해보면 아버진 비참한 삶에 대한 분풀이를 어머니 옆구리에 해댄 거예요. 자기의 비참한 삶에 대한 분풀이를 말입니다. 비참한 삶이 자기를 짓누르고 있는데도 아버진 그게 무엇 때문인지를 몰랐던 거예요."

(……) "우리 같은 노동자들은 배워야만 해요. 우리는 알고 이해해야만 합니다. 우리들의 삶이 어째서 그렇듯 고통스러운가를 말이에요."

즉자적 상태에서는 고통을 자연스럽게 받아들입니다. 문제 제기를 하지 않는 거죠. 그저 참고 견딜 뿐입니다. 하지만 파벨은 인제 왜 그래야 하는지 의문을 제기합니다. 어머니는 지금 살아 있는 것이지 묵으며서 만이죠. 그렇게밖에 살 수 없는 것인지 '생각해보라'고 말합니다. 이러한 파벨의 말에 어머니도 조금씩 각성하기 시작합니다.

### 고리키의 건신론과 어머니

그런데 어머니의 변화는 파벨과 다른 면이 있습니다. 어머니는 독실한 러시아정교 신자인데 그 신앙의 내용이 바뀝니다. 이는 작품에서 매우 중요한 대목입니다. 고리키의 건신론이 드러난 대목이기 때문이죠.

건신론(建神論)은 영어로는 God-building이라고 하는데 말 그대로 신을 만드는 겁니다(건신론자를 God-builder라고 합니다). 고리키는 건신론자였습니다. 그런데 볼셰비키 혁명 이후 사회주의 소비에트가 건설되면서 모든 종교가 금지되죠. 사회주의는 종교와 양립할 수 없으니까요. 하지만 건신론자들은 생각이 달랐습니다. 기존의 신을 부정하는 대신 그 자리를 대체할 만한 것을 찾았습니다. 성스러운 자리를 비워둘 수 없었기 때문이죠. 사회주의 이념이든 뭔가 다른 것이든 인격화된 존재를 그 자리에 올려놓을 필요가 있었습니다.

『어머니』는 그런 사상을 가장 잘 반영한 작품 중 하나입니다. 사회주의 리얼리즘의 원조라고 평가되지만 이처럼 사회주의 이데올로기와 충돌할 수밖에 없는 종교의 의미도 강조되어 있습니다. 노동절 행진을 엠마오로 가는 그리스도의 행렬에 비유하는 식이죠. 물론 행진 자체도 종교적 의례를 모방한 것이긴 합니다. 민중을 감화하는 가장 좋은 방법이거든요.

이 소설에서도 어머니가 아들 파벨의 모임에 참석하지만 처음엔 토론 내용을 전혀 알아듣지 못하고 거부감을 느낍니다. 그러다가 차츰 자기만의 방식으로, 다시 말해 사회주의 사상을 기독교 교리에 맞춰 수용하고 이해합니다. 고리키가 얘기했듯 진실만으로 충분하고 모두가 자유로운 인간이라면 모르겠지만, 현실적으로는 대다수 민중에게 여전히 신앙이 필요했던 것입니다. 의지할 뭔가가 필요했던 것인데 현실 사회주의에서는 일방적으로 부정해버렸죠. 어쨌든 어머니는 자기 방식대로 각성한 노동자들의 어머니가 됩니다.

"우리에겐 민족도 인종도 없고 오직 동지 아니면 적이 있을 뿐입니다. 모든 노동자들은 우리의 동지들이고 모든 배부른 자들, 모든 권력자들은 우리의 적입니다."

오직 자본가와 노동자의 대립만이 적대적 모순관계일 뿐 민족 간의 대립은 비적대적 모순관계임을 보여줍니다. 적대적 모순은 화해의 여지가 없는 모순입니다. 상생이 불가능한 것, 둘 중 하나가 사라져야 끝나는 관계죠. 반면 비적대적 모순은 상대가 죽어야 내가 사는 모순이 아닙니다. 국적을 초월해 노동자들은 하나의 형제가 될 수 있고 연대할 수 있습니다. "모든 노동자들은 우리의 동지들이고 모든 배부른 자들, 모든 권력자들은 우리의 적"이라는 말은 선명한 계급 사상을 보여주는 대목입니다.

### 혁명이냐 사랑이냐

그다음에 흥미로운 대목이 나옵니다. 바로 사회주의에서 감정의 문제, 연애 문제입니다. 우리의 1980년대 소설들에서도 많이 다룬 문제죠. 학생운동이나 노동운동과 연애는 양립 가능한가 질문합니다. 1980년대 대학가에서는 여자 후배가 남자 선배를 모두 형이라고 부르지 오빠라고 부르지 않았어요. 이를테면 오빠가 부재하는 시대였죠. 이성관계가 허용되지 않았기 때문입니다.

이 소설에서도 그 문제가 거론됩니다. 안드레이가 나타샤를 좋아하는데 파벨이 반대합니다. 나타샤에게 사랑한다고 고백해도 되겠느냐는 안드레이의 물음에 파벨은 안 된다고 단호히 말합니다. 결혼해서 아이를 낳으면 가장의 의무를 다해야 하고 결국 밤낮없이 일만 하게 된다는 논리죠. 그러면 둘 다 파멸한다는 것입니다.

"모든 걸 포기하는 게 더 나을 거예요. 안드레이. 더 이상 나타샤를 괴롭히지 말아요."

(……) 우크라이나인이 말했다. "가슴의 반은 사랑, 가슴의 반은 괴로움이라……. 이게 진정 인간의 마음이라 할 수 있을까, 응?"

여전히 착잡한 마음이 들게 하는 대목입니다. 이 괴로움을 극복하면 '강철 인간'이 되는 것이죠. 파벨처럼 아주 냉정한 인간, 프랑스어 표현으로는 겨울 심장을 가진 인간이죠. 이성 대 욕망의 문제, 운동 대 감정의 문제, 그건 결국 진정한 노동자로서 사회 변혁을 위해 복무할 것이냐 개인의 행복을 추구할 것이냐 하는 문제입니다. 즉, 혁명가는 사랑에 빠지면 안 되는가의 문제예요. 현실 사회주의에서는 안 된다는 쪽이었죠. 실제로 구소련에서는 혁명 이후 성적 흥분을 어떻게 제거할 수 있는지 연구했다고 해요. 이성적으로 냉철하게 판단해야 하는데 흥분 상태가 되면 곤란하다는 것이죠. 소설에선 파벨과 리빈이 그 문제로 다시 논쟁을 벌입니다. 인간에게 핵심은 뭐냐? 파벨은 이성이라고 말하고, 리빈은 감성, 즉 가슴이라고 얘기합니다.

이성과 감성 중 뭐가 더 핵심적인 변화의 동력인지에 대해 현실 사회주의는 이성 쪽으로 기울었습니다. 강철 같은 인간, 냉철한 인간, 차가운 인간이 되어야만 새로운 사회를 만들 수 있다 생각했죠. 하지만 결과는 좋지 않았어요. 그렇다고 감성이라고 주장할 수 있을까요? 이건 조금 생각해볼 문제입니다.

참고로 이른바 프로이트 좌파, 대표적으로 빌헬름 라이히 같은 정신분석가는 성혁명과 성해방을 주장하기도 했습니다. 허버트 마르쿠제도 비슷한 생각을 했고요. 마르크스식 계급해방과 프로이트식 성해방을 어떻게 결합할 수 있을까가 그들의 고민이었죠.

### 『어머니』의 주인공이 파벨이 아니라 어머니인 이유

파벨이 체포되어 감옥에 갇히면서 어머니의 의식은 커다란 변화를 겪게 됩니다. 좀 길지만 인용해보면 이렇습니다.

"파벨은 지금 감옥에 갇혀 있어!" 어머니는 신중한 어조로 말을 이었다. "이건 불안하고 무서운 일이야. 하지만 또 그렇게 대수롭게 생각하지 않을 수도 있어. 세상은 달라졌거든. 공포도 이전의 공포와는 달라. 이젠 모든 사람한테 불안을 느껴야 해. 그리고 나의 감정도 달라졌어. 마음의 눈을 활짝 열고 바라보니까 이젠 슬픔도 기쁨도 함께 볼 수 있어. (……) 너희의 진리라는 걸 나도 이해해. 배부른 자들이 있는 한 민중은 아무것도 얻지 못할 거라는 것, 진리도 없고 기쁨도 없고 도대체가 아무것도 있을 수가 없다는 걸 말야. 이젠 나도 엄연히 너희들 가운데 하나야. 이따금 밤이면 과거의 일들이 생각난단다. 밟

아래 뭉개져 버린 내 청춘, 죽도록 매질당한 젊은 열정, 내 자신이 그렇듯 가엾을 수가 없어, 가슴이 저미도록! 하지만 내 삶은 나아지기 시작했어. 차차로 내 자신을, 진짜 나의 모습을 보게 되었지."

자기를 재발견하는 과정이자 부활하는 과정이죠. 거듭난 것이랄까요. 이 과정은 작품에 비교적 자세히 묘사돼 있습니다. 어머니 자신의 시점이기 때문이죠. 이 소설의 마지막 부분에는 파벨의 법정 연설이 나오는데 곧바로 어머니의 연설이 이어집니다.

"우리의 어린 자식들이 행복을 향한 세계로 나아가고 있어요. 그들은 모든 사람들, 그리스도의 진리를 위해서 나아가고 있는 것이라오. 우리들을 악과 거짓, 그리고 탐욕으로 가득 채우고, 속박하고, 질식시키려는 모든 의도들에 대항하고 있는 거예요. 친애하는 여러분, 우리의 나이 어린 핏덩이들은 전 민중을 위해, 전 노동자를 위해 싸워 나가고 있는 것이라오. (……) 우리 자식들은 진리를 창조하고 진리를 위해 죽어갈 겁니다. 그들을 믿읍시다!"

우리 현대사에도 이런 분이 계시죠. 전태일 열사의 어머니 이소선 여사 같은 분. 이 대목에서 리빈이 어머니를 가리키며 "이분은 자식을 위해서, 자식의 길을 따라나선 최초의 어머니일 거요, 최초의 어머니!"라고 말합니다. 그 최초의 어머니를 다루는 작품으로 이 소설이 의미 있는 것입니다. 제목이 '어머니'기도 하지만 이런 의미에서 이 소설의 주인공은 파벨이 아니라 어머니인 게 당연하죠. 저는 왜 많은 사람이 아직도 파벨이

무성영화 〈어머니〉의 한 장면. 지가 베르토프, 세르게이 에이젠슈테인과 함께 20세기 러시아 3대 영화감독으로 꼽히는 프세볼로트 푸돕킨의 1926년 작품에서 아들을 잃고 절규하는 어머니의 모습.

영화 〈어머니〉의 마지막 부분. 총에 맞아 쓰러진 아들의 깃발을 대신 들고 기마대에 맞선 어머니.

주인공이라고 주장하는지 이해되지 않아요.

## 감동보다 분노를 느끼도록 하는 작품

그다음에 "우리는 사회주의자들입니다"로 시작되는 파벨의 법정 연설이 이어집니다. 이론적으로 사회주의와 공산주의는 다릅니다. 자본주의에서 공산주의로 가는 과도기 혹은 이행기를 사회주의 단계로 보지요. 아직 공산주의 단계로 진입하기 이전 단계, 역량이 충분히 마련되지 않은 상태가 사회주의입니다. 다시 말하면 높은 단계의 사회주의가 공산주의며, 거꾸로 낮은 단계의 공산주의가 바로 사회주의입니다.

마르크스와 엥겔스에 따르면, 능력에 따라 일하고 필요에 따라 분배받는 사회가 공산주의입니다. 가령 자기가 하루에 빵 열 개를 만들 능력이 있다면 열 개를 만들고, 대신에 가족이 많아서 빵이 스무 개 필요하다면 스무 개를 가져가는 거죠. 이 경우 당연히 생산량이 충분히 확보돼야 합니다. 그래야 수요를 충족시킬 수 있을 테니까요. 총 생산량이 100개인데 수요가 200개라면 공산주의는 불가능합니다. 그런데 이러한 정의에 부합하는 공산주의는 현실에서 실현된 적이 없습니다. 그렇게 보면 공산주의 비판이라는 말은 난센스에 불과합니다. 존재한 적이 없는 공산주의를 비판할 수는 없으니까요. 단 공산주의 프로그램에 대해, 즉 능력에 따라 일하고 필요에 따라 분배받는다는 원칙에 대해서는 현실성을 근거로 비판할 수 있겠죠.

한편 사회주의는 능력에 따라 일하고 노동에 따라 분배받는 사회입니다. 능력에 따라 일하는 것은 당연하죠. 능력 이상으로 일할 수는 없으니까요. 능력에 따라 일하고 일한 만큼 가져가는 것이 사회주의입니다. 필요한 만큼 가져간다고 하는 공산주의와는 그 점에서 구별되죠. 반면 자본주의는 어떤가요? 능력에 따라, 혹은 능력 이상으로 일하지만 일한 만큼 가져가지 못하는 사회입니다. 자본가가 노동을 착취하기에 노동자는 언제나 잉여노동을 할 수밖에 없습니다. 마르크스와 엥겔스의 관점에서는 그렇습니다.

물론 파벨이 "우리는 사회주의자들입니다"라고 할 때 사회주의와 공산주의를 구별해서 말하는 건 아니고 뭉뚱그려 표현하는 것으로 이해하면 됩니다. 단, 사적 소유(사유재산)의 철폐가 사회주의나 자본주의의 공통적인 전제라면 말이죠.

> "이 말은 우리가 사적 소유의 적임을 뜻합니다. 사적 소유란 민중을 분열시키고 서로에게 대항키 위해 서로를 무장시키고 화해할 수 없는 반목을 조장하고 이러한 반목을 감추거나 정당화하려고 거짓말도 서슴없이 내뱉을 뿐 아니라, 모든 이들을 거짓과 위선, 그리고 악으로써 타락시키기 때문입니다. (······) 우리는 머지않아 모든 권력을 정복하고 우리가 향유할 수 있는 만큼의 자유를 획득하고자 합니다. 우리 슬로건은 간단합니다. 사적 소유를 폐지하라! 모든 생산수단은 민중에게로! 모든 권력은 민중에게로! 모든 사람에게 노동의 의무를! 당신들이 보다시피, 우리는 폭도가 아닙니다!"

그리고 어머니의 연설이 이어지죠.

> "아마 그건 민중들을 위해 새로 태어난 신과 같다고나 할까. 모두

를 위한 모든 것이자, 모든 것을 위한 모두요. 이게 바로 내가 당신들 모두를 생각하는 방식이기도 하다오. 진정, 당신들 모두는 동지이고 친척이며, 모두 한 어머니의 자식들이오. 그렇고말고."

그렇게 전단을 나눠주며 연설하던 어머니가 구타를 당하며 잡혀가는 것으로 소설은 마무리됩니다. 파벨 같은 인물보다 닐로브나처럼 그동안 어떻게 살았는지도 모른 채 그냥 살아온 사람들, 착취당하고 억압당하고 희생당해온 사람들, 그들이 다시금 자기 삶을 생각해보게 하고, 무엇이 자기 삶을 고통스럽게 만들었는지 문제의식을 갖도록 해주는 것이 이 작품이 의도하는 바라고 정리할 수 있습니다. 그러니까 감동이 아니라 분노를 느끼도록 하는 작품인 셈이죠. 이렇게 살면 안 되겠다 하는 각성이 필요한 독자에게는 분노와 함께 투쟁의지를 북돋아줄 수 있는 작품입니다. 그것이 고리키 문학의 현재적 의의가 아닌가 싶습니다.

오늘 강의는 여기까지입니다.

# 자먀틴과
# 안티유토피아

### 자먀틴의 『우리들』 읽기

"혁명은 정열적인 젊은 연인,
나는 혁명과 사랑에 빠졌다."

예브게니 자먀틴

# 예브게니 이바노비치 자먀틴

Yevgeny Ivanovich Zamyatin • 1884~1937

「지방 생활」(1912)      『우리들』(1924)

「사흘」(1913)         「홍수」(1929 집필)

「동굴」(1922)

## 자먀틴에 대해서

오늘은 예브게니 자먀틴에 대해서 말씀드리겠습니다. 『우리들』의 번역본에는 저자가 '자먀찐'이라고 표기돼 있는데 러시아어 표기의 일관성을 고려하여 '자먀틴'이라고 부르겠습니다.

대표작 『우리들』을 비롯하여 단편 몇 편이 소개된 바 있는데, 실제로 자먀틴의 작품 수가 많지 않습니다. 러시아에서도 한 권 정도 분량이면 어지간한 작품은 다 담을 수 있습니다. 게다가 러시아에서는 상당 기간 출간이 금지됐던 작가였고, 『우리들』만 하더라도 1988년에 가서야 공식 출간됩니다. 구소련 시기에는 잊힌 작가였다가 해금된 뒤에야 문학사적으로 복권되어 20세기 대표 작가 가운데 한 명으로 꼽히게 됩니다.

### 친볼셰비키에서 반동 작가까지

간단히 전기를 살펴보지요. 자먀틴은 1884년 러시아의 작은 마을 탐보프 레베단에서 정교회 성직자의 아들로 태어났습니다. 그의 아버지는 사제이면서 교사였습니다. 어머니는 음악가였는데, 자먀틴은 늘 피아노를 치는 어머니 곁에서 책을 읽던 어린 시절의 자기 자신을 "소파 위

예브게니 자먀틴.(1931)

에 배를 깔고 엎드려 책을 보고 있는 어린아이, 혹은 어머니가 쇼팽을 연주하고 있는 피아노 밑에 홀로 쭈그리고 앉아 있는, 친구 하나 없이 아주 외로운 어린아이"라고 묘사한 적이 있습니다.

중학교를 마치고 1902년 페테르부르크 종합기술대학 조선학과에 들어갑니다. 엔지니어 출신 작가인 셈이죠. 엔지니어 출신으로 세계적 작가가 된 사람은 흔치 않은데, 러시아 작가로는 플라토노프와 함께 자먀틴이 그런 경우입니다. 이런 경험을 토대로『우리들』에서 주인공 D-503을 조선 기사로 그립니다.

대학을 졸업하고 본격적으로 작품을 썼는데, 역설적이게도 그 계기가

초기 단편 「지방 생활」의 1916년판 표지.　　　「섬사람들」 본문에 실린 자먀틴의 캐리커처.

된 것은 당국의 추방 명령이었습니다. 졸업 당시 단편소설을 쓰기도 했지만 그 뒤 3년 동안 쇄빙선이나 모터보트, 준설기에 관한 연구논문을 발표하면서 조선학과에서 선박 건축학부 강사로 근무했을 뿐 이렇다 할 작품을 쓰지 못했는데, 1911년 페테르부르크 보호감독청의 추방 명령에 따라 2년간 라흐타라는 지방에서 살면서 「지방 생활」을 발표하고 비로소 문단에 이름을 알리기 시작했으니까요. 군대 생활을 다룬 「변경에서」의 경우 군대를 중상모략했다고 재판에 회부된 적도 있습니다. 그래서 자먀틴은 "만약 내가 러시아 문학에서 무언가 의미 있는 작가가 된다면 그것은 전적으로 페테르부르크 보호감독청 덕분입니다"라고 술회하기도 했지요.

　제1차 세계대전 동안에는 영국에서 2년간 러시아 쇄빙선을 건조하는 감독관으로 일하기도 했습니다. 이 시기에 산업화로 기계화되어가는 영국의 부르주아 문명과 영국인의 속물근성을 비꼰 중편 「섬사람들」을 썼으며, 이때의 경험이 나중에 『우리들』을 쓸 때 도움이 되었습니다.

1917년 혁명 소식을 전해 듣고 귀국하여 10월 혁명을 겪습니다. 러시아는 1917년 2월 혁명으로 제정 러시아가 무너지고 임시정부가 들어섭니다. 2월 혁명은 말하자면 '부르주아 혁명'이었습니다. 그리고 레닌이 귀국하면서 '모든 권력은 소비에트로!'라는 저 유명한 '4월 테제'를 발표하고, 그해 10월에 '프롤레타리아 혁명'이랄 수 있는 10월 혁명이 일어납니다. 자먀틴은 2월 혁명은 보지 못하고 중간에 귀국해서 10월 혁명만 경험합니다. 거기에 대해서 자먀틴은 「자서전」(1922)에 이렇게 썼어요.

> 2월 혁명을 보지 못한 채 10월 혁명만을 안다는 것은 무척 안타까운 일입니다. 그것은 사랑이란 것을 한 번도 알지 못하다가 어느 날 아침 이미 결혼한 지 10년이 지난 상태에서 깨어나는 것과 같은 이치입니다.

자먀틴은 원래 혁명에 열광한 친볼셰비키였습니다. 그런데 혁명 이후에는 아이러니하게도 볼셰비키로부터 반동 작가로 낙인 찍혀 1920년대 말 이후 작가 활동을 전면 금지당합니다. 지독한 반체제 인사로 활동하면서 당국의 문화 정책에 풍자적 비평을 하다 눈 밖에 난 셈이죠. 하지만 당시 젊은 작가들에게는 대단히 큰 영향을 끼치기도 했습니다. 이런 사정으로 1920년에 『우리들』을 쓰고 스스로 가장 진지한 이야기라고 자신했지만 결국 출판되지 못했죠. 1920년대에 탄압받은 대표 작가의 한 명으로 꼽힙니다.

그래도 자먀틴은 운이 좋았어요. 고리키의 중재 덕에 프랑스로 망명해서 여생을 보냈으니까요. 자먀틴이 스탈린에게 러시아에서는 작품 활동을 더 이상 할 수 없으니 떠나게 해달라는 탄원서를 썼는데 스탈린이 허락해줬습니다. 아주 드문 경우였죠. 덕분에 파리로 건너갔지만, 생활고와 병고에 시달리다 1937년에 사망합니다. 1937년이면 소련에서 탄압받던 작가들이 상당수 숙청되던 때입니다. 망명하긴 했지만, 안타깝게도 죽음은 비껴가지 못한 셈이에요. 이런 사실도 문학사에서 지워졌던 자먀틴이 최근에야 재평가되면서 알려지게 됩니다.

### 실패한 혁명과 암울한 미래, 「사흘」과 「동굴」

국내에 번역된 자먀틴의 단편 가운데 「사흘」이라는 작품이 있습니다. 1905년 전함 포템킨에서 벌어진 수병들의 반란 사건을 소재로 한 작품입니다.

에이젠슈테인의 영화 〈전함 포템킨〉(1925)으로 잘 알려진 사건이죠. 썩은 고기를 배급받은 수병들이 선상에서 반란을 일으킨 사건입니다. 영화에서는 포템킨호가 오데사 항에 당당하게 입항하는 것으로 그려지지만 실제로는 실패한 반란이었습니다. 반란을 일으킨 수병들이 대부분 진압당하고 체포되어 시베리아로 끌려갔습니다. 제목의 '사흘'은 반란 기간을 뜻합니다.

자서전에 따르면 자먀틴은 귀국길에 흑해 항구 오데사에서 벌어진 포템킨호의 봉기를 직접 목격하고 이 작품을 썼습니다. 비록 "혁명은 정열적인 젊은 연인, 나는 혁명과 사랑에 빠졌다"라고 고백했지만 자먀틴에게 혁명은 개인적이고 심리적인 것이었습니다. 그래서 그의 작품에서 봉기

1905년 포템킨호의 반란 사건 당시 소요로 불타는 오데사 항구.

세계 10대 영화로 꼽히는 걸작 〈전함 포템킨〉의 한 장면. 사진 속 오데사 계단의 학살 장면과 몽타주 기법으로 유명하다.

는 항상 실패로 끝납니다.

「동굴」이라는 단편도 내용은 아주 간단합니다. 혁명 후 어느 매서운 겨울에 페테르부르크에서 추위와 굶주림으로 죽어가는 부부를 묘사한 작품입니다. 내용이 단순하다 보니 다분히 상징적으로 읽히기도 합니다. 현재시점의 페테르부르크와 선사시대의 모습이 겹쳐 있는데, 매머드가 왔다 갔다 하는 장면이 실제인지 환상인지 구별되지 않게 그려져 있습니다.

혹독한 추위에다 병든 아내 때문에 집 안에 땔감으로 쓸 수 있는 건 모조리 태워야 하는 형편인데 가장 좋은 게 책이에요. 하지만 그마저도 얼마 가지 못하고, 주인공은 인텔리겐치아임에도 어쩔 수 없이 남의 장작을 훔칩니다. 몇 개 안 되는 장작으로 추위를 물리쳐보지만 그것도 잠깐일 뿐 더 버틸 방법이 없자 절망 끝에 부부는 자살을 결심합니다. 그런데 독약마저 일인분밖에 없어요. 아내가 그 사실을 알고 어차피 병으로 죽어가고 있으니 자기가 죽겠다며 빨리 고통에서 벗어나게 해달라고 애원합니다. 결국 사내는 아내가 자살하는 모습을 차마 볼 수 없어 외출한다는 것이 소설의 내용입니다.

> 얼음 같은 미풍이 틈바귀에서 불어 들어와 발밑에서 하얀 눈가루를 날려버렸다. 그리고 하얀 눈가루, 돌덩어리들, 동굴들, 웅크리고 앉아 있는 인간들 위로 지나가는 진짜 매머드의 거대하고 고른 발걸음은 어느 누구에게도 들리지 않았다.

소설의 마지막 문장입니다. 암울하기 그지없는 작품이죠. 1920년이면 내전이 막바지일 때인데 혁명 이후 새로운 세계에 대한 희망이라든가 비전은커녕 선사시대로 후퇴해 추위와 기아로 죽어가는 암울한 모습을 그렸으니 이런 작품이 환영받았을 리 없습니다. 결국 반동 작가로 낙인찍히고 『우리들』 같은 작품은 끝내 소련 내에서 출간되지 못하는 운명을 맞습니다.

### 혁명은 무한히 지속돼야 한다

1923년 자먀틴은 유명한 에세이 「문학, 혁명, 엔트로피 등에 관하여」를 발표합니다. 이 에세이의 제사로 『우리들』의 한 대목을 직접 인용하기도 했습니다. 자먀틴을 이해하는 데 아주 중요한 글입니다. 이 에세이 서두에서 자먀틴은 혁명에 대해 얘기합니다. 혁명이란 무엇인가라고 정의하는 건 아닙니다. 핵심 주장은 혁명이 무한하다는 것입니다.

혁명은 도처에, 모든 것에 존재한다. 그것은 무한하다. 마지막 숫자가 없듯이 마지막 혁명도 없다. 사회혁명은 무한수의 하나일 뿐이다. 혁명의 법칙은 사회 법칙과 전혀 다르다. 그것은 에너지 보존과 에너지 소멸(엔트로피)의 법칙이 그렇듯이 무한히 큰, 우주적이고 보편적인 법칙이다. 언젠가는 혁명법칙의 공식이 수립될 것이다.

마지막 혁명이 없다는 것은, 이미 안정되고 완성된 이상적 국가라는 아이디어를 부정하는 것이죠. 사회는, 혁명은 무한히 지속돼야 한다, 마지막 숫자가 없는 것처럼 최종적, 종국적인 혁명도 없다, 이것이 자먀틴의 기본 관점입니다. 언뜻 트로츠키의 '영구 혁명론'을 떠올리게 하죠.

러시아 혁명기에 트로츠키는 러시아만의 국지적 혁명으로는 사회주의 혁명이 실패할 수밖에 없다고 판단했어요. 자본주의 국가들에 포위되어 고립된 상태에서는 혁명이 성공할 수 없다고 본 거죠. 그걸 극복하려면 혁명이 유럽 전역, 세계 전역으로 확산돼야 합니다. 이른바 영구 혁명론이죠. 그래서 1918년 독일 혁명에 상당히 많은 기대를 걸었고 실제로 레닌이 1920년 폴란드와의 전쟁을 감행하면서까지 힘을 실어주려 했는데도, 독일에서의 혁명이 실패로 끝나면서 팽창은 고사하고 러시아에서의 혁명까지 위축됩니다.

『잃어버린 대의를 옹호하며』 같은 책에서 철학자 슬라보예 지젝이 말하듯이, 혁명의 에너지가 밖으로 분출되지 못하고 내부로 향하면 자해가 이루어지게 됩니다. 스탈린의 공포정치를 일종의 자해행위로 보거든요. 영구 혁명의 길이 차단되니까 내부적으로 그런 일이 벌어집니다. 트로츠키와 달리 스탈린은 일국사회주의 노선이었어요. 여기서 일국은 소련을 말합니다. 외국으로 혁명을 수출하지 않더라도 소련 자체만으로 사회주의 건설이 가능하고 성공할 수 있다는 것이 스탈린 모델이었습니다. 여기에 기반을 두고 중공업 육성과 농업집산화를 추진합니다. 그리고 그 과정에서 매우 많은 희생이 뒤따르게 됩니다.

자먀틴이 트로츠키주의자였다고 말할 수는 없지만 마지막 혁명은 없다는 그의 주장이 의미심장하게 들리는 것은 사실입니다. 트로츠키와 자먀틴 둘 다 스탈린의 탄압을 받은 공통점이 있음을 상기하면 더욱 그렇지요.

또, 진정 살아 있는 인간과 죽어 있는 인간에 대한 구분도 음미해볼 필요가 있습니다.

## 살아 있고-살아 있는 인간 vs 살아 있고-죽어 있는 인간

> 유기화학은 생물체와 무기물의 차별성을 무로 돌려놓았다. 인간은 살아 있는 인간과 죽은 인간으로 잘못 구분되었다. 인간 중에는 '살아 있고-죽어 있는' 인간과 '살아 있고-살아 있는' 인간이 존재한다. 살아 있고-죽어 있는 인간 또한 쓰고 걷고 말하고 행동한다. 그러나 그들은 실수하지 않는다. 실수하지 않고 기계처럼 행동한다. 그러나 그들의 행동은 죽은 행동이다. 살아 있고-살아 있는 인간은 실수와 탐구와 질문과 고통 속에 존재한다. (……) 실수는 진리보다 가치 있다. 진리는 기계적이지만 실수는 살아 숨 쉰다.

'살아 있고-죽어 있는' 인간과 '살아 있고-살아 있는' 인간이 자먀틴의 인간 구분법입니다. '살아 있고-죽어 있는 인간 또한 쓰고 걷고 말하고 행동'하고 강의도 듣고 할 것 다 하지만, 그들은 실수하지 않습니다. 그러나 그들의 행동은 '죽은 행동'입니다. '살아 있고-살아 있는 인간은 실수와 탐구와 질문과 고통 속에 존재'하니까요. 자먀틴은 '쓴다는 것도 바로 그런 것이다'라고 말합니다. 그래서 진리와 실수를 대비하는데, 이것이 도스토예프스키와 비교되는 부분입니다.

도스토예프스키는 실수에 그리스도를 갖다 놓았죠. "진리가 그리스도와 함께 있지 않더라도 나는 그리스도 편에 서겠다." 이것이 도스토예프스키의 유명한 발언입니다. 자먀틴에게 진리는 죽은 거예요. 변증법적 진리관에 따르면 오늘의 진리는 내일의 거짓이다, 즉 고정되어 있는 것, 항구불변의 영원한 진리는 없다는 겁니다. 마지막 진리라는 건 없어요. 항상 변하는 겁니다. 이 죽어 있는 진리 대신 실수가 오히려 살아 있음을 증명해주는 것이죠. '살아 있고-살아 있는 인간'과 살아 있는 삶, 이것이 바로 도스토예프스키의 테마입니다.

도스토예프스키는 진정으로 살아 있는 삶에 대해 얘기한 적이 있는데, 언뜻 들으면 이상하죠. 삶이란 게 이미 살아 있다는 뜻인데, 살아 있는 삶을 말한다는 건 죽어 있는 삶도 있다는 거잖아요. 이는 사도 바울의 말에서 나왔습니다. "너희가 육신이 살아 있다고 다 살아 있는 줄 아느냐?" 육신도 살아 있고 영혼도 살아 있는 인간이 있는 반면, 육신은 살아 있지만 영혼은 죽어 있는 인간도 있습니다. 이런 분류법이 도스토예프스키나 자먀틴에게서 다시 반복된 겁니다.

사회주의리얼리즘이 창조한 새로운 인간은 매우 합리적이면서 금욕적 인간이죠. 새로운 시대의 성자들인 셈입니다. 사회주의 성자들. 자신의 모든 걸 희생하고 헌신하는 인간입니다. 하지만 나중에는 기계처럼 자동화되죠. 자신의 욕망을 갖지 않으니까요. 현실 사회주의의 노동 영웅들이 여기에 해당합니다. 1930년대 중반 소련에서 노동 영웅 칭호를 받은 알렉세이 스타하노프 같은 사람이 대표적이에요. 탄광 노동자였던 스타하노프는 기준량의 열네 배에 달하는 탄을 캐내 인민 영웅, 노동 영웅으로 불렸지만 자본주의 사회처럼 그에 대한 인센티브를 받은 게 아닙니다. 대신 훈장을 받았죠.

이러한 새로운 인간은 진리의 인간이기도 한데, 일찍이 도스토예프스키는 이것을 인간에 대한 모욕이라고 봤어요. 인간은 그렇게 단순하지 않다는 것이죠. 기계처럼 실수하지 않는, 진리의 인간은 다르게 말하면 죽어 있는 인간과 다를 바 없습니다. 반면에 '살아 있는 인간'은 실수하기 마련입니다. 죄를 짓기 마련이에요. 『죄와 벌』의 주인공 라스콜니코프처럼 사람을 죽이고, 신경쇠약에 빠졌다가 시베리아에 유형을 가서야 비로소 갱생의 삶을 시작하는 인간이 살아 있는 인간이에요. 하지만 '새로운 인간'은 실수하지 않아요. 잘 프로그래밍된 기계 인간처럼 행동합니다. 이런 인간의 유토피아가 과연 이상 사회일까요?

이청준은 『당신들의 천국』에서, 진정한 유토피아라면 그 유토피아를 거부할 자유와 권리도 허용돼야 한다고 말합니다. 유토피아를 거부할 권리죠. 도스토예프스키식으로 얘기하면 '고통에 대한 권리'입니다. 나에게 행복을 그만 다오, 난 좀 고통받고 싶다, 그런 권리. 왜죠? 나는 인간이지 기계가 아니니까. 행복의 외적 조건이 만들어져서 내게 주어진다 하더라도 나는 그걸 거부하겠다는 것. 그 대신 차라리 날것 그대로의 고통을 달라고 말합니다. 『지하로부터의 수기』의 주인공이자 화자인 '지하생활자'는 치통에도 상당히 만족스러워하잖아요. 나만의 고통이니까. 우월감을 느끼고 자부심을 느끼고 쾌감을 느껴요.

앤서니 버지스 원작으로 스탠리 큐브릭이 영화로 만든 〈시계태엽 오렌지〉(1971)에서도 갖가지 폭력과 강간 등을 일삼는 사고뭉치를 수술해서 순결한 영혼의 소유자로 만드는 내용이 나옵니다. 과연 그게 바람직한가 하는 문제를 제기하죠. '살아 있고-살아 있는 인간'과 '살아 있고-죽어 있는 인간'이라는 이분법은 그런 문제 제기와 연관돼 있습니다.

자먀틴은 톨스토이, 고리키, 체호프 등의 문학을 풍속의 사실주의라고 부릅니다. 하지만 중요한 것은 실제 현실, 있는 그대로 현실을 그리는 것이 아니라 '전위, 왜곡, 굴곡, 비객관성이 내재한 참실재(realiora)'를 그려내는 것이라고 주장합니다. 이는 상징주의 시인들의 구호이기도 한데 자마틴은 이를 수용합니다.

참실재란 비유컨대 비유클리드 기하학의 세계입니다. 유클리드 기하학, 곧 평면기하학에서는 평행선이 만날 수 없지만 비유클리드 기하학에서는 서로 만나는 게 가능합니다. 이런 비유클리드 기하학적 세계로 도약할 필요가 있다는 것이 자먀틴의 주장입니다. 비록 비유클리드적 세계가 파열로 인한 상처와 아픔을 동반한다 하더라도요. 이제 자먀틴의 에세이를 길잡이 삼아서 본격적으로 『우리들』을 읽어보겠습니다.

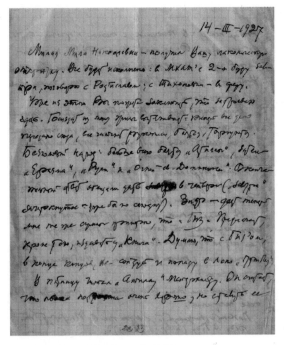

자먀틴이 아내 류드밀라에게 1927년 쓴 편지.

자먀틴의 『우리들』 읽기

### 3대 안티유토피아 소설 중 가장 앞선 작품

자먀틴의 『우리들』은 올더스 헉슬리의 『멋진 신세계』, 조지 오웰의 『1984』와 함께 3대 안티유토피아 소설로 꼽힙니다. 이들 가운데 출간이 가장 앞서니까 '원조'라고 해도 되겠습니다. 영어 번역으로는 1924년에 출간됐으니, 1932년 작인 『멋진 신세계』나 1949년에 간행된 『1984』보다 꽤 앞서지요. 헉슬리나 오웰이 자신들의 작품을 쓰기 전에 이 작품을 읽고 영감을 얻었을 가능성이 큽니다. 실제로 『우리들』에 대한 서평을 쓰기도 했던 오웰은 헉슬리가 『우리들』에서 결정적인 영향을 받았을 거라고 말합니다. 사실 제가 보기에 영향으로만 따지자면 『멋진 신세계』보다 『1984』가 더 많이 『우리들』에 빚지고 있습니다.

그렇다면 자먀틴이 『우리들』을 쓰면서 염두에 두었던 작품은 무엇일까요? 도스토예프스키의 작품들입니다. 『지하로부터의 수기』나 『카라마조프가의 형제들』의 '대심문관' 장 등을 바로 떠올릴 수 있습니다.

도스토예프스키는 1860년대 러시아 지성사에서 보면 보수 쪽에 속합니다. 진보 쪽에 해당하는 작가 혹은 비평가는 체르니솁스키로 『무엇을 할 것인가』(1863)를 썼죠. 이에 대한 논박으로 쓰인 것이 도스토예프스키의 『지하로부터의 수기』(1864)입니다. 그래서 도스토예프스키의 『지하로부터의 수기』와 체르니솁스키의 『무엇을 할 것인가』는 두 갈래 길을 표시합니다. 그리고 레닌이 계승한 것이 체르니솁스키의 길입니다. 체르니솁스키의 소설에 감화받은 레닌은 1902년에 쓴 정치 팸플릿의 제목을 똑같이 '무엇을 할 것인가'라고 붙이기도 했습니다.

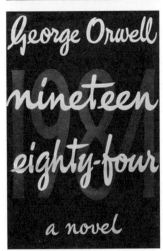

『우리들』(1924), 『멋진 신세계』(1932), 『1984』(1949)의 초판.

체르니솁스키가 『무엇을 할 것인가』에서 그린 것은 앞에서 말씀드렸던 바로 그 '새로운 인간'형입니다. 새로운 인간형과 새로운 사상을 창조하는 데 문학성은 그다지 문제 되지 않는다고 봤습니다. 하지만 도스토예프스키는 그 생각에 반대했죠. 『지하로부터의 수기』에 나오는 비비 꼬인 지하생활자의 입을 통해 그런 생각을 조목조목 비판합니다.

자먀틴은 원래 혁명에 적극 찬성하고 동참하려 했던 작가였지만 도스토예프스키의 길을 갑니다. 합리적 이성을 예찬하고 단일 제국을 찬양하는 서사시를 쓴다는 『우리들』 화자의 기획은 얼핏 『무엇을 할 것인가』의 길을 따르는 것처럼 보입니다. 그러나 그 기획이 점차 무산되는 과정을 그림으로써 도스토예프스키의 계보를 잇고 있습니다. 출발점만 비교하자면 『지하로부터의 수기』의 주인공과 『우리들』의 주인공 D-503은 반대편에 놓이지만 자먀틴은 단일 제국 같은 이상 사회에 대한 도스토예프스키적 의심과 회의를 이 작품에서 계승한 것이지요.

더불어 나와 우리, 개인 대 집단의 문제를 복합적으로 다룬 것은 『카라마조프가의 형제들』의 '대심문관' 편에서 다룬 테마를 자먀틴식으로 수용한 부분이기도 합니다. 『카라마조프가의 형제들』에서 대심문관이 그리스도를 심문하면서 "당신은 어찌하여 인간에게 자유를 주었는가?"라고 묻죠. 인간은 그걸 감당할 수 없다고 주장하면서요. 인간은 너무 나약하기 때문에 자유가 아니라 기적과 신비와 권위에 의존한다는 거예요. 자유는 너무 부담스러워 인간에게 어울리지 않는다는 말이죠.

자먀틴도 이 작품에 비슷한 에피소드를 실었습니다. 한 달 동안 휴가를 받은 세 명의 해방된 노예 얘기입니다. '시간 율법표'에 따라서만 생활하다가 갑자기 자유가 주어지니 그들은 그것을 도저히 감당하지 못합니다. 어찌해야 좋을지 몰라 작업장 근처를 기웃거리다가, 매일 하던 망치질 흉내를 좀 내보고는 그만 강물에 몸을 던져 자살해버립니다.

자유가 얼마나 부담스러운지 말해주는 에피소드인데, 자유란 그걸 누릴 수 있는 능력과 상관적입니다. 그냥 주어지는 자유는 별 의미가 없죠. 예를 들어 우화에 나오는 두루미와 여우처럼 먹을 자유가 있다고 해서 다 끝나는 건 아니잖아요. 그건 의미 없는 자유일 뿐이니까요. 먹을 수 있는 능력과 여건이 돼야 자유를 누릴 수 있습니다. 다리가 불편한데 너에게는 달릴 자유가 있다고 말하는 것과 다를 바 없습니다. 그러니까 자유와 능력은 항상 상관적입니다.

### 29세기 미래 사회의 단일 제국에 관한 보고서

『우리들』의 배경은 29세기 미래 사회입니다. 세상은 완벽해지고 있습니다. 단일 제국의 우주선 인테그랄호가 완성되면 제국의 변방까지 완벽하게 통합될 예정입니다. 단일 제국의 구성원들은 모두 '시간 율법표'에 따라 움직입니다. 수백만 명이 하나인 듯 일을 하고 동시에 끝냅니다. 생활은 철저하게 통제되며 모든 사람은 제복을 입고 있는데 이름은 없고 모두 '번호'로 불리죠.

자먀틴이 이 작품을 쓴 1920년은 아직 스탈린 체제가 등장하기 전입니다. 즉, 스탈린이 본격적인 사회주의 체제, 일부에서는 '국가자본주의'라고 부르는 사회체제를 건설하기 이전이지요. 자본주의 사회에서는 기업가가 노동자를 착취하는데, 스탈린의 소련에서는 국가가 노동자를 착취한다는 의미에서 국가자본주의라고 부르기도 합니다. 어쨌든 혁명을 통해 소련 사회가 어떻게 변해갈지 누구도 예측하기 어려운 시기에 『우

『우리들』을 원작으로 프랑스의 영화감독 알랭 부레가 연출한 단편영화 〈유리의 성〉 포스터.(2016)

리들』은 전체주의화된 소련 사회의 암울하고 음울한 미래상을 앞당겨 보여준 셈입니다.

이 소설 속의 단일 제국도 전체주의 사회를 보여주는데, 사람들은 자신을 개인이 아닌 벽돌 한 조각으로 여길 뿐입니다. 세상은 수학 공식처럼 돌아갑니다. 모든 번호는 논문이건 서사시건 선언문이건 송시건, 단일 제국을 예찬하는 작문을 과제로 수행하게 됩니다. 그래서 인테그랄호의 조선 담당 기사이자 수학자인 D-503도 하나의 서사시가 되기를 바라면서 총 40개에 달하는 기록을 남기지요. 이 소설은 바로 그 40개의 기록으로 구성되어 있습니다.

형식상 '나'라는 1인칭 주어를 사용하지만, D-503은 '나'의 실내용은 갖고 있지 않은 존재입니다. '나'라는 독자성을 갖고 있지 않은, 다만 '우리'의 한 부분일 뿐입니다. 번호로만 존재하죠. 그런데 반란 세력의 일원인 여성 I-330과 만나 에로스적인 경험을 하게 되면서 '진짜 나'가 생겨납니다. 자기 안에 있는 또 다른 나, 즉 '영혼'이 생겨요. 하지만 그가 동조하고 가담하려 했던 반란 세력이 일망타진되는 바람에 I-330은 고문 끝에 처형되고, D-503은 수술을 받은 뒤 다시 단일 제국의 부속품으로 돌아가는 것이 결말입니다. 마지막에 이르러 D-503은 '단일 제국 만세! 이성은 승리한다'라는 결론을 내리지만, 독자들은 그의 발언을 아이러니로 읽게 됩니다.

반란 세력의 일원인 I-330은 주인공 D-503에게 전략적으로 접근합니다. 그녀에게는 "기묘하고 사람을 초조하게 만드는 듯한 X자"가 있습니다. 산술적으로 표현할 수 없는 미지수 같은 것이죠. 그런데 주인공에게도 그런 부분이 있습니다. 바로 털북숭이 손입니다. 격세유전의 흔적인데 무척 수치스러워해서 누군가가 그런 자기 손을 보는 것을 참지 못해요. 완벽한 단일 제국의 충성스러운 번호이기는 하지만 그 털북숭이 손처럼 뭔가 완전히 통제되지 않은 부분이 있는 겁니다. 그 자신의 미지수 X인 셈이죠.

단일 제국의 논리에 완전히 흡수되지 않은 일부 세력이 남아 있다는 것은 시간 율법표에서도 확인됩니다. 하루에 두 번 자유시간이 있어요. 5시에서 6시까지, 그리고 9시에서 10시까지. 이때는 하나의 거대한 단일 조직체의 구성원도 뿔뿔이 흩어져 각각의 세포가 됩니다. 어떤 번호는 거리를 활보하고, 어떤 번호는 책상에 앉아 있고. 단일 제국의 충성스러운 신민인 D-503은 이마저도 불만스러워합니다. 다 똑같이 행동해야 하는데 왜 누구는 거리를 돌아다니고 나는 책상에 앉아 있는가, 하고 말이죠.

## 식욕과 성욕을 지배한 미래 사회

그러나 나는 굳게 확신한다. 나를 이상주의자 혹은 몽상가라고 불러도 좋다. 나는 우리가 조만간 보편적 공식 안에서 이 개인 시간을 위한 자리를 찾을 것임을, 언젠가는 86,400초 전부가 시간 율법표 속으로 수용될 것임을 믿는다. (……) 그리고 국가(그것은 자신을 감히 국가라고 불렀다!)가 성생활에 대해 그 어떤 통제도 가하지 못했다는 것은 정말로 부조리한 일 아닌가. 누구나 언제라도, 마음 내키는 대로…… 마치 짐승들처럼. 완전히 비과학적으로. 그리고 그들은 짐승처럼 맹목적으로 번식했다. 원예, 양계, 양어를 알았으되(우리에겐 그들이 이 모든 것을 알고 있었다는 정확한 자료가 있다), 그 같은 논리의 사닥다리인 맨 마지막 계단까지, 즉 육아에 도달하지 못했다는 것은 우스운 일 아닌가? 우리의 '모성 기준', '부성 기준'에까지 생각이 미치지 못했다는 것은.

전체가 완전히 똑같이 맞춰서 행동할 때가 반드시 올 것이고 그때가 되면 시간이 하나의 율법표에 완전히 다 포섭될 것이라 믿습니다. 단일 제국의 그 작은 빈틈도 완벽하지 못해 불만인 겁니다. 이런 관점에서 보면 민주 국가는 난센스가 되겠죠. 그러면서 예전의 국가가 성생활에 대해 어떤 통제도 가하지 못했으면서 국가라고 불렸다는 것을 비꼽니다.

사실 인간만이 성생활을 무질서하게 영위하죠. 동물들의 성은 발정기가 있어 질서정연한 편입니다. 시간 율법표에 맞게 돼 있는 셈입니다. 인간만이 그게 통제가 안 되는 거죠. 다른 동물들은 딱 맞춰서 하는데 우리들한테는 왜 그 논리를 적용하지 않는가. 원예며 양계, 양어는 할 줄 알면서 그 사다리의 맨 마지막 계단인 계획 육아에는 왜 도달하지 못했냐고 비난합니다.

공산주의 국가에서는 그래서 탁아소를 운영했습니다. 공동육아를 해서 전체의 아이로 키워야 하기 때문이죠. 사유재산 개념이 없으니까요. 문제는 아이들에게 먹일 식량이 부족하다는 겁니다. 동유럽 사회주의를 비롯한 현실 사회주의 전체의 문제였습니다. 미처 여건이 마련되지 않은 상태에서 의도가 앞섰던 것이죠. 어쨌든 이것이 단일 제국의 아이디어입니다.

그다음으로 작품 초반에 아주 보편적인 문제를 제기합니다. 인류를 괴롭히는 두 가지 문제, 즉 식욕과 성욕이죠. 작품에서는 "사랑과 기아가 세계를 지배한다"라는 고대 현자의 말을 전하면서 세계를 지배하기 위해 인간은 세계의 지배자인 사랑과 기아를 정복해야 한다고 말합니다.

톨스토이 후기 소설 「신부 세르게이」에 보면 성욕을 억제하려고 도끼로 손가락을 자르는 장면이 나오는데, 그래도 통제가 안 됩니다. 인간이란 신체를 갖고 있으니까요. 영혼만 있다면 순결 자체겠지만 육체를 갖고 있는 한 식욕과 성욕의 지배를 받게 됩니다.

아무튼 성과 기아의 문제를 정복해야 하는데, 단일 제국에서는 일단 기아 문제를 해결합니다. 200년 전쟁 이후 저렴하면서도 영양을 공급해줄 수 있는 식량인 석유식품이 개발돼서 비로소 식량난에서는 해방되었다고 하죠. 하지만 문제는 아직 성욕, 사랑을 완전히 정복하지 못했다는 거예요. 다만 사랑을 조직화하고 수학화했을 뿐이죠. '성법전'이 선포되어 "모든 번호에는 다른 어떤 번호라도 성적 산물로 이용할 권리"가 있게 되었습니다.

즉, 더는 성욕 문제 때문에 고심할 필요 없이 등록한 뒤 차례를 기다리면 됩니다. 거부할 권리는 없어요. 모두가 모두를 이용할 수 있으니까요. 그게 단일 제국의 성법전입니다. 그런데 문제는 그래도 성을 완전히 통제하지 못한다는 겁니다.

모성 기준이나 부성 기준도 전혀 낯선 말은 아닙니다. 이를테면 과거에 정신지체 여성에게 강제로 불임시술을 받게 한 경우가 있잖아요. 이들이 모성 기준에 미달한다고 판단한 거죠. 심지어 북유럽이나 유럽 선진국도 예외는 아니었습니다. 몇십 년씩 시행해오다가 스캔들이 되기도 했죠. 우리도 이 같은 행위가 크게 문제된 적이 있습니다. 보건소에서 강제 불임시술을 시행한 사실이 밝혀졌던 것입니다. 이러한 일들은 인간은 이성적 동물이기 때문에 이성적 판단력이나 통제력을 갖지 않은 경우에는 인간으로서 권리를 어느 정도 제한할 수 있다고 보기에 가능한 거예요. 단일 제국은 이 문제에 좀 더 엄격한 기준을 들이댑니다. 키가 작아도, 지능이 낮아도 아이를 갖는 게 금지됩니다. 바로 그런 사회에서 D-503이 I-330의 유혹에 넘어가 금지된 알코올을 먹고 예기치 않은 경험을 하게 돼요.

## 번호에서 영혼을 가진 나로

그녀는 녹색 독물을 한 잔 입에 털어넣었다. 사프란 속에서 장밋빛으로 빛나며 몇 발자국을 움직였다. 그리고 내 의자 뒤에 멈추어 섰다……

갑자기 손이 내 목에 감기고 입술과 입술이…… 아니 어딘지 그보다 훨씬 깊은 곳까지. 훨씬 끔찍한 곳으로……. 맹세하건대, 그건 전혀 뜻밖의 일이었다. 그리고 어쩌면 그 이유는 단지…… 나는 지금 매우 명백하게 이해할 수 있다. 그 이후 일어난 일은 내 스스로 원했던 것이 아니라는 사실을.

(……) 두 명의 내가 있었다. 하나는 이전의 나, 이전의 D-503, 번호 D-503. 또 다른 하나는…… 이전에 그는 다만 자신의 털북숭이 손을 껍질 밖으로 슬쩍 내밀곤 했다. 그러나 지금 그는 온몸이 밖으로 나왔다. 껍질이 소리를 내며 찢어지고 있었다.

I-330이 '녹색 독물'을 입술로 D-503에게 넘겨줍니다. 전혀 뜻밖의 일이라고 하지만, D-503은 끝내 거부하지는 못합니다. 그래서 발견하는 것이 두 명의 '나'입니다. I-330과의 에로스적 관계가 이루어진 다음 D-503에게 영혼이 생겨납니다. '나'라는 새로운 자아라 할 수도 있고 새로운 자각이랄 수도 있는 것과 만납니다. 그리고 이전의 털북숭이 손이 완전히 껍질을 찢고 나옵니다.

그다음에 이어지는 내용은 제가 좋아하는 대목입니다.

나는 제2의 내가 털북숭이 손으로 그녀를 난폭하게 부둥켜안는 것을 보았다. 그녀의 얇은 비단을 갈기갈기 찢고 이빨로 물어뜯었다.

거의 야수로 변한 셈이죠. 제복을 입은 충성스러운 번호였는데 갑자기 털북숭이 손이 비집고 나오면서 I-330의 옷을 이빨로 물어뜯는 장면입니다. 새로운 '나'가 탄생하는 것이죠. 자기 안에 있는 어떤 동물, 여기서는 어떤 짐승이라고 하는 게 더 적절할 텐데, 아이러니하게도 이게 바로 영혼이에요. 여기서 영혼은 뭔가 고상하고 순결하고 순수한 것이 아니라 자기 안에 지워져 버린 동물성입니다. 우리가 이성적 존재로서만 인간을 규정할 때, 즉 '이성의 승리'를 외칠 때 떼버린 것, 곧 본능, 감정, 욕망 이런 것들이 귀환합니다.

결국 이런 경험을 한 뒤 나는 분열을 느낍니다. 내가 누구인지 모르는 겁니다. 분열됐으니까. 단일 제국의 대오로부터 D-503이 일탈한 겁니다. "구구단의 엄격하고 영원한 법칙을 따라서 사는 번호보다 더 행복한 번호는 없다. 망설일 것도 오해할 것도 없다. 진리는 하나, 진리의 길도 하나니까"라고 칭송하던 D-503으로서는 혼란스러울 뿐입니다. 구구단의 엄격하고 영원한 법칙은 단일 제국에서 낭송되는 시에도 그대로 나타납니다.

> 영원한 애인 2×2
> 정열로 영원히 결합된 4
> 이 세상에서 가장 열렬한 연인들—
> 절대로 떨어지지 않는 2×2

「행복」이란 시의 첫 4행입니다. 아름다운가요? 참고로 2×2는 『지하로부터의 수기』에 나오는 겁니다. 2×2에 대해 불만을 토로하면서 인간에 대한 모욕이라고 분통을 터뜨리는 부분이 있는데, 그 부분을 자먀틴이 그대로 썼죠. 물론 자먀틴은 인용문에서처럼 진리가 하나라고 믿지 않았어요. 오늘의 진리는 내일의 거짓이 되고, 모든 진리는 거짓이라는 것이 자먀틴의 생각이었습니다.

**이성은 반드시 승리한다?**

결국 D-503은 의사에게 중증이라는 진단을 받습니다. 내부에 영혼이 형성됐다는 것이죠. 살아 있지만 죽어 있는 인간인데 영혼을 갖게 됐어요. 에로스적 경험, 본능의 자각 때문에 영혼이 생긴 겁니다. 그다음 둘의 정사 장면이 또 한 번 나옵니다.

그녀의 무릎에서, 그녀 안에서 나는 녹아든다. 나는 점점 작아지고 동시에 점점 넓어진다. 점점 커지고 점점 무한해진다. 왜냐하면 그녀는 우주이기 때문이다.

에로스적 경험이 생리적 차원으로 축소되지 않고, 우주적인 경험으로 확장돼요. 그래서 단일 제국의 논리에 맞설 힘을 갖게 됩니다. 그리고 30번째 기록은 자먀틴의 에세이에 나왔던 내용입니다.

"당신은 그럼 도대체 어떤 마지막 혁명을 원하는 거죠? 마지막이란 없어요. 혁명이란 무한한 거예요. 마지막 혁명이란 어린아이들을 위한 얘기죠. 아이들은 무한성에 겁을 집어먹죠."

이렇게 I-330에게 포섭되어 인테그랄호를 탈취하는 계획에 가세하지만 그만 발각되어 진압되고 맙니다. 주동자들은 체포되어 처형되는데

D-503은 목숨을 건지는 대신 수술을 받고 완전히 백치 상태가 됩니다. 실제로 맨 마지막 기록은 그런 상태에서 씁니다. 그래서 I-330이 잡혀 와서 심문받는 장면까지 보게 되죠.

> 같은 날 저녁 나는 '그', 즉 '은혜로운 분'과 함께 (처음으로) 저 유명한 가스실의 책상 앞에 나란히 앉았다. 그 여자가 끌려왔다. 내가 참석한 자리에서 그녀는 자술해야만 했다. 그녀는 고집스럽게 침묵하며 미소 지었다. 나는 그녀의 이빨이 날카롭고 매우 희다는 사실을 알았다. 그것은 아름다웠다. (……) 내일 그들은 모두 '은혜로운 분'의 처형 기계를 향한 계단에 오를 것이다. (……) 나는 우리가 승리하길 희망한다, 아니, 그보다 나는 우리가 승리할 것을 확신한다. 이성은 반드시 승리하기 때문이다.

결국 모든 반란이 실패하는 것으로 끝납니다. 포템킨호의 반란을 다룬 「사흘」에서처럼 그렇게 실패하는 결말이 그려집니다. 그렇더라도 단일 제국 자체가 결코 완전하지는 않다는 것, 완전한 지배력을 갖춘 통제 체제는 아니라는 것을 이 작품을 통해 알 수 있습니다. 비록 실패로 끝났지만 여전히 잔존 세력이 남아 있는 데다 O-90 같이 모성 기준에 미달하는 여성 인물의 경우도 아이를 갖고 싶다는 생각을 합니다. 이 작품에서는 O-90이나 I-330처럼 여성 인물들이 남성 인물들보다 훨씬 더 적극적이고 체제에 저항하는 모습으로 그려집니다.

맨 마지막 문장에서 단일 제국의 키워드인 이성을 강조했는데, 이것이 구체적으로 무엇을 암시하는지에 대해서는 논란이 있습니다. 혁명 직후 소비에트 사회를 말하는 것이라면 앞에서도 이야기한 바와 같이 지나치게 앞질러 간 셈이죠. 왜냐하면 소련은 당시 아직 중공업화하기도 전이니까요. 그래서 먼저 산업화된 영국에서 힌트를 얻은 것이 아닌가 싶어요.

결론적으로 『우리들』은 이성이라든가 규율, 통제 등으로 유토피아를 만들려는 기획에 노골적으로 반대하는 견해를 분명히 드러낸 작품이라고 평가할 수 있습니다. 사실 제목 자체가 반어입니다. 작가가 옹호하는 것은 '우리들'이 아니니까요. 자먀틴은 우리들이나 단일 제국의 논리를 옹호하지도 않았고, '이성은 승리할 것이다'라는 주장을 믿지도 않았어요. 그런 점에서 독자에게는 정반대 독법을 요구하는 작품이기도 합니다.

오늘 강의는 여기까지입니다.

# 사회주의를 향한
# 열망과 연민

**플라토노프의 『코틀로반』, 『체벤구르』 읽기**

"사람들이 죽는 건 혼자서 아프기 때문이에요.
누구의 사랑도 받지 못하고.
하지만 지금 당신 곁에는 내가 있잖아요."

「포투단 강」 가운데서

# 안드레이 플라토노프

ANDREI PLATONOV • 1899~1951

---

『예피판의 갑문』(1927)　　　　　『코틀로반』(1930)

『의혹을 품은 마카르』(1929)　　「포투단 강」(1937)

『체벤구르』(1930 집필)　　　　「암소」(1938)

# 플라토노프에 대해서

오늘 이야기할 작가는 플라토노프입니다.

안드레이 플라토노프는 비교적 최근 국내에 소개된 러시아 소설가입니다. 러시아에서도 1980년대 중후반에 이르러 재발견되었지요. 러시아 연구자들이 대표 장편 『체벤구르』를 발견한 뒤 20세기의 도스토예프스키라고 평했습니다. 국내에는 '러시아의 조지 오웰'이라는 광고성 문구로 소개되었는데, 썩 잘 어울리는 것 같지는 않아요. 오웰도 사회주의 작가고 플라토노프도 나름대로 철두철미한 사회주의 이념을 견지한 작가지만 정서는 많이 다릅니다. 플라토노프의 작품에서는 풍자나 냉소, 아이러니보다는 슬픔과 연민을 느끼게 되어, 전체적으로 경쾌하다기보다 오히려 묵직한 인상을 받거든요. 『체벤구르』는 일종의 유토피아 소설로, 불가코프의 『거장과 마르가리타』처럼 소설인데도 연극으로 자주 공연되는 작품입니다. 비록 생전에는 명성을 얻지 못했지만 죽은 뒤 거장 반열에 오른 작가입니다.

안드레이 플라토노프.

## 사후에 재평가된 20세기의 도스토예프스키

플라토노프는 필명이고, 본명은 안드레이 플라토비치 클리멘토프입니다. 아버지 이름인 플라토비치를 성으로 삼아서 플라토노프라는 필명을 썼습니다. 플라톤이라는 철학자를 떠올리게 하는 이름인데, 철학적인 작품을 썼으니 아주 무관하다고 할 수는 없겠네요.

러시아 철학은 좀 독특해서 러시아 철학사를 보면 19세기 철학에 도스토예프스키, 톨스토이가 한 장씩 차지합니다. 철학에 대한 규정이 다른 것이죠. 러시아에서는 논증이나 이론적 체계와 무관하게 '진지한 문제를 사고하는 것'을 철학으로 규정합니다. 그래서 영화 〈노스탤지어〉와 〈희생〉 등을 연출한 감독 안드레이 타르콥스키도 철학사에 들어가죠. 아마 플라토노프도 20세기 주요 철학자 가운데 한 사람으로 들어가지 않을까 싶어요. 작품을 통해 상당히 깊이 있는 사유를 전개하거든요.

플라토노프는 1899년 8월 28일 러시아 남서부 보로네시에서 철도 기

플라토노프와 아내와 아들. 아들이 석방된 뒤에 찍은 사진이다.

계공의 맏아들로 태어났습니다. 공과대학을 졸업하고 주로 건설 관련 기술자로 근무하다가 1920년대 들어 잡지와 신문에 시와 단편을 발표하며 문단에 이름을 알리기 시작해 「예피판의 갑문」 등의 작품을 연이어 발표하며 창작 활동을 왕성하게 합니다. 그러나 얼마 가지 않아 비평가들과 당국으로부터 반혁명주의라는 이유로 제재를 받기 시작하면서 작가로서의 삶에 그늘이 드리워져, 1929~1930년경 대표작이라 할 수 있는 『체벤구르』와 『코틀로반』을 완성하고도 출판하지 못했지요.

또 그의 아들은 15세에 반정부 음모를 꾸몄다는 죄목으로 체포되어 강제수용소에서 2년을 보낸 뒤 결핵에 걸린 채 석방되는데, 그 역시 아들을 간호하다가 폐결핵에 걸리고 맙니다. 이후 종군 기자로 참전하는 등의 활동을 이어가지만 질병과 가난으로 힘들어하다가 1951년 52세로 쓸쓸히 죽음을 맞습니다. 그의 작품은 1980년대 중후반에야 제대로 출판되기 시작했지요.

작가로서 자신이 쓴 작품이 출간 금지되는 것만큼 고통스러운 일도 없을 겁니다. 그래서 반혁명주의자, 부농의 앞잡이라는 비판을 받게 되었을 때 플라토노프는 스탈린과 고리키에게 "저는 계급의 적이 아닙니다. 노동자 계급은 제 고향이며, 제 미래는 프롤레타리아 계급과 함께할 것입니다"라고 해명하는 편지를 보내기도 합니다. 그런데 지금 다시 읽어봐도 플라토노프만큼 사회주의 이념에 투철한 작가도 보기 드문데, 왜 이런 비판을 받게 되었을까요. 그건 플라토노프의 작품을 당시 소련의 공식 문학에서 수용할 수 없었기 때문입니다. 그의 작품이 소련의 공식 이데올로기가 허용하는 수준보다 더 왼쪽으로 치우쳤던 것이죠.

자먀틴이나 파스테르나크는 러시아 혁명에 회의적이거나 혁명을 반대했습니다. 말하자면 반혁명 대열에 선 작가들이죠. 따라서 『우리들』이나 『닥터 지바고』는 구소련에서 비공식 문학에 속했습니다. 공식적으로 출간될 수 없는 작품, 부재하는 작품이었죠. 그러니 당시 소련에서는 일반 대중이 접할 수 없었습니다.

그런데 플라토노프는 이들과 이념이 다릅니다. 철저한 사회주의자였거든요. 사회주의자 중에서도 이상주의자에 속했습니다. 현실 사회주의는 자먀틴이나 파스테르나크 같은 회의주의자도 수용할 수 없지만 플라토노프 같은 이상주의자도 수용할 수 없었어요. 사실 스탈린은 좌파도 아니고 우파도 아니었습니다. 중도파에 가까웠지요. 그러니 우파적 노선은 물론 트로츠키 같은 극좌파를 비롯해 플라토노프 같은 투철한 사회주의 계열의 작가 또한 가지치기를 해야 했어요. 이런 것이 바로 현실 사회주의입니다. 현실 타협적 사회주의였죠.

공식 문학은 현실 사회주의에 맞는 중도적, 실용적 문학이 될 수밖에 없습니다. 그러다 보니 『닥터 지바고』나 『코틀로반』이나 똑같이 비공식 문학으로 낙인 찍혔지만 작품에 구현된 이념은 상반됩니다. 파스테르나크는 모든 이념에 의문을 던지며 회의하지만, 플라토노프는 그렇지 않죠. 가령 청년 시절에 쓴 「프롤레타리아 문화」라는 글에서 그는 인류 문명사를 세 단계로 나누었습니다. 인간이 자연에 예속되고 환경에 지배당하는 부르주아 이전 단계, 죽음과 성(性) 두 가지를 제외하고 자연과 환경의 예속 상태를 극복한 부르주아 사회, 그리고 죽음과 성조차도 극복해내는 프롤레타리아 단계. 프롤레타리아 단계를 사회주의 단계로 본다면 플라토노프가 생각하는 사회주의는 다분히 이상적이라고 할 수 있죠. 그러니 자먀틴이나 파스테르나크 계열의 작가들과는 다릅니다. 당연히 소련의 공식 이데올로기로는 이런 식의 사회주의에 대한 신념을 수용할 수 없었습니다.

마르크스에 따르면, 사회주의의 정치·경제적 토대가 만들어져야 그 위에 사회주의적 의식, 즉 상부구조가 형성될 수 있습니다. 그런데 자본주의 부르주아 사회에서 사회주의로 넘어가는 시기에는 그 토대가 미처 형성되지 않았다는 문제가 있어요. 사회주의를 시작하긴 했는데, 그 토대가 형성되지 않아 사회주의 의식도 없고 영혼도 아직 없는 겁니다. 말하자면 『코틀로반』에서처럼 '전(全) 프롤레타리아를 위한 집'을 짓는 데 아직 기초공사가 되지 않아 구덩이만 파놓은 격이랄까요. 사회주의적 정신, 사회주의적 영혼이랄 게 없으니 사람들이 과연 어떤 생각을 하면서 살아야 할지 모르는 상태입니다. 그래서 갖게 되는 정서가 슬픔과 연민입니다.

플라토노프는 바로 그 정서를 가장 깊이 천착한 작가죠. 자먀틴이나 파스테르나크 같은 작가들은 이행하는 과정에서 안 되겠다고 판단하고 돌아섰습니다. 반면 플라토노프는 미래에 대한 희망을 잃지 않았지만 그 대신 슬픔과 우울, 혹은 연민의 정서에 천착하게 되었습니다.

### 혁명 이후 재회한 두 남녀의 사랑 이야기, 「포투단 강」

1930년대 후반에 발표한 단편 「포투단 강」은 슬픔과 연민에 대한 플라토노프의 천착을 잘 드러낸 작품입니다. 알렉산드르 소쿠로프라는 러시아의 유명한 감독이 영화화하기도 했죠. 〈인간의 외로운 목소리〉라는 제목으로, 1978년에 만들어서 1987년에 개봉했는데, 인터넷에서 맛보기로 볼 수 있습니다.

내전이 끝나고 저군(赤軍) 병사였던 니키타라는 수인공이 고향집으로 돌아오는 이야기입니다. 내전이 끝났으니 새로운 시대가 시작되는 상황이죠. 혁명 이후 새로운 삶이 시작되는 겁니다. 그 밑바닥에서 어떤 삶이 가능하고, 어떤 사랑이 가능한지 묻습니다. 단편이지만 무거운 주제를 다룬 작품입니다.

니키타는 며칠을 걸어 고향집에 돌아옵니다. 어머니는 오래전에 돌아가시고 아버지 혼자 살고 있는 집이지요. 원래 삼형제였는데 두 아들은 제1차 세계대전 때 행방불명되었고, 막내아들인 주인공은 내전에 3년간 징집됐다가 돌아온 겁니다.

목수인 아버지는 생각을 하면 슬퍼지고 견딜 수 없어지니 집에 돌아오면 잠을 청합니다. 그리고 아침이 되면 곧장 일터로 나가죠. 플라토노프 작품에 등장하는 노동자들은 유난히 생각이 많고 사변적입니다. 니키타의 아버지 역시 생각에 빠져 슬퍼하고 괴로워합니다. 마침내 집에 돌아온 니키타에게 아버지가 부르주아지를 소탕했냐고 묻습니다. 그러고는 이제 자신보다 머리 하나 반 정도가 커버린 아들에게 기대어 깊은 안도의 숨을 몰아쉬죠.

제대로 교육을 받지 못한 니키타는 딱히 할 일이 없어 아버지를 따라 목수 일을 시작합니다. 월급은 아버지의 절반밖에 되지 않지만 그래도 열심히 배우면 언젠가는 정식 목수가 될 거라는 희망을 갖습니다. 그때 한 여성을 만납니다. 혁명 전에 아버지의 재혼 상대로 혼담이 오갔던 과부 여교사의 딸인데, 당시 아버지를 따라 그 집을 방문했을 때 책을 읽고 있는 모습을 보고 깊은 인상을 받았던 류바라는 여성입니다. 당시에는 열다섯 살 소녀였죠.

두 번이나 그 집을 찾아갔지만 아버지는 교사인 과부와 노동자인 자신이 서로 맞지 않는다고 지레 포기했습니다. 말하자면 교사인 그녀는 부르주아고 자신은 노동자 계급이라는 것이죠. 그 집에는 고풍스러운 소파에 피아노까지 갖춰져 있어 더욱 주눅이 들었습니다. 그러나 혁명이 일어나 상황이 바뀌면서 이젠 어린 시절 그들이 처음 만났을 때의 신분 차이는 의미가 없어졌습니다.

어느 날 길을 가는 니키타를 류바가 먼저 알아보고 인사를 건넵니다. 이렇게 다시 만난 그들은 류바의 집으로 갑니다. 예전 그 집인데 어머니는 죽고 남동생은 적군의 야전 식당에서 죽을 얻어먹다가 아예 전선으로 가버려 류바 혼자 살고 있습니다. 의료과학원에 다니며 의학을 공부하지만 책을 살 형편이 안 돼 도서관에서 빌려 모조리 외우는 식으로 공부합니다. 구두도 다 해지고 작아져 발이 조여 오래 신고 있을 수 없습니다. 집에 갔을 때 류바는 구두를 벗고 니키타가 있는데도 자겠다고 하죠. 잠

영화 〈인간의 외로운 목소리〉(알렉산드르 소쿠로프 감독, 1987)의 한 장면.

을 자야 배가 고프다는 생각을 하지 않을 수 있으니까요.

그리고 깨어나서는 대가족인 친구가 배급으로 받은 식량 중 남은 것을 가져다주기를 기다립니다. 친구가 오빠 눈치를 보느라 음식을 못 가져오기도 하는데 그럼 류바도 굶어야 하는 거죠. 류바는 니키타에게 "난 잘못이 없어요! 난 먹는 걸 별로 좋아하지 않는데 이 머리가 자꾸 먹는 것만 생각하고, 그래서 다른 생각을 못 하게 해요"라고 말합니다. 플라토노프 작품에 등장하는 인물들은 이렇듯 유난히 생각에 빠져 슬퍼하고 괴로워합니다.

### 사랑하는 이가 고통받지 않도록 하는 삶

니키타는 목수 일을 하면서 계속 류바의 집을 찾아갑니다. 식당에서 배급받는 음식을 남겨뒀다가 류바한테 갖다 주지요. 그녀는 과학원에서 점심을 해결하지만 양이 너무 적어 그것만 먹고 공부하기에는 턱없이 부족합니다. 그러니 류바에게 저녁거리를 가져다주는 것이 니키타의 주요 임무입니다. 그러면 류바는 저녁을 먹고 창가에서 해가 지기 전에 서둘러 책을 읽습니다. 등유나 기름이 없으니 해가 지기 전에 책을 봐야 합니다. 니키타는 그런 류바를 옆에서 물끄러미 지켜봅니다. 그러다 땅거미가 지고 거리도 조용해지면 책을 덮고, 장작 부스러기를 가져와 불을 지핍니다. 정말 조용한 데이트입니다. 두 사람은 그렇게 사랑을 키워갑니다. 니키타는 거의 매일 류바를 찾아가는데 류바가 자기를 그리워하게 하려고 하루, 이틀씩 거르기도 합니다. 그런데 정작 자신이 그리워서 오히려 고통받지요. 그래서 류바에게 가지 않은 날은 도시를 뺑뺑 돕니다. 일부러 10~15킬로미터를 돌아다녀요.

그러던 어느 날 류바의 친한 친구 제냐가 티푸스에 걸려서 죽습니다. 니키타는 제냐의 관을 장만해 옵니다. 관을 구하기조차 어려운 때였지만 어렵게 관을 짜 와서 장례를 치릅니다. 가족도 모두 떠났는데 유일한 친구마저 티푸스로 죽자 류바는 완전히 혼자가 됩니다. 니키타는 그녀를 지켜주겠다고 결심합니다.

니키타의 삶의 목표는 이제 류바 곁에서 그녀가 고통받지 않도록 지켜주는 것입니다. 이런 생각만으로도 지극히 행복하지만 과연 류바에게 자신이 그만큼 필요한 존재인지 회의가 들기도 합니다. 의학 공부를 하는 류바에 비해 자신은 배운 것도 변변치 않은 목수에 불과했으니까요. 괴로워하던 니키타는 다시는 류바를 만나지 않겠다고 결심합니다.

그런데 니키타가 티푸스에 걸려 앓아눕게 됩니다. 이번엔 류바가 니키타를 찾아와서 아무도 없는 집에서 혼자 앓고 있는 니키타를 부축해 자기 집으로 데려갑니다. 니키타는 류바가 마차를 부르기 위해 오스트리아

제 구두와 책을 팔았을 거라고 생각합니다. 니키타는 의학을 공부하는 류바에게 자기가 살 수 있는지 묻습니다. 그러자 류바가 말합니다.

> "곧 나을 거예요. 사람들이 죽는 건 혼자서 아프기 때문이죠. 누구
> 의 사랑도 받지 못하고. 하지만 지금 당신 곁에는 내가 있잖아요."

그렇게 해서 3주 만에 건강을 회복하고 둘은 장래를 약속합니다. 얼음이 녹고 봄이 되면 졸업하니 그때 결혼하자며 둘은 포투단 강가에 나가 얼음이 풀리기를 기다립니다. 니키타는 3월까지 도시를 떠나 있기로 합니다. 맥없이 봄이 오기를 기다리고만 있을 수는 없었으니까요. 목공소에서 농촌 소비에트와 시골 학교들을 방문해 가구 고쳐주는 일을 지원해 떠납니다.

마침내 두 사람은 혼인신고를 하고 류바의 집에서 신혼생활을 시작합니다. 그런데 한 가지 문제가 있습니다. 두 사람은 함께 살 뿐 부부관계를 하지 않습니다. 니키타가 일부러 피합니다. 이런 상황도 플라토노프의 생각이 적용된 것입니다. 성을 극복한 프롤레타리아. 의식만으로 충분하다는 생각이지요.

실제로 청년 시절 플라토노프는 프롤레타리아 문화가 순수한 의식의 왕국을 이룰 거라고 생각했어요. 죽음과 성의 문제를 극복하고 본능과 유한성에서 해방된 삶이 가능할 거라고 기대합니다. 지극히 이상주의적이죠. 이 소설에선 니키타가 그런 플라토노프의 모습을 많이 반영하고 있습니다.

기쁨도 누릴 줄 알아야 하는데 니키타는 자기 때문에 류바를 힘들게

할 수 없다는 생각에 고통스러워합니다. 류바는 니키타가 자신을 너무 사랑해서 문제라고 생각하며, 시간이 지나면 해결될 거라고 믿습니다. 하지만 상황은 류바의 생각처럼 자연스럽게 해결되지 않죠.

니키타는 더는 삶의 의미를 느끼지 못하고 자살을 결심합니다. 포투단 강이 녹으면 강물에 빠져 죽으려고 하지요. 다만 류바가 자신을 더 견디지 못할 때까지 자살을 유예합니다. 그러다가 어느 날 류바가 홀로 흐느끼는 소리를 듣습니다. 고통이 극에 달한 니키타는 집을 뛰쳐나가 부랑자로 살아갑니다. 말도 잊고 생각도 잊은 채 살면서 고통이 사그라짐을 느낍니다.

그렇게 한동안 부랑자로 지내다가 우연히 아버지를 만납니다. 그리고 아버지에게서 류바가 자살을 시도했다는 이야기를 듣죠. 포투단 강에 뛰어든 겁니다. 니키타는 류바를 찾아갑니다. 그리고 마침내 재회하면서 류바를 힘껏 끌어안습니다. 부르주아적 사랑의 방식을 거부하고 성욕을 극복한 사랑이 가능하다고 본 초기 플라토노프의 생각과 함께 이에 대한 의문도 같이 담고 있는 작품입니다.

플라토노프는 성뿐만 아니라 죽음조차 부르주아적이라고 여겼으니까요. 『코틀로반』에도 "엄마는 왜 죽는 거지? 부르주아이기 때문이야?"라는 나스탸의 대사가 나옵니다. 죽음마저도 부르주아적이라고 보는 시각이죠. 왜냐하면 사회주의적 인간은 불멸이기 때문입니다. 혁명적 신체는 죽음을 이겨냅니다. 이렇듯 플라토노프는 육체적 본능에 자신을 내맡기기보다 스스로 본능을 이겨냄으로써 더 높은 단계로 고양하는 의식의 중요성을 작품에 구현했습니다.

## 사회주의에 헌신하는 존재, 「암소」

다음에 살펴볼 작품은 1938년에 쓴 「암소」로, 애니메이션으로도 만들어진 작품입니다. 바샤라는 소년이 주인공인데, 소년은 집에서 키우는 암소를 좋아합니다. 모든 걸 주기 때문이죠. 암소가 어느 날 새끼를 낳았는데 송아지까지 키울 형편이 안 되어 아버지가 시장에 내다 팔아요. 새끼를 잃은 암소는 상심에 빠집니다. 소년은 그런 소가 안쓰럽습니다. 새끼를 찾아 헤매던 암소는 소년의 아버지가 역무원으로 근무하는 간이역에서 기관차에 치여 죽습니다. 난생처음 가까운 존재의 죽음을 본 소년은 넋이 나가 땅바닥에 주저앉습니다. 그런데 기관사는 아무리 경적을 울려도 소가 꿈쩍도 하지 않았다고 전합니다.

"아마, 철로 위에서 졸고 있었겠지."
"그게 아니에요, 느리긴 했지만 어쨌든 소는 기관차에서 도망가긴
했어요. 그런데 옆으로 비켜날 생각은 안 하더란 말이죠." 기관사가
대답했다. "소가 생각하는 것 같았어요."

플라토노프의 작품에서는 소도 생각하는 게 문제입니다. 그래서 결국 기관차에 치여 죽어 고기로 팔립니다. 소년은 학교의 작문 과제에 암소 이야기를 씁니다.

우리 집에는 암소가 있었다. 암소가 살아 있었을 때, 어머니와 아버
지와 나는 암소에서 나오는 우유를 먹었다. 나중에 암소가 새끼를 낳
았다. 송아지도 암소의 우유를 먹었다. 우리 세 사람과 송아지까지 넷,

단편 애니메이션 〈암소〉(알렉산드르 페트로프 감독, 1989)의 한 장면.

모두에게 충분한 양이었다. 게다가 암소는 땅도 갈고 짐도 옮겼다. 그러다가 집에서 암소의 아들을 고기로 팔았다. 괴로워하던 암소는 얼마 안 있어 기차에 치여 죽었다. 그리고 사람들은 암소도 먹어버렸다. 왜냐하면 암소도 소고기니까. 암소는 자기가 가진 모든 것, 우유, 아들, 고기, 가죽, 내장, 뼈를 우리에게 내주었다. 착한 암소였다. 나는 우리 암소를 기억할 것이다. 그리고 잊지 않을 것이다.

이게 작품의 마지막입니다. 암소는 사회주의 영웅입니다. 자신의 모든 것을 내주고 헌신한 존재예요. 이 작품은 바샤라는 소년의 성장기를 다룬 일종의 성장소설이기도 하지만, 그 이면에서는 사회주의적 인물들의 희생적 삶에 드리운 슬픔의 정조를 보여줍니다. 암소는 모든 것을 희생하고 미래에 기대를 거는 사회주의적 삶을 상징합니다. 그런데 왜 슬픔과 연민을 자아낼까요?

새로운 삶, 새로운 행복이 시작돼야 하는데 이행기의 사회에는 아직 그 토대가 마련되지 않았죠. 새로운 삶, 새로운 행복은 부재하고 부르주아적 행복만 있을 뿐이에요. 프롤레타리아의 행복이란 아직 존재하지 않습니다. 사실 그게 어떤 것인지 알 수도 없습니다. 프롤레타리아적 영혼혹은 정신이 어떤 것인지 아무도 몰라요. 그래서 막연한 슬픔을 가질 수밖에 없습니다. 할 수 있는 일이라곤 구덩이 파는 것뿐이에요. 자기 삶을헌신하는 거죠. 그러면서 그 의미는 다음 세대에서 찾아보려고 해요. 그래서 슬픔이 지배적인 정서가 됩니다.

이것이 바로 현실 사회주의 이념과 플라토노프의 생각 차이입니다. 열심히 노동하는 자세 자체에서 의미를 찾아야 한다고 주장하는 현실 사회주의자들과 달리 플라토노프에게는 그 이상의 뭔가가 필요했어요. 삶의일반적 의미 말입니다. 그게 없다면 자기는 일할 수 없다고 생각하는 거죠. 그런 생각이 본격적으로 구현된 작품이 바로 『코틀로반』입니다.

## 플라토노프의 『코틀로반』 읽기

### 프롤레타리아의 집을 짓기 위해 파는 구덩이

『코틀로반』은 『구덩이』(민음사)와 『코틀로반』(문학동네) 두 종의번역본이 나와 있습니다. 그런데 번역 대본이 다르기 때문에 내용도 좀 다릅니다. 여기에는 이유가 있습니다. 러시아에서 『코틀로반』은 플라토노프 생전에는 발표된 적이 없고, 1987년 《노비 미르》라는 잡지에 처음 발표되는데, 그게 최초 출간본이고, 결정판은 2000년에 나옵니다. 그런데 국내 번역본은 결정판을 대본으로 하지 않고 이전 판본을 대본으로 삼았습니다. 문제는 이전 판본 역시 여러 종류가 있다는 겁니다. 작가가 쓰고 지우고 첨삭한 수고본(手稿本)이기 때문이죠. 말하자면 최종 확정본이 아닙니다. 그러다 보니 편집자에 따라 어떤 부분을 집어넣기도 하고 빼기도 했습니다. 그래서 영어본도 1987년 판을 옮긴 것과 2000년 결정판을 옮긴 것 두 가지가 있습니다.

이 작품은 크게 구덩이를 파는 이야기와 부농을 척결하는 이야기 두 부분으로 나뉘어 있습니다. 말하자면 계급투쟁이죠. 부농척결운동은 당시 실제로 벌어졌던 일로, 부농들을 전부 뗏목에 태워 강제 이주시켰죠. 스탈린 시대에 연해주에 살던 한인들도 강제 이주시켜 중앙아시아 지역의 사막 같은 황무지에 떨어뜨렸습니다. 그곳에서 구덩이를 파고 살아야 했죠. 부농척결을 내세운 농업집산화 과정에서 200만 명에 이르는 사람들이 죽었다고 전해집니다. 참혹한 역사지만 당시에 이 사실을 현장에서 목격하고 글을 쓴 작가는 거의 없습니다. 플라토노프가 유일하다시피 하죠. 다른 작가들은 농촌에서 실제로 무슨 일이 벌어지는지 알 수 없었습니다. 정부에서는 작가들에게 일종의 순시 같은 것을 통해 사회주의 농촌의 좋은 면만 보도록 했거든요.

플라토노프는 현장에 참여해 당시 농촌에서 어떤 일이 벌어졌는지 직접 목격했습니다. 목격자의 증언인 셈이었으니 이 작품이 공개되기 어려웠던 것입니다. 『코틀로반』은 그 목격담이자 증언담으로 읽을 수 있는 셈

엔지니어로 일하던 플라투노프, 사진 중앙 X자 표시된 사람.(1924)

이죠. 어떤 내용인지 보도록 하겠습니다.

### 관념 속의 개념 상부구조

보셰프라는 노동자가 서른 번째 생일을 맞던 날, 작업시간에 자주 사색에 빠진다는 이유로 공장에서 해고됩니다. 그는 단지 자기 삶의 앞가림 때문이 아니라 '일반적인 삶의 계획'에 골몰하느라 그랬던 겁니다. 모두 당신처럼 사색에 빠진다면 일은 누가 하느냐는 공장 위원회의 핀잔에 그는 '생각을 하지 않는다면 일을 해도 의미가 없다'고 속으로 생각합니다. 몸이 편하고 불편한 것은 개의치 않습니다. 하지만 진리가 없다면 부끄러워 살 수 없다고 생각하죠. 다른 사람에게서라도 그런 진리를 발견할 수만 있다면 자신의 허약한 몸을 기꺼이 노동에 바칠 수 있다고 생각합니다.

또 다른 노동자 사프로노프는 생의 아름다움과 지성의 고귀함을 사랑하는 인물입니다. 하지만 온 세계가 보잘것없고 사람들이 우울한 비문화적 상태에 빠져 있다는 사실에 당혹해하죠. 사회주의의 경제적 토대를 건설하기 위해 스탈린이 기획한 '경제개발 5개년 계획'에 참여하면서도 우울함은 가시지 않습니다. "어째서 들판은 저렇게 지루하게 누워 있을까? 5개년 계획은 우리 안에만 들어 있고, 온 세계에는 진정 슬픔이 가득한 건 아닐까?"라는 게 그의 풀리지 않는 의문입니다.

이런 노동자들이 모여서 '전 프롤레타리아의 집'을 건설하기 위한 공사용 구덩이를 팝니다. '코틀로반'은 그 구덩이를 가리키는 말이죠. 이 공사의 책임자인 건축기사 프루셉스키는 이 거대한 공동주택을 고안했지만, 정작 거기에 살게 될 사람들의 정신구조에 대해서는 느낄 수도, 머릿속에 그려볼 수도 없습니다. 그는 그 건물이 단지 악천후만 피하게 해줄 뿐인 '빈 건물'이 될까 봐 두려워합니다. 그는 자신이 반드시 살아 있어야 할 만큼 가치 있는 존재라고도 생각지 않죠. 그에게 삶은 희망이 아니라 인내일 뿐입니다.

구덩이 공사가 마무리되자 노동자들은 당의 열성분자들과 함께 집단 농장을 만들기 위한 부농 계급 철폐사업에 투입됩니다. 부농으로 지목된 농민들은 뗏목에 실려 시베리아로 보내지고 이제 노동자들은 집단농장 전체, 세계 전체를 돌봐야 하는 과제를 안게 됩니다. 하지만 '사회주의의 미래'라고 아끼던 고아 소녀 나스탸가 병으로 죽자 노동자들은 소녀의 무덤을 만들며 비탄에 잠깁니다.

프루셉스키는 이런 생각을 합니다. 과연 상부구조는 토대가 어떤 것이든 그 위에 형성되는 것일까? 생활 물자는 인간에게 영혼을 파생물로 가져다줄 수 있는가. 사회주의적 토대가 건설되면, 기초공사 위에 건물을 지으면 상부구조가 형성되는가. 상부구조라는 것은 사람들의 관념이죠. 의식, 생각, 사상 같은 것입니다. 의식이 존재를 결정하므로 사회주의적 상부구조 또한 사회주의적 토대가 있어야 생겨납니다. 이것이 말하자면 대전제입니다. 그러니까 생활 물자가 사회주의적 방식으로 생산되면 영혼도 달라지죠.

부르주아적 토대에서 파생되는 부르주아적 영혼이 천박한 속물이라면, 사회주의적 토대에서는 천사들이 형성될 텐데, 정말로 그럴지 프루셉스키는 알 수 없습니다. 자기가 그런 토대 위에 서 있지 않으니까요. 만일 생산을 어느 수준까지 끌어올리면 예상하지 못한 무산물을 얻어낼 수 있을까? 그런 생각은 할 수 있지만 정작 그들이 어떤 영혼을 갖게 될지, 어떤 정신구조를 갖게 될지는 알 수 없는 상태에서 공동주택을 설계한 것입니다. 그뿐 아니라 작업에 참여한 노동자 가운데 누구도 이를 알지 못한다는 것이 딜레마입니다. 이 길로 가야 한다고 독려하는 노동자는 있습니다. 하지만 보셰프처럼 삶의 일반적 의미와 새로운 행복에 대해 갈증을 느끼는 인물을 충족해줄 수 없었죠.

**사회주의적 인간은 어떤 인간인가**

물론 사회주의적 인간형에 대한 밑그림은 있습니다. 마르크스와 엥겔스가 『독일 이데올로기』에서 묘사했듯이 분업으로부터 자유로운 전인적 인간입니다. 분업과 노동의 소외로부터 해방되어 모두가 시인이자 작가이고 예술가이자 음악가가 되죠. 사회주의에서는 모두 다 평등하고 각자 잠재적 소질을 갖고 있기 때문에 무슨 일이든 다 할 수 있습니다. 낮에는 공장에서 일하고 밤에는 시를 짓고 그림을 그리는 식으로요. 마르크스의 이런 생각은 독일 교양주의의 전통을 따른 것이라고 지적되기도 합니다. 괴테에서 시작된 독일 교양소설에서 묘사하는 이상적 인간이죠. 전인적 인간, 괴테 같은 인물이 대표적입니다. 마르크스는 사회주의적 인간이 그런 전인적 인간이 되어야 한다고 봤어요.

그런데 지구 상에 공산주의는 말할 것도 없고 사회주의적 경제 토대마저도 완전하게 갖춰진 적이 없기 때문에 아직 알 수 없습니다. 이행기의 딜레마라고 할까요. 그 딜레마를 표현하는 정서가 바로 슬픔이고 멜랑콜리입니다. 플라토노프의 주인공들은 몸이 불편한 건 참을 수 있어도 진리가 없는 건 참을 수 없다고 말합니다. 궁극적인 의미나 진리에 대한 갈망 같은 것은 종교적 열정과 통하는 부분이 있습니다. 실제로 작품의 중반 이후에는 나스탸가 그런 대상이 되죠.

이렇듯 이 소설의 주인공 노동자들은 생각이 복잡합니다. 고리키의 『어머니』에 등장하는 노동자들은 단순 명확했죠. '우리'와 '적'이 분명했고, 사회주의 건설과 사회주의 이념에 대한 확고한 신념을 가지고 있었어요. 반면 이 소설의 인물들은 혁명이 성공하여 진짜 사회주의를 건설해야 하는 상황에서 확고한 믿음, 진리, 희망, 행복 같은 걸 아직 갖고 있지 않습니다. 그래서 답답한 것입니다. 그렇다고 혁명에 반대하는 것이 아닙니다. 오히려 지극히 염려합니다.

실제로 인물들의 그런 태도를 잘 보여주는 장면이 있습니다. 현장감독이 토요일이니 작업을 그만 끝내자고 말하자 노동자들이 반대합니다. 이미 여섯 시간 이상 일했고 규칙에 따르면 이만 끝내야 한다는데도 노동

자들은 "그런 규칙은 피로에 지친 분자들에게나 필요한 거요. 나는 드러
눕기에는 아직 힘이 좀 남았소. 여러분은 어떻소?", "오늘은 아직 시간이
많이 남아 있소. 생을 허비하느니 일하는 편이 낫소. 우리는 동물이 아니
오. 우리는 열의 하나만으로도 살아갈 수 있소"라고 목소리를 높입니다.
일 더 한다고 배급이 더 나오는 것도, 돈을 더 받는 것도 아닌데 그저 일
할 힘이 남았으니 더 일해야 한다고 주장합니다.

노동 동원 체제와는 다르지요. 구소련 사회가 나중에는 솔제니친의 표
현을 빌리면 거대한 '수용소 군도'가 되는데, 이는 이상주의 사회와는 매
우 동떨어진 것이죠. 겉으로 보기에는 같습니다. 열심히 일을 하죠. 다만
강제적 노동이냐 자발적 노동이냐가 다릅니다. 이게 현실 사회주의와 이
상적 사회주의의 차이입니다.

플라토노프와 사회주의의 관계는 그래서 이중적입니다. 그는 분명 사
회주의자였지만 현실 사회주의에서는 수용할 수 없는 독특한 생각을 했
습니다. 그가 현실 사회주의에 대해 회의하는 것은 그런 맥락에서 읽을
수 있습니다. 더 높은 차원의 사회주의와 현실 사회주의를 비교하는 것이
지 자본주의와 견주어 사회주의가 모자란다거나 나쁘다고 비판하는 것
은 아닙니다. 이것이 다른 반혁명 계열의 작가들과 플라토노프가 다른 점
입니다.

# 플라토노프의 『체벤구르』 읽기

## 깊이 있는 사변을 보여주는 작품

이제 대표작 『체벤구르』입니다. 이 작품을 읽으면서 문체가 이상하다고 느낄 수 있는데 러시아어로 봐도 이상합니다. 플라토노프는 원래 아주 이상한 러시아어를 씁니다. 좀 어렵게 쓰기도 하고요. 러시아 혁명이 한 세기가 지난 시점에서 볼 때는 해프닝처럼 여겨질 수 있지만 당대를 살았던 사람들에게는 인류사 내지는 인간의 운명이나 조건 자체를 바꿀 수 있는 대단한 의미를 갖는 사건이었습니다. 그런 요구에 부응하고 그런 삶을 만들어내려고 고민한 흔적을 플라토노프의 작품에서 느낄 수 있습니다.

러시아에서는 『체벤구르』가 연극으로도 공연됩니다. 러시아에서도 다섯 손가락 안에 손꼽히는 유명한 연출가 레프 도진의 대표 레퍼토리 중 하나입니다. 러시아에는 긴 시간 공연하는 연극이 꽤 있는데, 특히 도진의 작품 가운데 많습니다. 이 연극도 상당히 깁니다. 도진은 그런 시간의 경험이 필요하다고 생각했어요. 2006년 우리나라에서 공연된 도진의 〈형제자매들〉도 7시간 30분짜리였습니다. 이게 연극이냐고 언론에서 기겁하기도 했지만, 공연 중간에 두 번 쉽니다. 러시아에는 9시간짜리 연극도 있어서 거의 하루 종일 공연합니다.

『체벤구르』 번역본에는 박노자 교수의 추천글이 실려 있는데 손에서 책을 놓을 수 없었고 읽으면서 울어버리는 일이 많았다고 썼습니다. 시기적으로 보면 1930년대 이후 반세기 이상 비공식 문학과 공식 문학 통틀어 이렇게 묵직한 작품이 없었어요. 솔제니친의 『수용소 군도』 같은 현실 비판적인 작품이 있지만 이렇게 깊이 있는 사변을 보여주는 작품은 유례가 드뭅니다. 1970년대를 대표하는 친기즈 아이트마토프나 농촌문학작가 라스푸틴, 일상문학 작가 트리포노프의 작품을 읽어봐도 플라토노프와 비교가 안 됩니다. 이 작품은 우리가 보기에는 러시아의 수수께끼인데, 러시아 사람들에게도 수수께끼입니다. 그들도 경탄과 경악을 금하지 못하는 작품입니다.

작품 초반에는 주인공 사샤 드바노프의 어린 시절 얘기가 나옵니다. 사샤의 의붓아버지 자하르 파블로비치는 철도 노동자입니다. 플라토노프 자신이 철도 엔지니어 출신이기 때문에 기계에 대한 애착이 강합니다. 그는 '세상은 과연 무한한가? 바퀴가 영원히 살아가고 굴러갈 공간은 충분한가?' 하는 걱정까지 합니다. 어부였던 사샤의 친아버지는 죽음이 어디 있는지 알고 싶어서 자살합니다. 아버지가 죽음에 대해 궁금해했다면 아들은 공산주의 마을에 대해 궁금해합니다. 그걸 찾는 여정을 그린 이 소설은 마지막에 아버지가 몸을 던진 호수로 걸어 들어가는 것으로 마무리되기 때문에 원환적 구조로 되어 있습니다.

사샤의 친아버지는 죽음에 대해 이것저것 물어보며 자기 호기심 때문에 슬퍼합니다. 이 어부는 무엇보다도 물고기를 좋아했는데, 그 이유가 물고기는 죽음의 비밀을 알고 있을지 모른다고 생각했기 때문입니다. 그러다가 너무 궁금해 미칠 지경이 되어 바다에 들어가 보기로 합니다. 허우적거리다 빠져나올 상황을 대비해 두 발을 밧줄로 묶은 다음 배에서 호수로 몸을 던졌다가 시체로 발견됩니다. 저는 이런 인물을 소설에서 본적이 없습니다. 죽음이 궁금해서 자기 다리를 묶고 자살하는 인물을 고안해낸다는 것 자체가 상당히 놀랍고 한편 감동적입니다.

## 로자 룩셈부르크주의적 공산주의의 실험, 체벤구르 마을

사샤는 아버지가 죽은 뒤 드바노프 집안의 양자로 가는데 그 집 아이들과 마찰이 생기고 구걸도 하러 가게 됩니다. 그러다 자하르 파블로비치가 그를 거둬주어 둘이 부자 관계가 됩니다. 기계공 자하르는 플라토노프의 전형적인 노동자 주인공입니다. 자하르에게 사샤는 더없이 소중한 존재가 됩니다. 이것도 플라토노프 소설에 많이 나타나는 부자 관계로, 혈육 관계건 의붓관계건 아주 극진한 관계가 되지요. 사샤가 드바노프 집안에서 만난 프로샤와 논쟁하는 장면도 나오는데, 작품의 주제 가운데 하나가 프로샤와 사샤의 논쟁에서 다뤄집니다. 고아면서 살아 있는 모든 존재에 연민과 공감을 느끼는 사샤와 달리 프로샤는 매우 이기적인 인물입니다.

혁명이 일어나자 사샤는 자하르와 함께 공산당에 가입합니다. 이어 사샤는 당의 명령으로 스텝 지역의 자생적 공산주의에 대해 알아보러 갑니다. 혁명은 노동자들이 사는 도시에서 일어났지만 러시아 전역을 본다면 농민의 수가 훨씬 많았죠. 수도에서 혁명이 일어났다는 소식이 전해지자 농촌에서도 자체적으로 혁명이 일어나, 농민들이 마을의 부르주아들을 제거하고 자기들의 자생적 마을 공동체를 세웁니다. 사샤 드바노프가 이곳으로 파견되는 것입니다.

이 작품은 3부로 이뤄져 있는데 1부는 '장인의 기원'을 다뤘고, 2부는 주인공 사샤가 체벤구르 마을까지 찾아가는 여정을 그렸습니다. 3부가 본격적인 공산주의 마을 체벤구르 이야기입니다. 사샤와 함께 새로운 인물 코푠킨이 등장하는데, 로자주의자인 그는 로자 룩셈부르크의 무덤을 찾아가는 순례자입니다. 당시 로자 룩셈부르크와 레닌은 이념적으로 충

로자 룩셈부르크.

돌하는 부분이 있습니다. 수정주의자로 독일 사회당 내의 주류 이론가였던 에드워드 베른슈타인과 폴란드 출신인 로자 룩셈부르크의 수정주의 논쟁이 유명하지요. 베른슈타인식 수정주의는 혁명이 아니라 개혁 정도로도 원하는 목표를 달성할 수 있다고 주장합니다. 하지만 로자 룩셈부르크는 결연하게 개혁주의 노선을 비판하며 혁명의 불가피성을 역설해요.

로자 룩셈부르크식 모델은 민주적 공산주의입니다. 러시아에서도 혁명 초기에는 소비에트 민주주의가 잠시 실험됩니다. 소비에트는 노동자 농민대표자 회의로서 민주적 의사 결정 기구입니다. 이것이 전시(戰時) 공산주의로 가면서 더는 유지되지 않습니다. 당연하지만 전쟁은 예외적인 상황이니까요. 의사 결정이 신속해야 하고 집행도 엄정해야 하기 때문에 민주적 의사 결정 구조가 유지될 수 없습니다. 그 대신 상당히 위계적이고 권위적인 의사 결정 구조가 도입됩니다. 이것이 전시 공산주의의 유산입니다. 전시 공산주의는 소련식 사회주의의 모태라고 이야기합니다. 소수의 당 간부가 독점하는 의사 결정 구조, 정치체제는 전시 공산주의 때문에 만들어졌습니다. 이것이 내전이 끝난 뒤에도 존속되어 소련식 모델이 됩니다.

로자 룩셈부르크식 모델은 거기에 반대되는, 또는 대안이 될 만한 모델입니다. 여기서 코푠킨이 로자 룩셈부르크의 무덤을 찾아간다는 것은 상징성이 있습니다. 로자 룩셈부르크의 노선은 현실 사회주의에서는 수용되지 않습니다. 『체벤구르』에서 모색하는 공산주의 마을, 자율적인 공동체는 새로운 실험입니다. 거기에 이름을 붙이자면 로자 룩셈부르크주의적 공산주의, 현실에는 존재하지 않았던, 실험되지 않았던 공동체의 소설적 실험입니다.

### 불편한 이름, 도스토예프스키가 주는 메시지

코푠킨이 타고 다니는 말은 '프롤레타리아의 힘'이라는 이름입니다. 프롤레타리아의 힘을 타고 로자 룩셈부르크의 무덤을 찾아가는 셈이니 무척 우의적이지요. 그러다가 체벤구르라는 마을에 들르는데, 이 마을은 나중에 외부 세력의 공격을 받아서 다 파괴되고, 사샤 드바노프를 제외하고는 거의 죽습니다. 그렇게 파괴되는 장면으로 작품이 마무리됩니다. 코푠킨을 중심으로 생각하면 순례가 완수되지 못하고 여기서 끝나는 거예요.

이 작품에서 두 사람은 모험소설의 주인공처럼 자기 이상을 찾아 여기

레프 도진이 연출한 연극 〈체벤구르〉의 한 장면.

저기 떠돌아다니며 다양한 인간 군상을 만납니다. 2부 제목이 '열린 심장으로 떠나는 여행'인데, 열린 심장은 공산주의자의 조건입니다. 심장이라는 게 사랑이잖아요. 열린 사랑이라면 열려 있으니 채워 넣어야 합니다. 2부에서 내전 중 열차 사고를 겪고 잠시 집에 돌아와 있던 사샤는 열병을 앓으면서 옆 마을에 사는 소냐와 친해집니다. 둘이 결혼할지도 모른다고 생각하지만 결혼은 나중에, 사샤의 표현으로는 혁명에 성공한 다음 할 거라고 얘기합니다. 그러고서 사샤는 순례를 떠나죠. 코푠킨과 동반자로 여정을 떠나 다양한 사람을 만납니다. 어떤 마을에서는 자신을 하느님이라고 믿는 농부를 만나기도 하고, 그다음 들른 곳에서는 혁명이 이뤄졌으니 다들 이름을 바꿔야 한다고 주장하는 사람들을 만납니다. 혁명 전의 나와는 다른 정체성을 가져야 하니까요. 그래서 각자 이름을 하나씩 골라서 당에다 승인해달라고 보내는데, 도스토예프스키도 있고, 콜럼버스도 있어요. 공통점은 다 유명한 이름이라는 것뿐입니다. 인물의 행적이라든가 사상은 중요하지 않아요.

이곳에서 만나는 주요 인물 하나가 도스토예프스키인데 이는 의미심장합니다. 플라토노프도 1920년대 도스토예프스키에 대한 부정적 평가를 알았을 텐데, 공산주의가 새롭게 건설됐기 때문에 새로운 이름을 가져야 한다면서 '도스토예프스키'라는 이름을 썼어요. 도스토예프스키는 불편한 이름입니다. 당시 '잔인한 재능'이라는 평을 받았지요. 뛰어나고 재능도 있지만 소비에트 인민에게는 유해한 작가라는 말까지 들었기 때문입니다.

### 무참히 파괴되는 이상적 공산주의 마을

3부에서 사샤와 코푠킨은 마침내 공산주의의 낙원 체벤구르에 도착합니다. 레닌과 볼셰비키의 힘을 빌리지 않고 '열두 명의 사도'로 상징되는 주민들이 스스로의 힘으로 부르주아를 몰아내고 공산주의를 건설합니다. 그들은 공산주의가 도래했으므로 역사도 새롭게 시작되고 태양도 전과는 다른 태도로 열심히 일할 거라고 생각합니다. 그리고 누구도 죽지 않을 거라고 생각합니다. 지금 보기엔 동화적이고 초현실주의적이라고 느껴지지만 당시에는 어느 정도 현실적이었을 거예요. 공산주의가 형성됐으니 역사는 끝났고, 역사가 끝났으니 공산주의가 시작됐다고 얘기합니다. 새로운 거주민을 데려와서 '기타 인간'이라고 부르는 얘기도 나옵니다.

끝부분에서는 사샤가 프로샤와 다시 만나 공산주의에 대해 대화하는데, 둘은 공산주의에 대해 서로 다른 태도를 보입니다. 프로샤는 일종의 영도자주의를 대변합니다. 한 사람이 생각하고 판단하면 나머지는 그에 따르는 체제를 옹호하지요. 그에 비해 사샤는 로자 룩셈부르크식으로, 전체가 의사 결정에 참여하는 민주적인 정치체제를 옹호합니다.

소설의 마지막에 외부 군대가 들어와 체벤구르를 파괴하고 모조리 몰살합니다. 그런데 이 '외부 군대'라고 하는 것의 정체를 알 수 없어요. 이것은 아주 특이한 설정입니다. 왜냐하면 외부 군대라고 해봐야 조직화된 군대는 카자크들뿐인데, 카자크라는 것만으로는 적군 편인지 백군 편인지 알 수 없습니다. 왜 정체를 모호하게 했는지 궁금합니다. 체벤구르가 공산주의 마을이니까 반혁명군인 백군의 공격을 받아 파괴됐다고 하면 얼마든지 말이 되고 그렇게 써도 위험하지 않습니다. 그런데 플라토노프는 의도적으로 외부 군대의 정체를 숨깁니다.

당시 무정부주의 세력이 잠산 나타나기는 했지만 거의 도적떼 수준이었기 때문에 한 마을을 파괴할 정도의 힘은 없었고, 그러므로 이 군대는 혁명군이거나 반혁명군일 수밖에 없습니다. 체벤구르가 반혁명군에게 파괴되는 것은 충분히 가능한 일이지요. 그런 상황을 모호하게 처리할 이유는 없기 때문에 다른 가능성을 염두에 둔 것으로 추정할 수 있습니다. 플라토노프 문학이 실제 현실 사회주의 권력으로부터 탄압받았음을 고려하면 오히려 이것이 문제가 된 게 아닐까 싶어요. 다르게 얘기하면 플라토노프 문학 자체가 그런 성격을 띠는데, 이상적 공산주의 마을은 자본주의뿐만 아니라 현실 사회주의로서도 감당하기 어려웠던 것이 아닌가 생각합니다.

**다시 시도하라. 또다시 실패하라. 더 낫게 실패하라!**

외부 공격에서 혼자 살아남은 사샤는 다시 고향으로 돌아옵니다. 자하르는 어렵게 체벤구르까지 찾아가지만 사샤가 이미 떠났음을 알게 됩니다. 사샤는 코푠킨이 타던 말 프롤레타리아의 힘을 타고 친아버지가 죽음의 비밀을 알기 위해 몸을 던진 호수로 갑니다.

> 드바노프는 이것이 어린 시절 여기 놓아두고 잊어버린 자신의 낚싯대라는 사실을 알아차렸다. 그는 아무것도 변하지 않은 잠잠해진 호수를 바라보고, 조심스럽게 주의를 기울였다. 사실 아버지는 여전히 남아 있었다. 그의 뼈와 그가 살아 있던 육체의 물질들과 땀으로 젖은 셔츠 조각, 모든 생명과 우정의 고향 말이다.

그러고는 아버지가 몸을 던진 호수 속으로 그대로 걸어 들어갑니다.

> 드바노프는 프롤레타리아의 힘이 가슴까지 물에 잠기도록 물속으로 들어간 다음 말과 작별을 고하지도 않은 채, 생명을 계속 이어가면서 말에서 내려 직접 물속으로 걸어 들어갔다. 언젠가 아버지가 죽음의 호기심 속에서 지나갔던 바로 그 길을 찾아서.

사샤는 아버지라는 희미한 존재의 흔적을 따라 호수 속으로 들어갑니다. 프롤레타리아의 힘은 혼자서 체벤구르로 돌아가고, 거기서 자하르와 만납니다. 자하르가 혼자 남아 있는 프로샤한테 돈을 줄 테니 사샤를 데려와 달라고 하면서 작품이 마무리됩니다. 앞부분에서 자하르가 어린 사샤를 찾아서 데려오라고 프로샤한테 돈을 건네는 장면이 있는데, 그 장면이 한 번 더 반복되는 것입니다. 어떻게 보면 마지막일 수도 있고 순환 구조일 수도 있습니다. 이런 식으로 이야기를 신화적으로 시공간화하면서 작품을 마무리 짓습니다.

그런데 아버지와 아들 사이의 연결고리라는 측면에서 보자면, 또 하나 반복되는 것이 있습니다. 첫 번째는 사샤의 아버지가 죽음의 비밀을 알고 싶어 호수에 몸을 던진 것이고, 두 번째는 현실에서 공산주의를 찾기 위해 순례 여행을 떠났던 사샤가 실패하고 돌아와서 호수 속으로 들어가는 것입니다. 아버지의 실패를 아들이 한 번 더 반복하는데, 그 연관성을 고려하면 공산주의 마을을 실현한다는 것 자체가 무모한 시도라는 뜻이 됩니다. 아버지가 죽음의 비밀을 알고자 했던 것과 비슷하게 공산주의에 대한 호기심이라는 것도 무모합니다.

그럼에도 이러한 시도가 희화화되지는 않아요. 아버지도 마찬가지지만 조롱거리가 된다거나 희화화되는 것이 아니라 하나의 신화가 됩니다. 이것이 플라토노프가 혁명에 대해 취하는 태도인데, 파스테르나크와는 다르지요. 파스테르나크는 어이없어하는 쪽이고, 플라토노프는 혁명이 상당히 어렵다면서 무척 진지하게 숙고합니다. 실패에 대해서도 조롱하지 않습니다.

"다시 시도하라. 또다시 실패하라. 더 낫게 실패하라"라는 베케트의 경구가 있잖아요. 이 작품에서 그런 메시지가 읽힙니다. 실패했지만 한 번 더 반복하라. 한 번 더 시도하라. 그다음 한 번 더 실험한다면 이보다는 더 낫게 실패해야 한다. 이런 의미를 전하고자 하는 것입니다. 그게 한 가지고, 앞에서 말씀드렸지만, 로자 룩셈부르크식의 자생적 · 자연적 · 민주적 공산주의의 실현 가능성, 현실에서는 시도되지 않아서 반허구적 공간에서만 실험될 뿐인 그것의 의미를 『체벤구르』가 보여주는 것이 아닌가 싶습니다.

『체벤구르』에 대한 평가는 두 가지인데 하나는 너무 어렵다는 것이고, 다른 하나는 무척 감동적이라는 것입니다. 러시아 문학작품을 읽으면서 울 일이 흔하지는 않습니다. 한번 경험해보시기 바랍니다.

오늘 강의는 여기까지입니다.

제5강

# 지바고 혹은
# 소비에트 햄릿

**파스테르나크의 『닥터 지바고』 읽기**

"인간이란 살아가려고 태어나지
삶을 준비하려고 태어나는 것은 아니오."

『닥터 지바고』 가운데서

# 보리스 레오니도비치 파스테르나크

## BORIS LEONIDOVICH PASTERNAK • 1890~1960

『구름 속의 쌍둥이』(1914)

『어느 시인의 죽음』(1931)

『스페크토르스키』(1931)

『닥터 지바고』(1957)

## 파스테르나크에 대해서

하지만 막(幕)의 순서는 짜여 있고
길의 끝은 피할 수 없다.
나만 혼자이고, 다들 바리새주의에 빠져 있다.
삶을 사는 것은―들판을 건너는 것이 아니다.


오늘은 파스테르나크입니다. 위의 시는 『닥터 지바고』의 마지막에 실린 유리 지바고의 시 중 「햄릿」의 일부입니다. 파스테르나크는 원래 시인이자 번역가로 셰익스피어의 『햄릿』을 러시아어로 번역하기도 했어요. 작가는 이야기가 종결된 이후 주인공 유리 지바고의 시들을 덧붙임으로써 그의 삶이 예술을 통해 부활한다는 것을 암시합니다. 한 인간의 삶은 타인의 기억 속에서, 그리고 그가 남긴 예술적 창작 속에서 촛불처럼 '타오르는 것'임을 주장하는 것입니다. 세계를 바꾸는 일을 하찮은 일로 치부했던 라라와 지바고의 세계관에 다 동의할 수는 없어도, '역사'라는 명분에 굴복하기보다는 사회와 역사 속에서 '내적 망명자'의 길을 택한 한 시인의 삶을 존중할 수는 있을 것입니다.

보리스 파스테르나크

그래서인지 시인이자 소설가인 보리스 파스테르나크와 닥터 지바고의
삶은 분리되어 읽히지 않습니다. 그 둘은 소설의 작가와 주인공의 관계라
기보다 시인과 그 서정적 분신 관계에 가깝습니다. 러시아 문학의 전통에
서 보면, 푸슈킨의 『예브게니 오네긴』이 '시로 쓴 소설'이었다면, 그러한
전통을 마감하는 『닥터 지바고』는 '소설로 쓴 시'라고 할 수 있을까요.

### 노벨문학상 스캔들

파스테르나크는 국내에서는 솔제니친과 함께 공산주의에 반대
하는 대표적 작가로 제법 일찍 소개된 작가입니다. 솔제니친은 다들 알다
시피 반체제 작가로 이름이 알려졌지만, 파스테르나크는 1930년대 이후
줄곧 침묵을 지키던 작가였는데 1958년 『닥터 지바고』가 결정적 계기가
되어 노벨문학상을 수상하면서 일대 스캔들이 일어났습니다. 그 과정에
서 작가가 국외 추방을 면하기 위해 수상을 거부하면서 소련 체제와 반

목하는 작가로 널리 알려지게 됩니다.

흥미로운 것은 『닥터 지바고』가 1957년 이탈리아에서 처음 출간되었는데, 바로 이듬해인 1958년에 노벨문학상을 수상했다는 사실입니다. 거의 전례 없는 결정이었죠. 그와 관련해서 미국 CIA 공작설이 제기되기도 했습니다. 1956년 흐루쇼프가 제20차 전당대회에서 스탈린을 비판하고 1957년 소련에서 최초로 인공위성 발사에 성공하면서 미소 사이에 우주 개발 경쟁이 시작됩니다. 한발 늦은 미국이 소련 체제를 비방하는 선전의 일환으로 파스테르나크의 노벨문학상 수상을 배후에서 밀어주었다는 설입니다. 당연히 구소련 내에서 반발이 일어나 파스테르나크가 궁지에 몰리게 됩니다. 그 스트레스의 영향으로 1960년에 사망했으니 노벨문학상 수상이 파스테르나크에게 결코 좋은 소식만은 아니었습니다.

### 마야콥스키를 좋아했던 시인 파스테르나크

『닥터 지바고』를 쓰지 않았다면 파스테르나크는 아마 시인으로 남았을 겁니다. 마야콥스키를 무척 좋아했던 파스테르나크의 자서전 『어느 시인의 죽음』(원제는 『안전통행증』)에서 '어느 시인'이 바로 마야콥스키입니다. 자기 자서전에 온통 마야콥스키 얘기를 써서 국내에는 마야콥스키에 관한 책처럼 소개될 정도였지요.

마야콥스키는 1930년에 권총 자살했는데 『닥터 지바고』에서 지바고도 1929년에 심장마비로 죽습니다. 나름대로 상징적 의미가 있는 연도입니다. 1928년 스탈린식 경제개발 5개년 계획이 시작되고, 1932년에는 소련 작가동맹이 만들어지면서 소련의 체제 자체가 사회주의 체제로 바뀝니다. 1928년까지는 NEP, 즉 신경제 체제였어요. 『닥터 지바고』에서 지바

〈메레쿨레의 발트해변에 있는 보리스〉(1910) 보리스의 아버지 레오니드 파스테르나크가 그린 초상화.

고가 상당히 모호한 시기라고 일컬은 때였죠. 왜냐하면 사회주의 혁명을 해놓고 자본주의 경제를 운영했으니까요. 상당히 어리둥절한 시기였습니다. 물론 레닌을 비롯한 고위층에서는 전략적 후퇴를 할 수밖에 없다고 판단했지만 지바고가 보기에는 혁명을 위해 4년 동안이나 내전을 하면서 서로 피를 흘렸는데, 도로 자본주의로 돌아가니 그야말로 난센스였던 것이죠.

문제의 신경제 체제가 1928년 끝나고 곧바로 본격적인 사회주의 경제 건설로 넘어갑니다. 그 시기에 지바고가 죽는다고 설정한 것은 상당히 의도적이에요. 주요 인물인 지바고, 라라, 파샤, 토냐의 운명은 이 작품이 전하는 메시지와 관계가 있습니다. 작품에서 지바고는 심장마비로 죽고, 파샤는 자살하고, 토냐는 추방되고, 라라는 수용소에서 죽습니다. 라라는 수용소에서 죽기 때문에 정확하게 언제 어떻게 죽었는지조차 알 수 없습니다. 하지만 스탈린 통치하 러시아에서 가장 흔한 죽음이기도 합니다. 러시아 혁명을 상징하는 인물인 파샤 안티포프는 스트렐니코프라는 가명을 쓰며 적군 사령관 노릇을 하기도 합니다. 이 가명은 저격수라는 뜻인데, 그의 죽음을 통해 러시아 혁명가에 대한 파스테르나크의 생각을 엿볼 수 있습니다.

지바고가 죽은 다음 작품이 바로 끝나는 것이 아니라 에필로그가 이어집니다. 지바고의 생애만 다룬 소설이라면 그가 죽는 데서 끝나겠지만 이 작품은 그렇지 않습니다. 지바고가 남긴 것을 통해 지바고의 삶이 부활합니다. 죽음이 어떻게 극복될 수 있는지 보여주는 것인데, 그 매개가 바로 지바고가 남긴 시입니다. 혁명에 대한 생각도 중요하지만 죽음과 삶에 대한 생각이 더 중요한 주제를 구성하죠. 그 주제에 비하면 혁명이라든가 시대의 격변은 도리어 부수적인 것으로 여겨집니다. 한겨울 밤, 지바고가 시베리아의 오두막에서 시를 쓸 때 바깥에서 늑대들이 울부짖는 소리가 들려오는 장면이 있지요. 시대의 소음, 시대의 울부짖음이 늑대들의 울음으로 상징되는 것입니다. 그건 중요하지 않다는 겁니다. 중요한 건 지바고가 쓰는 시니까요. 파스테르나크의 기본 생각을 그런 장면에서 엿볼 수 있습니다.

1929년은 스탈린이 '대전환의 해'라고 천명한 해이자 작가 파스테르나크의 침묵이 시작되는 해이기도 합니다. 파스테르나크뿐만 아니라 많은 작가에게 침묵이 강요됩니다. 침묵할 수 없었던 작가는 마야콥스키처럼 자살하기도 했죠. 1925년에는 '농민시인' 세르게이 예세닌이 자살했습니다.

파스테르나크와 에이젠슈테인, 마야콥스키(차례로 왼쪽에서 두 번째, 세 번째, 여섯 번째 인물). 1924년 모스크바.

이것도 뭔가 상징적입니다. 시인들은 뭔가를 상징하기 위해 죽는 것이 아닌가 싶을 정도입니다. 1921년에 알렉산드르 블로크가 죽고, 1925년에는 예세닌이 죽고, 1930년에는 마야콥스키가 죽습니다. 그렇게 러시아 혁명이 무엇을 뜻하는가에 대해 시인들이 각자의 죽음을 통해 메시지를 전달하기도 합니다.

### 소설로 쓴 시 『닥터 지바고』

파스테르나크의 초기 시는 미래파로 분류될 수 있습니다. 러시아의 모더니즘에는 상징주의(블로크, 벨리), 미래파(마야콥스키, 흘레브니코프), 아크메이즘(아흐마토바, 만델스탐)의 3대 유파가 있습니다. 파스테르나크는 이 중 미래파 계보에 속합니다. 『닥터 지바고』에서 지바고가 남긴 시편들은 『닥터 지바고』를 이해하는 데도 빼놓을 수 없지만, 파스테르나크의 대표작들이기도 합니다. 파스테르나크는 시 25편을 의도적으로 배치해 각 시와 작품이 연관성을 갖게 했습니다. 첫 시인 「햄릿」은 주인공 지바고의 성격을 시사하는 작품입니다. 시에서 지바고는 햄릿이면서 동시에 그리스도의 형상을 띱니다.

그리스도의 의미는 작품 서두에 지바고 숙부의 사상으로 소개되죠. 그는 그리스도의 탄생은 인간의 개성 발견이라는 의미를 지닌다고 생각합니다. 그리스도 이후 인간은 해방된 개성과 자유를 가진 존재가 되었다는 것인데, 그렇게 되면 민중과 지식인, 인텔리겐치아 혁명가로 구분되는 위계질서를 부정하게 됩니다. 민중을 각성케 하고 강제로라도 일깨우는 사람들의 역할이 의미를 잃는 것이지요. 그리스도 이후에는 모든 인간이 다 개성을 갖는 자유로운 인간이니까요. 그러니 위아래가 따로 없습니다. 이것이 파스테르나크의 인간관이기도 합니다. 이야말로 근본적인 혁명이죠. 그리스도 탄생 이후 인간에게 그런 혁명적 변화가 생겼다고 보는 겁니다. 거기에 비하면 민중-지식인 구도는 오히려 구약 시대로 퇴행하는 것에 불과하죠. 예언자와 선지자가 목자이고, 민중은 어린 양 떼라는 식의 구분은 구약 시대의 발상일 뿐 그리스도의 약속은 아니라는 것, 이것이 파스테르나크의 생각입니다.

『닥터 지바고』를 비판하는 평자들이 자주 거론하는 점 중 하나가 우연성의 남발인데, 이건 파스테르나크의 세계관입니다. 파스테르나크는 각각의 인물이 서로 알지 못할 뿐이지 모두 연결돼 있다고 생각했거든요. 이 세계는 다 긴밀하게 연결돼 있다고 봤어요. 그런 세계관에 동의하지 않으면 지나치게 작위적으로 보일 수밖에 없죠.

이를테면 지바고가 나중에 모스크바로 돌아와 집필실을 얻게 되는데 그 방이 파샤와 라라가 살던 집이었고, 파샤는 나중에 지바고가 살던 집에 찾아가 거기서 죽습니다. 이처럼 다 연결돼 있다는 거예요. 좀 작위적인가요? 그런데 파스테르나크는 그렇게 생각하지 않았습니다. 운명적이고 필연적인 것이라고 생각했습니다.

그래서 앞에서 얘기한 것처럼 지바고는 소설의 주인공이라기보다 작가 파스테르나크의 서정적 분신으로 보는 것이 맞습니다. 푸슈킨의 『예브게니 오네긴』이 '시로 쓴 소설'이라면, 『닥터 지바고』는 '소설로 쓴 시'라고 말씀드렸죠. 그러니 이 작품을 소설 미학으로만 이해하려 하면 곤란합니다. 소설에 미달하거나 소설을 초과하기 때문입니다.

### 내저 망명을 떠난 작가

『닥터 지바고』가 러시아에서 공식 출판된 것은 1988년쯤입니다. 그래서 1985년 최초의 파스테르나크 전집(전2권)이 발간될 때 『닥터 지바고』는 빠졌습니다. 수십 년간 금서로 묶여 있었던 것이죠.

1956년 흐루쇼프가 스탈린 격하 연설을 하면서 소련이 해빙 무드로 들어가자 파스테르나크는 자기 작품을 출간할 수 있으리라는 기대로 『닥터 지바고』의 원고를 《노비 미르》 잡지사에 보내지만 거절당합니다. 당시에는 스탈린을 일부 비판하는 것까지도 허용됐습니다. 1962년 솔제니친이 『이반 데니소비치의 하루』 같은 작품에서 러시아가 수용소 사회였다고 폭로하기도 했으니까요. 그것만 해도 상당히 충격이었습니다만, 솔제니친은 공산주의자였어요. 다만 현실 사회주의에 문제가 있다고 비판했죠. 나중에 미국에 망명하고 나서 자본주의를 맹렬히 비판하는 바람에 언론과 마찰을 빚기도 했어요. 이것은 당연한 일입니다. 공산주의자가 자본주의를 좋아할 리 없으니까요. 그는 소련식 공산주의와 다른 공산주의를 원했지, 자본주의를 원한 것은 아니었습니다.

반면 파스테르나크의 『닥터 지바고』는 스탈린 이전의 레닌과 러시아 혁명 자체에 의혹을 품는 작품입니다. 반대하는 것도 아니고 그저 세계를 바꾼다든지 변혁한다는 것을 중요하게 여기지 않는 겁니다. 이건 수용할 수 없다는 것이 당시 《노비 미르》의 판단이었습니다. 그래서 러시아에서는 출간하기 어려웠던 겁니다. 정 그렇다면 해외에서 출간하겠다고 생각한 파스테르나크가 이탈리아로 원고를 보냈습니다. 그렇게 해서 이탈리아에서 먼저 출간되었죠. 그 때문에 그토록 큰 사달이 날 걸 예상했더라면 그런 시도조차 하지 않았을 겁니다. 워낙 조용한 성격이었으니까요.

노벨문학상 파문 이후 파스테르나크는 '내적 망명 작가'라고 불립니다. 망명에는 두 가지 유형이 있는데, 일반적으로 우리가 말하는 조국을 떠나 외국으로 나가는 망명과 국외로 나가지는 않되 외부와의 접촉을 끊고 내적으로 칩거하는 내적 망명이 있습니다. 파스테르나크는 내적 망명의 대표적인 경우입니다. 소설에서도 주인공인 지바고가 외부로부터 스스로를 완전히 차단하고 자기 내면의 공간으로 틀어박히는 모습이 그려지기도 하죠. 자기 안에 공간을 갖는 것입니다.

### 시인이 쓴 산문

『해석에 반대한다』,『은유로서의 질병』 등 유명한 에세이를 남긴 미국의 작가이자 비평가 수전 손택이 2001년에 쓴 『강조해야 할 것』에 「시인이 쓴 산문」이라는 글이 실려 있습니다. 손택은 러시아 문학을 좋아해서 러시아 작가들에 대한 해설이나 소개 글을 많이 썼죠. 이 글 또한 마리나 츠베타예바(1892~1941)라는 20세기 러시아 여성 시인에 대한 글로, 원래는 츠베타예바의 산문집 『사로잡힌 영혼』(1983)의 서문으로 썼던 것입니다. 츠베타예바는 안나 아흐마토바와 쌍벽을 이루는 20세기 러시아 여성 시인입니다. 츠베타예바는 생전에 파스테르나크와 긴밀한 교우 관계를 맺었는데, 그래서 이 글에는 파스테르나크에 관한 이야기도 나옵니다.

「시인이 쓴 산문」은 1958년 알베르 카뮈가 파스테르나크에게 경의를 표하는 어느 편지에서 "19세기의 러시아가 없었다면 나는 아무것도 아니었을 것이다"라고 단언했다는 이야기로 시작합니다. 실제로 카뮈는 도스토예프스키의 『악령』을 연극으로 각색하기도 했고 『지하로부터의 수기』나 『카라마조프가의 형제들』 같은 작품에서 많은 영감을 얻어 『전락』이나 『페스트』 등을 쓰기도 했죠. 그래서 도스토예프스키 문학이나 러시아 문학을 참조하지 않고 카뮈를 이해할 수 있을까 생각될 정도입니다.

그리고 다음과 같이 파스테르나크에 대한 내용이 나옵니다.

파스테르나크는 자신이 쓰고 있던 소설 『닥터 지바고』가 가장 진실하고 완벽한 작품이 될 것이며, 거기에 비한다면 그가 쓴 젊은 날의 시들은 아무것도 아니라고 공언하면서 죽기 전까지 몇십 년 동안 자신이 청년기에 썼던 뛰어나고 섬세한 자전적 산문(예를 들면 『안전통행증』)을 지나치게 자의식적이고 모더니즘적이라며 폄하했다.

『닥터 지바고』에 비하면 나머지는 아무것도 아니라는 겁니다. 그래서 『닥터 지바고』만 읽으면 됩니다. 그게 파스테르나크의 주문이었어요. 그리고 파스테르나크와 츠베타예바, 라이너 마리아 릴케 사이에 주고받은

세 사람이 주고받은 편지를 묶은 『라이너 마리아 릴케, 보리스 파스테르나크와 마리아 츠베타예바, 1926년의 편지』(모스크바, 1990).

이탈리아에서 처음 출간된 『닥터 지바고』 초판.

편지 얘기가 나오는데, 『어느 시인의 죽음』에도 릴케에 대한 회상이 처음에 나옵니다. 파스테르나크의 아버지는 화가였고 어머니는 음악가였습니다. 예술가 집안이었죠. 파스테르나크는 피아노 연주 실력도 수준급이었는데 작곡가이자 피아니스트인 알렉산드르 스크랴빈의 연주를 듣고 자신은 피아니스트로서 재능이 없다고 판단해 꿈을 접습니다.

아버지인 레오니드 파스테르나크는 톨스토이와도 친분이 깊어서 톨스토이의 『부활』에 삽화를 그리기도 했습니다. 톨스토이의 영지 야스나야 폴랴나에 자주 갔는데 아들인 파스테르나크도 데려갔어요. 그때 파스테르나크가 릴케를 보기도 합니다. 1900년쯤 릴케가 루 살로메와 함께 러시아를 여행하던 중이었어요.

나중에 릴케가 죽었다는 사실을 전해 듣고도 파스테르나크와 츠베타예바는 믿으려 하지 않았습니다. 우주적으로 보아 도무지 부당하다고 여긴 것이었죠. 어떻게 시인이 죽는가. 그리고 15년 뒤인 1941년 8월, 츠베타예바가 자살했다는 소식에 파스테르나크는 놀라움과 회한을 느낍니다. 츠베타예바는 가족과 함께 파리로 갔다가 소련에 다시 돌아와서 자살했죠. 이 세 시인이 주고받은 편지도 소개되면 좋겠습니다.

### 삶은 수단이 아니다

『닥터 지바고』의 마지막에 실린 시 25편 중 첫 번째 시 「햄릿」을 감상하고 나서 작품으로 들어가겠습니다.

소요가 멎었다. 나는 무대로 나갔다.
문설주에 기댄 채 아득한 메아리 속에서
나의 인생에 무슨 일이 일어날지,
붙잡아본다.

한밤의 어둠이 천 개의 쌍안경처럼
나를 향하고 있다.
할 수만 있다면, 하느님 아버지,
이 잔을 거두어주옵소서.

저는 주님의 확고한 뜻을 사랑하며
기꺼이 이 역할을 맡겠나이다.

그러나 지금은 다른 극이 진행되고 있으니
이번에는 저를 면하게 해주옵소서.

하지만 막(幕)의 순서는 짜여 있고
길의 끝은 피할 수 없다.
나만 혼자이고, 다들 바리새주의에 빠져 있다.
삶을 사는 것은—들판을 건너는 것이 아니다.
(김연경 옮김)


2연의 "천 개의 쌍안경처럼 나를 향하고 있다"는 객석에 있는 관객들이 쓴 쌍안경을 묘사한 겁니다. 별빛이 내려다보는 것이기도 하면서 어두운 객석에서 관객들이 무대를 바라보는 쌍안경이기도 하죠. "이 잔을 거두어주옵소서"는 그리스도의 대사입니다. 십자가에 못 박히기 바로 전날 그리스도가 한 말이죠. 4연 2행의 "길의 끝은 피할 수 없다"는 그래서 자신이 나가서 연기해야 한다는 표현입니다. 이 시적 화자는 그리스도예요. 그리스도인데 제목은 '햄릿'이라고 돼 있습니다.

그리고 마지막 2행은 러시아 속담의 인용이기도 한데, 인생을 살아간다는 게 들판을 지나가는 것처럼 평탄한 일이 아니라는 뜻입니다. 다르게 얘기하면 인생길은 꽃길이 아닌 가시밭길이라는 뜻입니다. 일차적인 의미는 그렇지만, 조금 다르게, 삶을 산다는 것은 들을 지나는 것이 아니다라는 의미로도 읽고 싶습니다. 구경꾼처럼 지나가는 게 아니다. 다르게 얘기하면 삶은 과정이나 수단이 아니라 그 자체가 목적이라는 것이죠. 저는 이것이 『닥터 지바고』의 핵심 주제라고 생각합니다.

# 파스테르나크의 『닥터 지바고』 읽기

## 독자를 사색으로 이끄는 소설

『닥터 지바고』에 대한 평은 극단적으로 갈립니다. 일부에선 대단히 뛰어난 작품이라고 호평하기도 하고 일부에서는 이게 무슨 소설이냐며 혹평하기도 하죠. 러시아에서도 평이 양분되기는 마찬가지입니다. 앞에서 잠깐 언급한 아흐마토바 같은 시인도 도저히 파스테르나크가 썼다고는 믿을 수 없다고 했을 정도입니다.

하지만 작가 자신은 『닥터 지바고』에 대한 자부심이 대단했어요. 앞서 말했듯 『닥터 지바고』에 비하면 다른 작품은 아무것도 아니다, 내 작품은 이거 하나로 충분하다라고까지 얘기했으니까요.

혹평하는 견지에서 보면 이 소설은 미흡한 점이 많습니다. 개연성이 많이 떨어진다고나 할까요. 인물 묘사의 핍진성이나 현실성, 구체성 등이 부족합니다. 소설에 적용되는 규정, 그러니까 독자가 소설을 읽으면서 기대하는 표준적 규범을 상당 부분 위반합니다. 반면 이 작품을 옹호하는 축은 작품을 판단하는 기준을 달리해야 한다고 주장하죠. 기존의 소설과는 다른 소설이므로 당연히 다른 관점에서 읽어야 한다는 겁니다. 어느 쪽이든 기존의 전통적 관점에서는 이 작품을 옹호하기가 어렵다는 얘기입니다.

그래서 저는 이 작품이 소설로 쓴 시라고 생각합니다. 실제로 시적인 성격이 짙습니다. 지바고 자신이 작가인 파스테르나크의 서정적 분신, 시에서라면 서정적 화자일 텐데, 작가의 분신이기도 합니다. 왜냐하면 작품 맨 마지막 장에 실린 지바고가 쓴 시 25편 중 일부는 파스테르나크가 자기 이름으로 발표하기도 한 작품이니까요. 일종의 분신입니다.

그래서인지 이 작품에는 성장하는 인물이 하나도 없습니다. 변화 발전하는 인물이 없어요. 작품이 가장 중점적으로 다루는 시기가 1903년부터 1929년까지인데, 1905년에 제1차 혁명이 일어나지요. 그 뒤 제1차 세계대전이 발발하고 러시아 혁명과 내전이 벌어지는 등 굵직굵직한 사건들이 이어지는데도, 그러한 사건들이 지바고에게 근본적 변화를 일으키지 못합니다. 그 시간을 견디면서 성장하거나 성숙하지 않는 것이죠. 그러니까 문제적 주인공의 여정을 다룬다는 근대 소설의 정의와 맞지 않습니다. 비평가와 문학 연구자들, 그리고 작가들 사이에서 이 작품의 이념적 차원이 아닌 문학성을 놓고 논란이 벌어지는 이유도 그 때문일 것입니다.

그래서 이 작품은 특별히 완성도가 높다기보다는 우리를 사색으로 이끄는 성격이 더 강하지 않은가 생각하게 됩니다. 체제 전환기인 1991년, 구소련이 해체되고 사회가 급변할 무렵 그 혼란의 양상이 내전기와 비슷했는데, 그때도 이 작품이 러시아 독자들, 특히 지식인들에게 많은 위안과 위무를 주었으리라 생각합니다.

### 삶이라는 의미를 갖는 이름, 지바고

지바고는 러시아어로 '삶'이라는 뜻입니다. '살아 있는'이라는 형용사의 고어형을 주인공 이름으로 썼습니다. 그러니까 말 그대로 '삶'이라는 뜻입니다. 우리 식으로 하면 날생(生) 자의 외자 이름이 되는 셈이랄까요. 그러니까 이 작품은 '삶'이 특정한 역사적 시기를 어떻게 관통해가는지 보여줍니다. 결국 지바고는 구체적 인물이라기보다는 상징적·비유적 의미를 더 많이 띠는 인물입니다.

파스테르나크는 한 인터뷰에서 동시대인에 대한 부채의식 때문에 이 작품을 썼다고 얘기했습니다. 그는 이 작품을 1946년부터 1956년까지 집필했는데, 제2차 세계대전이 끝나자마자 당시 56세였던 작가가 생애 마지막 작품이 될 것을 알고 동시대인에게 빚 갚음을 하려고 쓴 것이죠. 왜 빚 갚음이었을까요?

러시아 혁명기에 동시대인들은 모두 저당 잡힌 삶을 살았습니다. 정상적으로 살기가 불가능했어요. 그들에게 파스테르나크는 뭔가 해줘야 한다고 생각합니다. 서두에 말한 것처럼 이 작품은 당시 소련에서 출간되지 못했고 노벨 문학상과 관련해 스캔들을 겪었습니다. 그리고 지나치게 '정치적'으로 읽히든가, 아니면 힐리우드판 〈닥터 지바고〉 영화를 통해 '눈 덮인 설원에서의 지바고와 라라의 사랑 이야기'쯤으로 지나치게 멜로드라마적으로 읽힌 것이 사실입니다. 따라서 혁명기 격동의 시대를 살았던 동시대인에 대한 일종의 빚 갚음으로 이 작품을 구상했다는 작가 자신의 고백은 음미해봄 직합니다. 실제로 이 작품은 1~8장까지가 1권, 9~17장 (17장은 시)까지가 2권으로 나뉘어 있는데, 주로 내전기에 해당하는 시기를 배경으로 합니다. 소설보다 오마 샤리프와 줄리 크리스티가 주연한 데이비드 린의 영화로 더 잘 알려져 있어 소설을 읽지 않았더라도 줄거리는 대충 아는 분이 많을 것입니다. 지바고와 그가 입양된 그로메코가의 딸 토냐, 그리고 라라와 혁명가 파샤, 이 두 커플이 혁명과 제1차 세계대전, 내전을 겪으며 이별과 재회를 반복하다가 각자 죽음을 맞는 이야기입니다. 특히 지바고와 라라의 사랑, 그들의 운명적 만남과 헤어짐이 주를 이루죠.

영화 〈닥터 지바고〉(1965)의 포스터와 영화 속 한 장면.

주요 인물인 지바고와 라라, 파샤가 모두 죽음을 맞는다는 것이 특징적인데, 삶과 죽음의 수수께끼야말로 인간이 풀어야 할 가장 중요한 숙제라는 파스테르나크의 생각이 구현된 것입니다. 파스테르나크는 죽음을 의식의 문제로 다룹니다.

> 다른 사람들 속에 있는 인간, 그것이 인간의 본질이자 영혼인 것입니다. 그래서 바로 그것이 당신이며 당신의 의식은 한평생 그것을 호흡하고 자기의 양식으로 삼으며 기쁨으로 삼아온 것입니다. 당신의 영혼, 불멸, 그리고 생명 전부가 타인 속에 존재한다는 거지요. 그게 대체 뭐냐고요? 타인 속에 당신이 있었다는 게 곧 영원히 남아 있게 된다는 것입니다. 후에 그것이 추억이리고 불린다 해도 그게 무슨 상관입니까. 그것이 바로 미래의 육체 속으로 들어가는 당신이 될 것입니다.
> (……) 죽음이란 없습니다. 죽음과 우리는 상관이 없어요. 그리고 당신께서 재능을 말씀하셨는데 그건 다른 문제입니다.

작품 초반에 지바고가 병상에서 죽어가는 장모에게 부활에 대해 이야기하는 대목입니다. 인간의 본질, 영혼, 부활이란 다른 사람들의 의식 속에 있다는 것, 따라서 죽음은 우리와 상관없다는 것, 왜냐하면 누군가 죽더라도 그에 대한 의식을 가진 사람들이 있어 영혼은 살아남기 때문입니다. 단 한 사람이라도 그를 기억하는 사람이 살아 있는 한 그의 영혼은 살아남는 것이므로 죽지 않은 것입니다. 이것이 파스테르나크의 죽음관입니다.

지바고와 라라 역시 마찬가지입니다. 이 책은 두 사람의 사랑 이야기가 핵심이지만 결국 둘 다 죽습니다. 하지만 그들에겐 두 가지가 남습니다. 하나는 둘 사이에 태어난 딸 타냐이고, 나머지 하나는 지바고가 남긴 시입니다.

　　데이비드 린이 만든 영화에 보면 초반에 좀 멍청해 보이는 딸이 나옵니다. 그토록 지성적이고 아름다운 두 남녀 사이에서 어떻게 그렇게 백치 같은 딸이 나올 수 있을까 싶을 정도입니다. 지바고의 이복동생 예브그라프가 두 친구와 함께 세탁부가 된 타냐를 만나는 장면이 소설에서는 마지막에 나오는데, 그들의 대화에서 두 세대, 즉 지바고와 라라, 그리고 타냐 세대의 차이에 대해 '고상하고 이성적인 것이 타락하게 되는 것'으로 그려집니다. 19세기 러시아 인텔리겐치아의 열렬한 계몽운동, 그 헌신이 실제 혁명 이후 타락상으로 나타났다는 것입니다. 파스테르나크가 보기에 이것이 바로 소비에트 인민의 현실이죠. 스탈린식 소비에트 사회주의에서는 기대할 것이 없다는 뜻입니다. 타냐가 상징하는 것처럼 말이에요.

　　그리고 두 친구는 지바고가 남긴 시집을 읽습니다. 스탈린 시대가 종언을 고한 뒤의 일입니다. 지바고의 시집에 그의 삶과 시대가 보존돼 있습니다. 그리고 사실 파스테르나크가 『닥터 지바고』라는 작품에서 의도했던 것이 이처럼 동시대인의 삶을 보존하고 그 시대를 온전하게 작품에 담아놓는 것이었죠. 그것이 바로 동시대인에 대한 책임이라고 생각했습니다.

　　곧 지바고의 죽음으로 끝나는 게 아닙니다. 거리에서 심장발작이 일어나는 바람에 쓰러져 횡사하지만, 그는 시를 남겼고 그 시에 모든 것이 보존돼 있습니다. 그의 넋이 거기에 살아 있습니다. 그게 파스테르나크의 예술관이자 문학관입니다.

이 모든 것을 알고 있는 듯한 그들의 손에 들려 있는 조그마한 책
은 그들 마음의 지주였고 확신을 안겨주었다.

### 삶은 각자에게 주어진 은총

여주인공 라라를 놓고 삼각관계를 이루는 두 인물, 지바고와 파
샤는 각기 다른 방식으로 혁명과 관계를 맺습니다. 지바고는 방관자적 지
식인의 비겁한 삶을 끝까지 유지하며 적군과 백군 양쪽에 포로로 잡히기
도 하는 등 파란만장한 경험을 하지만 어느 쪽에도 깊이 관여하지 않습
니다. 의사라는 신분도 가급적 숨기려 하죠.

반대로 파샤는 적극적 행동가로서 혁명(역사)에 개입합니다. 내전에 참
가했다가 자신이 전사자 명단에 오른 것을 알고 스트렐니코프라는 가명
으로 적군 사령관 노릇을 하며 온갖 악명을 얻기도 합니다.

그렇다고 지바고가 혁명에 반대한 것은 아닙니다. 다만 혁명에 뒤이은
내전이 꼭 필요한 것인가에는 회의적입니다. 2부에 보면 지바고가 삼제
바토프라는, 볼셰비키 혁명 이념을 대변하는 인물과 대화하는 장면이 나
오는데, 지바고가 내전이란 어리석은 일 아니냐고 묻습니다. 그러자 삼제
바토프가 그건 인정하지만 필연적 과정이라고 대답합니다. 동족끼리 피
를 흘리는 것은 무척 불행하고 예기치 않은 혼란이지만 혁명에서 반드시
통과해야 하고 우회할 수 없는 과정이라는 말입니다. 이것이 바로 볼셰비
키 혁명가의 생각이지만, 지바고는 거기에 의문부호를 답니다. 그의 눈에
는 감자 몇 알 훔쳤다고 총살하는 식의 어처구니없는 사태를 부르는 내

전은 무의미해보였기 때문입니다.

내전기는 전시 공산주의 시기였습니다. 가뜩이나 부족한 식량과 물자를 다 차출하고 개인 소유를 인정하지 않았어요. 개인 텃밭에서 작물을 수확하는 것도 허용하지 않았습니다. 발각되면 인민의 적이라고 총살하던 엄혹한 시기였죠. 내전은 그 자체가 목적이 될 수는 없습니다. 같은 민족끼리 백군, 적군 나뉘어 총부리를 겨누고 싸우는 것 자체가 의미 있을 수는 없죠. 말하자면 그저 수단일 뿐입니다. 더 이상적인 사회를 만들기 위해 거쳐야 하는 과정으로서의 수단. 하지만 지바고는 이런 볼셰비키의 견해에 의문을 품습니다. 내전이 종식되고 지바고는 다시 모스크바로 돌아옵니다. 이렇게 서술돼 있습니다.

> 그는 소비에트 시대의 가장 애매하고 허구적인 시기였던 네프 초
> 기에 모스크바로 왔다.

이 대목에서 '애매하다'는 표현이 인상적입니다. 얼마나 황당했겠어요? 네프기는 '신경제 정책' 시기입니다. 혁명 때문에 온갖 고생을 다 하고 돌아왔는데 자본주의로 되돌아간 셈이니 어처구니가 없었겠죠. 따라서 뭔가 '애매하고 허구적인', 즉 현실적이지 않은 것입니다.

지바고는 라라에게 일찍이 이렇게 얘기했었죠.

> "혁명을 충동한 사람들에게는 변혁과 격동만이 명확한 것일 뿐이
> 며, 세계적 규모의 일이 아니라면 관심을 가지지 않아요. 세계 건설과
> 그 과도기가 그들의 목표지요. 그 밖의 것은 배운 게 없어서 아무것도

모르고 있소. 그런데 이처럼 끝없는 준비가 아무 결과도 이루지 못한 이유를 당신은 아오? 그것은 그들이 아무 재능도 없는 불완전한 인간들이기 때문이오."

지바고의 엘리트 의식이 엿보이는 부분입니다. 실제 혁명을 주도한 세력은 과거에 억압과 핍박을 받으며 살아온 사람들이죠. 원한과 분노가 쌓여 개인적 한풀이를 하는 일도 종종 있었습니다. 라라와 지바고도 그들에게 밉보여 도피하기도 하죠. 그러니 그런 사람들에 대한 일방적인 비하는 부당한 면도 없지 않습니다. 하지만 다른 한편 지바고의 생각에도 진실이 담겨 있습니다. 그는 이렇게 말해요.

"인간이란 살아가기 위해서 태어나는 것이지, 삶을 준비하기 위해서 태어나는 것이 아니오. 삶이라는 현상, 또 삶의 은총은 정말 중요한 것이 아니겠소. 그렇다면 어째서 그것을 미숙한 착상의 어린아이 장난 같은 광대놀음으로 바꾸어야 하오?"

지바고가 보기에는 현재 주어진 삶 자체가 목표가 되어야지 그것이 뭔가 다른 시대와 다른 세대를 위한 수단이 되어서는 안 됩니다. 삶은 각자에게 주어진 은총이기 때문에 그저 광대놀음으로 바꿀 수는 없다, 살아야 한다. 이것이 지바고의 기본 생각이고 실제로 지바고는 삶을 하나의 예술 작품, 즉 시로 만듦으로써 그렇게 삽니다.

## 시대의 살아 있는 기소장

한편 파샤는 혁명에 적극적으로 개입하기도 하지만 지바고만큼이나 라라를 사랑한 인물이기도 합니다. 지바고는 운명적으로 라라를 사랑하게 되지만 파샤야말로 오직 라라만을 위해 살았죠. 라라를 위해 공부도 하고 교사를 하기도 하며, 전선에 나갔다가 적군 사령관 노릇을 하면서 온갖 악명을 얻기도 합니다. 그러다가 반혁명 분자로 몰려 도망자 신세가 되죠.

라라를 찾아오지만 이미 라라와 딸은 떠난 뒤이고 그 집에서 살고 있는 지바고와 얘기를 나눕니다. 파샤는 아내 라라와 딸에 대해 묻지만 그들은 이미 떠나고 없습니다. 게다가 그는 날조된 죄목으로 군법회의에 회부될 처지이고 결과는 총살이죠. 체포되면 바로 총살되리라는 걸 자신도 잘 압니다.

그가 혁명에 대해 이야기하는 장면은 파샤가 갖고 있는 기본적 세계관을 엿볼 수 있는 부분입니다. 핍박받고 억압받는 민중의 세계가 있고, 다른 한쪽에는 부자들의 세계가 있습니다. 무슨 일에도 고민하지 않고, 이 세계에 주는 것도 뒤에 남기는 것도 아무것도 없다는 점 외에 뛰어난 점이라고는 없는, 그런 기생충이 지배하는 세계입니다. 이 두 세계가 대립할 때 혁명은 필연적인데, 라라는 두 세계의 대립과 간극이 낳은 희생자입니다. 그러니까 라라는 핍박받는 러시아 민중의 상징이면서 지바고에게는 시의 뮤즈이기도 하지만, 파샤에게는 이처럼 대립적인 세계에서 고통받아온 인물입니다. 파샤는 그런 아내를 해방시켜주고 싶었던 겁니다.

"그녀는 그 시대의 살아 있는 기소장이었습니다."

라라의 존재 자체가 그 시대를 고발하는 고발장이자 기소장이라는 말입니다. 그래서 파샤는 아내를 위해 구세계를 응징하고자 합니다.

"레닌은 구세계의 잘못에 대한 살아 있는 응징으로서 구세계를 공격했지요."

이렇게 대립적인 세계, 부당한 세계가 더는 존속해서는 안 됩니다. 그래서 구세계를 공격한 것이고, 그게 혁명의 대의입니다. 라라를 위해 공부하고, 그녀를 위해 교사가 되어 유리아틴으로 가고, 종국에는 전쟁터로 나갑니다. 3년간의 결혼 생활이 와해될 조짐을 보이자 자기 탓으로 돌린 뒤 라라의 마음을 다시 얻으려고 진신으로 산 것이죠.

"내 이름이 사망자 명단에 올라 있는 것을 이용해서 가명으로 혁명에 뛰어들었지요. 그녀가 겪었던 온갖 부당한 처사를 몽땅 갚아주고 그녀의 마음에서 저 불쾌한 기억들을 씻어내고, 그리하여 과거의 타락이 더 이상 지속되지 못하게 (……) 하기 위해서였지요."

이게 파샤가 혁명에 헌신하게 된 이유입니다. 하지만 결국 진정한 삶을 유예한 것이죠. 자신의 삶을 향해 잠깐만 기다려라, 내가 혁명을 끝내놓은 다음 우리 다시 살기 시작하자. 이렇게 말한 것이나 다름없습니다. 그런데 그 삶으로 다시 돌아오지 못하죠. 뒤늦게 돌아왔지만 라라도, 딸도 만나지 못합니다. 이 대목에서 지바고가 파샤한테 이렇게 얘기합니다. 가장 인상적으로 읽히는 부분이기도 합니다.

"당신이 그녀를 얼마나 사랑하는지 알겠군요. 하지만 실례합니다만 당신에 대한 그녀의 사랑이 어떤지 알고 계십니까?"

"죄송합니다만 무슨 말을 하셨죠?"

"그녀가 당신을 얼마나 사랑하는지 아시느냐고, 세상 어느 누구보다도 당신을 사랑한다는 것을 아시느냐고 물었습니다."

"왜 그런 질문을 하시는 거죠?"

"그녀 자신이 내게 그런 이야기를 했기 때문입니다."

"그녀가 그런 말을 했어요? 당신한테? (……) 용서해주시오. 물어서는 안 되는 것인 줄 압니다만, 대답해주실 수 있다면 그녀가 당신한테 말했던 것을 내게 정확하게 말해주실 수 없겠습니까?"

"기꺼이 말씀드리죠. 그녀는 이렇게 말했습니다. 당신은 이상적 인간의 구현이며, 당신만 한 남자를 만나본 적이 없으며, 비할 데가 없는 사람이라고 말했습니다. 그리고 당신과 함께 살았던 그곳으로 되돌아갈 수만 있다면 지구의 끝에서 무릎으로 기어서라도 가겠다고 말했습니다."

파샤는 라라를 정말 사랑했지만 라라가 자기를 사랑하지 않는다고 생각했어요. 문제가 있다고 생각했죠. 그래서 라라가 고통을 겪고 치욕스럽게 살아간다고 여겼습니다. 그 문제를 해결하고 돌아와 다시 라라 앞에 서야 한다고 판단한 겁니다. 그런데 라라는 지바고에게 당신도 사랑하지만 만일 파샤가 돌아온다면 자신은 파샤한테 가겠다고 울면서 말한 거예요. 그렇게 남편을 사랑했는데, 파샤만 몰랐던 것이죠.

파샤로서는 충격입니다. 그런 말을 듣기 위해 전장에까지 갔다 왔는데, 혁명에 그렇게 헌신했는데 그럴 필요가 없었던 거예요. 그냥 살면 되는 거였죠. 삶을 준비할 필요가 없었던 것입니다. 그의 인생에서 가장 중요한 것은 라라에게서 '당신은 내 인생의 모든 것이고, 당신만 한 남자를 만나본 적이 없으며, 당신이 전부다, 당신을 사랑한다'는 말을 듣는 거였어요. 그 한마디를 듣고 싶어서 이제까지 삶을 유예한 겁니다. 그런데 정작 그 중요한 기회를 놓친 겁니다.

"미안합니다만 사사로운 부분을 건드리는 게 아니라면 그녀가 이런 말을 언제, 어떤 상황에서 했는지 기억하실 수 있겠습니까?"

"그녀가 이 방을 치우면서 담요를 털려고 밖으로 나갈 때였죠."

"어떤 담요였습니까? 이 방에 두 개가 있는데."

"저것입니다, 큰 것 말이죠."

"그녀가 들기엔 무거웠을 텐데, 당신이 거들어주었습니까?"

"예."

"그럼 당신네들 둘이서 각각 양쪽 끝을 잡았겠죠. 그리고 그녀는 몸을 뒤로 젖히고는 그네를 타듯 팔을 높이 치켜들어 흔들어대고, 먼지를 피하느라 얼굴을 이리저리 돌렸겠죠. 그런 다음 눈을 찡긋하고 웃음을 터뜨렸지요. 그렇지 않던가요? 나는 그녀의 버릇을 잘 알아요. 그러고는 서로 마주 보고 다가가면서 무거운 담요를 처음에는 두 겹 그다음엔 네 겹으로 접었을 것이고, 그녀는 농담을 하고 얼굴을 찡그렸지요. 안 그래요?"

파샤가 자살하기 직전 마지막으로 한 말입니다. 절박한 심정으로 집요하게 묻죠. 파샤로서는 그 순간을 낱낱이 알아야 할 필요가 있었을 테니까요. 그리고 권총으로 자신의 관자놀이를 쏴서 자살합니다. 그게 파샤의 마지막이에요. 비극적인 죽음을 맞기는 하지만 그나마 다행인 건 진실을 알고 죽었다는 점입니다.

파샤는 혁명가의 상징입니다. 무엇을 위한 혁명이었던가. 파샤에게는 자기 가족을 위한 혁명이었어요. 그런데 그 삶을 위해서 정작 삶 자체가 유예돼야 한다고 생각한 겁니다. 행복은 보류되고 먼저 혁명을 거쳐야 한다고 생각했어요. 그게 필연적 과정이라고 본 것이죠. 그런데 그것 때문에 삶을 놓치게 됩니다. 삶을 준비만 하다가 놓쳐버린 것이 파샤의 불행인 거죠.

**"삶에 비하면 세계를 바꾼다는 것은 하찮은 일이다"**

라라는 우연히 모스크바의 자기 집을 찾아왔다가 지바고의 장례식을 보게 됩니다. 그리고 예브그라프와 대화하는 장면에서 라라의 마지막 대사가 나옵니다.

"이제 또다시 우리가 같이 있어요, 유로시카. 하느님은 다시 우리를 결합시켰어요. 그러나 얼마나 몸서리치는 방법을 택하셨던가요."

한 사람은 관 속에 누워 있고, 관을 내려다보면서 라라가 얘기합니다.

"오, 저는, 견딜 수가 없어요. 하느님 저주를 내리셨군요. 생각해보세요. 우리들이 다시 만나는 것은 얼마나 어울리는 일이에요. 당신이

떠난 뒤 내 인생은 끝이 났어요. 또다시 무언가 거대한, 알 수 없는 일
이 닥쳤어요. 인생의 수수께끼, 죽음의 수수께끼, 천재의 매혹, 꾸밈없
는 아름다움의 매혹, 아, 우리는 이런 것들을 이해하지 않았나요. 그러
나 세상의 자질구레한 일들, 지구를 변화시킨다는 따위는 우리들 일
이 아니랍니다."

두 사람에게 중요한 것이 무엇인지 말하고 있습니다. 지바고가 남긴
시의 테마이기도 한데, 삶과 죽음의 수수께끼, 천재의 매혹, 꾸밈없는 아
름다움, 삶에서 중요한 것은 바로 이런 것들이고, 이런 것들을 경험하는
것이 바로 삶이라는 얘기입니다. 이런 것을 풀어나가는 과정이 삶이지,
따로 준비하는 것이 아니라는 말이지요. 세세를 변화시킨다든가, 변혁한
다든가 하는 것은 삶에 비하면 자질구레하고 하찮은 일에 불과하다는 것
이 라라의 마지막 전언이었습니다.
라라의 죽음을 전하는 대목도 무척 강렬합니다. 그녀는 예브그라프의
부탁으로 원고 정리를 하느라 모스크바에 남아 있다가 어느 날 거리에서
체포돼 어디론가 잡혀갑니다.

라리사 표도로브나는 외출했다가 돌아오지 않았다. 분명히 그녀는
그날 가두에서 체포되어 어딘가로, 아마 북부 지방의 헤아릴 수 없이
많은, 남녀 혼용, 혹은 여자만의 수용소 중의 하나에 들어가서 나중에
는 찾을 수조차 없게 된 명단의, 이름 없는 한 번호로 잊힌 채 자취도
없이 사라져버렸을 것이다.

언제 어디서 죽었는지 알 수 없어요. 그렇게 사라져간 겁니다. 세계를 바꾼다는 것은 하찮은 일이라고 했지만 역사는 나약한 개인에게 또 그렇게 복수합니다. 서로서로 응징하는 것이죠. 이렇게 작품이 마무리됩니다.

파스테르나크의 이 작품은 한 시대의 기억에 대한 보존이면서 고발입니다. 그러니 독자가 재미있게 읽을지에 대해서는 그다지 개의치 않았다고 봐야 합니다.

핵심만 다시 말하자면 시 「햄릿」의 마지막 구절 "삶을 사는 것은―들판을 건너는 것이 아니다"에서 보듯 산다는 것은 수단이고 과정이 아니라 그 자체가 목적이어야 한다는 것이 파스테르나크가 『닥터 지바고』에서 던지는 메시지입니다.

오늘 강의는 여기까지입니다.

제6강

# 불가코프의
# 불온한 카니발

**불가코프의 『거장과 마르가리타』 읽기**

"원고는 불타지 않는다."

『거장과 마르가리타』 가운데서

# 미하일 아파나시예비치 불가코프

## Mikhail Afanasievich Bulgakov • 1891~1940

# 불가코프에 대해서

오늘은 불가코프 이야기를 하겠습니다.

미하일 불가코프는 플라토노프와 마찬가지로 소련에서도 상당 기간 침묵을 강요당했던 작가입니다. 하지만 복권된 이후로는 20세기 최대 작가 중 한 명으로 꼽히고 있습니다. 소비에트 시절에는 주로 풍자적 중단편과 희곡을 썼는데 희곡이 워낙 유명해 최고의 희곡 작가로 여겨질 정도입니다. 19세기에 안톤 체호프가 있었다면 20세기에는 단연 불가코프가 있습니다. 워낙 많이 쓰기도 했지만, 실제로 현재 러시아에서 가장 많이 공연되는 작가 또한 체호프와 불가코프입니다. 고정 레퍼토리로 계속 공연되는 작가죠.

『거장과 마르가리타』도 원래는 장편소설인데 무대에 올려집니다. 필생의 작품이기도 한 『거장과 마르가리타』는 드라마 작품들이 문제가 돼 무대에 올릴 수 없게 되자 만년에 썼습니다.

**19세기의 안톤 체호프, 20세기의 불가코프**

불가코프는 1891년 5월 키예프에서 태어났습니다. 부모는 모두

미하일 불가코프.

러시아인으로 아버지 아파나시 불가코프는 키예프 신학대학의 교수였습니다. 불가코프는 키예프 대학교 의학부에 입학해 처음에는 의사로 일합니다. 1913년 첫 결혼 이후 두 번 이혼하고 세 번 결혼합니다. 내전 시기에는 여러 부대에 군의관으로 차출되기도 했지만, 혁명 직후 모스크바의 세태를 풍자한 중·단편을 발표하며 본격적으로 작가의 길을 걷지요. 1920년대에 희곡 「투르빈가의 나날들」과 「조야의 아파트」, 장편소설 『백위군』을 비롯한 많은 작품을 발표하지만 반소비에트적이라는 비판과 함께 1929년부터 사망할 때까지 모든 작품의 출판과 공연이 금지되기에 이릅니다. 그렇게 오랜 세월 강요된 침묵 속에서 살아가던 불가코프는 부친에게서 물려받은 혈압성 신장경화로 시력을 잃는 등의 고통을 겪다가

1940년 3월 10일 사망합니다.

『거장과 마르가리타』는 1928년 집필하기 시작해 사망 직전까지 수정과 보완을 거듭한 대표작으로 20세기 최고 러시아 소설의 하나로 손꼽힙니다. 불가코프의 세 번째 부인인 엘레나 세르게예브나 실로프스카야가 여주인공 마르가리타의 모델입니다. 그녀는 시력을 잃은 불가코프의 구술에 따라 작품을 수정하는 조력자 역할을 하기도 했죠. 작가가 죽은 지 26년이 지난 1966년부터 1967년까지, 많은 부분이 삭제된 형태이긴 했지만 《모스크바》라는 잡지에 처음 발표되어 엄청난 반향을 불러일으켰고 이를 계기로 그의 작품 세계가 재조명되기 시작했습니다. 그 밖에 그가 남긴 작품으로는 중편소설 『개의 심장』과 「악마의 서사시」, 희곡 「아담과 이브」와 「질주」 등이 있습니다.

파스테르나크처럼 불가코프도 설사 작품을 완성한다 해도 발표할 수 있다는 보장이 없는 상태에서 『거장과 마르가리타』를 썼습니다. 실제로 생전에 발표하지 못했을 뿐만 아니라, 죽기 직전까지 아내의 도움을 받으면서 가까스로 완성합니다. 그런 지난한 과정을 거쳐 결국 작가의 문학적 삶을 대변하는 걸작이 탄생한 셈입니다.

### 풍자적 작품으로 출간이 금지되었던 작가

불가코프의 작품은 세 카테고리로 나눌 수 있습니다. 풍자적인 중·단편과 희곡, 그리고 『거장과 마르가리타』입니다. 1920~1930년대 소련에서는 풍자 산문이 유행했습니다. 신경제 정책 시기를 배경으로 세태를 풍자한 중·단편들이었죠. 당시엔 '네프맨'이라는 신조어가 생길 정도로 자본주의 시장경제 체제를 통해 벼락부자가 된 사람들이 생겨났어요.

알렉산드르 골로빈이 디자인한 연극 〈투르빈가의 나날들〉의 무대 배경.(1926)

그런 졸부들의 행태에 대한 풍자에서부터 당 관료들과 속물들을 비판하는 작품들이 많이 쓰입니다. 이것도 물론 1930년대를 지나면서는 금지됩니다. 당시 풍자 산문의 대표 작가 중 한 사람이 불가코프였습니다. 『개의 심장』과 「운명의 알」, 「악마의 서사시」 등이 당시에 쓰인 작품입니다.

『백위군』이라는 장편소설도 있는데, 의사였던 불가코프가 내전에 참가했다가 백군에 포로가 되면서 백군 군의관으로 지낸 경험을 쓴 작품입니다. 그리고 이 작품을 희곡으로 옮긴 것이 「투르빈가의 나날들」로 불가코프의 작품 중 『거장과 마르가리타』와 함께 가장 많이 무대에 올라가는 작품입니다.

앞서 살펴보았듯 불가코프는 키예프 출신입니다. 지금은 우크라이나

· 키예프에 있는 불가코프 박물관.

의 수도인 이곳에 불가코프 박물관이 있지요. 『거장과 마르가리타』에 기독교 관련 내용이 많이 들어 있는데, 아버지가 신학자였던 점도 영향을 미친 것 같습니다.

의과대학을 졸업하고 의사로 지내다가 1919년 적군의 군의관으로 내전에 징집된 뒤 백군의 포로가 되어 백군 군의관이 되는데, 의사가 아니었다면 총살됐을 겁니다. 그 뒤 풍자적 중·단편을 쓸 때는 이념적으로 불투명하다는 평가를 받아 『개의 심장』만 하더라도 1925년 작이지만 구소련에서는 발표하지 못하고 1968년에야 독일에서 출간됩니다. 러시아에서는 1987년에 잡지에 처음 발표되었죠. 파스테르나크의 『닥터 지바고』나 플라토노프의 『코틀로반』과 마찬가지로 작가의 대표작이지만 정작 소련 독자들은 읽을 수 없었던 작품입니다.

개-인간이 뜻하는 것은 새로운 인간입니다. '새로운 인간'이 초기 소비에트 사회와 문학의 핵심 테마입니다. 그런데 불가코프가 생각하기에 소련 체제가 강요하면서 또한 만들어낸 새로운 인간이 개-인간이라는 것입니다. 이렇게 신랄하고 삐딱했으니 탄압받지 않으면 오히려 이상했겠죠.

풍자적 중·단편 외에도 희곡을 써서 공연에 성공을 거두기도 했으나 탄압받기 시작하면서 더는 무대에 올릴 수 없었습니다. 희곡 작가가 작품을 무대에 올릴 수 없으니 상당히 불우한 시절을 보내게 됩니다. 외국으로 나가고 싶으냐는 스탈린의 물음에 남겠다고 답했다는데, 희곡 작가가 아닌 연출이나 조연출로만 연명할 수 있었습니다. 그 무렵 세 번째 아내가 될 엘레나 실로프스카야를 만나 『거장과 마르가리타』를 쓰기 시작합니다.

### 소비에트의 새로운 인간상에 대한 조롱, 『개의 심장』

『개의 심장』은 말씀드린 대로 개-인간 이야기입니다. 샤릭이라는 잡종개 한 마리가 추위와 굶주림에 떨다가 의사이자 교수인 프레오브라젠스키에게 유인당해 실험용으로 쓰이게 됩니다. 개에게 특권층과 부르주아적 생활습관을 익히게 하자 개는 자신이 지주 귀족의 개로서 지식계급에 속한다고 생각합니다.

그러다가 추군킨이라는 소비에트 청년이 죽게 되는데, 프레오브라젠스키는 그의 뇌하수체와 고환을 개한테 이식합니다. 그래서 개-인간 샤리코프가 탄생하죠. 추군킨은 알코올중독자에다 범법자였습니다. 그러니 개 같은 성질에다 범법자의 성격까지 합쳐져 개의 근성과 교활함을 버리지 못한 채 매우 거칠고 저속하며 밉살스러운 개-인간이 됩니다.

영화 〈개의 심장〉(블라디미르 보르토크 감독, 1988)의 한 장면. 왼쪽이 인간의 심장과 고환
을 이식한 개-인간 샤리코프, 오른쪽이 창조주 프레오브라젠스키다.

그러고는 권력자 시본제르의 하수인이 되죠. 시본제르는 우리 식으로
하면 주택조합장 같은 사람인데, 평소 프레오브라젠스키와 사이가 좋지
않아 늘 맞부딪치곤 했습니다. 그런데 그 하수인 노릇을 하니 프레오브라
젠스키가 샤리코프에게 실망해 자기가 창조한 건 새로운 인간이 아니라
개-인간일 뿐이라고 한탄합니다. 자신의 실수를 깨닫고 재수술을 해서
다시 원래의 개로 돌려놓죠. 샤리코프가 다시 잡종개 샤릭이 된 겁니다.

　　과학적인 실험은 좀 더 고상한 인간 형태를 만드는 데 쓸모없으며,
인간의 본성은 단지 자비와 온정으로만 변화될 수 있다. 공포와 압박,
그리고 모든 종류의 폭력은 그것이 빨간색이든 갈색이든 백색이든
간에 완전히 무모한 짓이다.

인간 본성에 대한 회의론이죠. 혁명이 새로운 세상을 만든다면 거기에 부응해 새로운 인간이 탄생해야 한다는 게 혁명에 관여하는 사람들의 믿음입니다. 가령 마르크스주의에서는 인간의 본성이 두 종류로 나뉩니다. 일차적 본성과 이차적 본성. 이차적 본성이란 인간이 환경에 적응하느라 일시적으로 갖게 된 본성입니다. 이것은 타고난 본성이 아니라 후천적으로 습득한 것이기 때문에 제거할 수 있습니다. 그런데 자본주의는 이러한 이차적 본성을 마치 인간의 타고난 본성인 것처럼 왜곡했다고 비판합니다. 이기심 같은 게 대표적입니다. 사회주의는 그렇듯 부정적인 이차적 본성을 제거함으로써 새로운 인민을 탄생시키고자 합니다. 말하자면 '공산주의적 인간형'입니다.

자본주의 체제에서라면 이기적 탐욕은 경세활동의 기본 동력입니다. 더 많은 이익을 얻기 위한 활동을 적극적으로 장려해야만 자본주의가 돌아갈 수 있어요. 이것을 부정하면 안 됩니다. 반면 사회주의에서는 이것을 용인하지 않으며 통제합니다. 이타적 품성을 가진 새로운 인간이 탄생해야 하는데, 그것이 '호모 소비에티쿠스'입니다. 새로운 인류의 탄생이죠. 자본주의에서 사회주의로 이행한다는 것은 모든 것이 바뀌었고, 바뀌어야 한다는 뜻이죠. 인간이 개조되고, 문명이 바뀌고, 새로운 인류가 탄생해야 했습니다. 그렇지만 과연 그런가 하는 의문도 제기됩니다. 이미 1920년대 풍자문학이 그런 문제를 다룹니다. 『개의 심장』도 바로 그런 의미를 지니는 작품인 것이죠.

이 작품과 비교될 만한 것이 한 세기 전 영국 작가 메리 셸리의 『프랑켄슈타인』(1818)이라고 생각해요. 실제 『프랑켄슈타인』은 프랑스대혁명에 대한 일종의 반응으로서, 혹은 우화로서 읽힙니다. 『개의 심장』과 공통적인 것은 주인공이 새로운 인간을 만들어냈다는 점입니다. 프랑켄슈타인은 시체 조각을 모아 가져다가 전기 충격을 가해서 인간을 만듭니다. 인간이라기보다는 괴물인데, 과정만 보면 『개의 심장』의 프레오브라젠스키가 좀 더 과학적이긴 해요. 갓 죽은 사람의 뇌하수체와 정낭을 개에 이식해 개-인간을 만들었으니까요. 개-인간이 탄생하는 과정도 『프랑켄슈타인』보다는 훨씬 자세하게 묘사되어 있습니다. 또 다른 공통점은 새로운 인간을 만들려는 시도가 재앙으로 귀결된다는 것입니다. 『개의 심장』이 좀 더 풍자적이고 희극적인데, 새로운 인간을 만들어내겠다는 계획 자체가 얼마나 무모하고 부조리한 결과를 낳는가를 보여주면서 마무리됩니다.

불가코프의 생각은 인간 본성이 그렇게 폭력적이거나 인위적인 방법으로 변화되는 게 아니라는 것입니다. 가장 단순한 예시도 나오는데, 스피노자 같은 철학자의 어머니는 평범한 여자였습니다. 평범한 여자도 그런 천재를 낳습니다. 따로 천재를 만들기 위해서, 새로운 인간을 만들기 위해서 조작하거나 애를 쓸 필요가 없다는 관점을 제시합니다. 인위적으로 해봤자 이 작품의 샤리코프처럼 유해한 결과를 낳게 된다는 게 불가코프의 경고지요. 이 경고를 물론 소련 당국이 곱게 받아들이지 않았고요. 바로 원고를 압수하고 출판을 금지시킵니다. 원고는 나중에 돌려받는데, 이때의 경험 때문에 불가코프는 『거장과 마르가리타』의 초고를 스스로 불사르기도 했습니다.

# 불가코프의 『거장과 마르가리타』 읽기

## 뫼비우스의 띠처럼 연결되는 이야기 속 인물과 작가

이제 불가코프의 유작이자 대표작 『거장과 마르가리타』를 보도록 하겠습니다. 러시아에서는 2005년에 10부작 텔레비전 영화로 제작되어 상당한 화제를 모으기도 한 작품입니다. 여주인공 '마르가리타'는 괴테의 『파우스트』에 등장하는 '마르가레테'가 모델입니다. 더 정확하게는 샤를 구노의 오페라 〈파우스트〉에 등장하는 여주인공이 모델입니다. 어린 시절에 이 오페라를 몇 번이고 보고서 불가코프가 강한 감동을 받았다고 합니다. 마르가리타의 파트너가 그의 작품에서는 파우스트가 아니라 거장인 셈이지만, 그럼에도 파우스트 이야기의 불가코프적 변형이라고 할 수 있습니다.

작품은 다소 복잡한 구조를 갖고 있는데, 1930년대 모스크바와 2천 년 전 예루살렘(예르샬라임)의 이야기가 병치되고 있습니다. 먼저, 시작은 이렇습니다.

어느 봄날 해질 무렵 모스크바 시내의 한 연못가에 볼란드 교수가 나타나 작가협회 회장(베를리오즈)과 시인(이반 베즈돔니)의 대화에 끼어듭니다. 베를리오즈와 이반이 신의 존재 문제에 관해 대화하고 있었는데, 볼란드는 악마와 신의 존재를 주장할 뿐만 아니라 직접 증명하고자 합니다. 볼란드의 예언대로 베를리오즈가 전차에 깔려 죽는 것을 본 이반은 정신착란을 일으킵니다. 모스크바에서는 많은 사람이 행방불명되는 사건과 기이한 일이 연이어 일어나고, 극장에서는 볼란드 일당의 흑마술이 펼쳐지면서 한바탕 소동이 벌어집니다.

러시아에서 방영된 텔레비전 영화 〈거장과 마르가리타〉(2005)의 한 장면.

한편 모스크바 이야기와 병행하여 거장이 쓴 작중 소설로 빌라도와 예수(예수아 하노츠리)의 이야기가 예루살렘을 배경으로 전개됩니다. 정작 이 소설을 쓴 거장은 비평가들의 혹평을 받고서 원고를 불태워버린 뒤 스스로 정신병원을 찾아가 수감돼 있는 상태입니다. 정신착란을 일으킨 이반도 정신병원에 갇히는 신세가 되면서 둘의 만남이 이루어집니다. 거장은 자신의 원고와 마르가리타와의 사랑 이야기를 이반에게 들려줍니다. 거장의 연인이자 창작의 조력자이며 열정적인 지지자인 마르가리타는 볼란드가 연 사탄의 무도회에서 여주인 역할을 하고, 그 보상으로 거장의 자유를 요구하면서 두 사람이 재회합니다. 더불어 거장이 불태운 원고도 되찾게 되는데, 이 원고를 그대로 돌려주면서 볼란드는 "원고는 불타지 않는다"라고 말합니다. 이 작품의 주제문이기도 합니다.

거장의 소설은 2천 년 전 예루살렘을 무대로 해서 예수(예슈아 하노츠리)

와 빌라도의 이야기를 중심으로 펼쳐집니다. 소설에서 빌라도는 예수의 무죄를 알면서도 유대인들의 요구에 따라 그를 처형한 뒤 고뇌에 빠집니다. 부하를 시켜 유다를 암살했으나 불안과 고통은 계속해서 그를 괴롭히죠. 그의 죄의식은 불면의 고통으로 이어지고, 결국 2천 년이 지나서 '너는 자유롭다. 그분이 너를 기다리고 계시다'라는 거장의 말을 듣고서야 고통에서 풀려납니다. 거장도 애인 마르가리타와 함께 자살로 삶을 마감하고 안식의 세계로 들어갑니다.

이렇듯 『거장과 마르가리타』는 작품 속에 또 다른 작품이 들어 있는 액자식 구조로 돼 있습니다. 말하자면 거장이 작중인물이면서 작가, 즉 창조자이기도 합니다. 그런데 작가(거장)는 이름이 나오지 않습니다. 거장이라는 말 자체가 보통명사지 고유명사는 아닌데 고유명사처럼 쓰였습니다. 이 거장은 불가코프의 작가적 분신이기도 합니다.

어쨌든 『거장과 마르가리타』는 본디오 빌라도에 관한 거장의 소설과 거장의 운명에 관한 소설로 구성되어 있습니다. 그리고 두 소설은 빌라도 소설의 작가인 거장이 두 번째 소설의 인물로 등장하는 식으로 연결되어 있습니다. 하지만 이 소설에서 '작품 속 작품'이라는 형식은 좀 모호한데, 예를 들어 정신병원에서 거장과 시인 이반이 나누는 대화에서 거장은 이렇게 얘기합니다.

"난 소설의 마지막 말이 '유대의 제5대 총독 기사 본디오 빌라도'가
될 것이라는 것을 이미 알고 있었습니다."

그리고 『거장과 마르가리타』의 마지막은 이렇습니다.

다음 날 아침 그는 말이 없는, 하지만 완전히 평온하고 건강해진 모습으로 잠에서 깨어난다. 바늘로 찌르는 것 같은 기억도 잠잠해지고, 다음 만월까지는 누구도 교수를 불안하게 하지 않는다. 코가 없는 살인자 헤스타스도, 잔인한 유대의 제5대 총독 기사 본디오 빌라도도.

거장이 이반에게 한 말에 따르면, 『거장과 마르가리타』의 마지막 문구는 거장이 쓴 소설의 마지막 문구이기도 합니다. 그러니까 소설 전체가 거장이 쓴 소설이 되는 셈입니다. 서로의 손을 그리고 있는 손을 그린 에셔의 유명한 그림처럼, 거장은 이 소설의 작가이면서 인물이기도 합니다. 굳이 구분하자면 작가-거장은 바로 불가코프 자신이겠죠.

### 빌라도와 거장의 비겁함, 그리고 치유와 안식

소설은 본디오 빌라도에 관한 이야기와 모스크바 현실에 대한 이야기, 그리고 볼란드를 중심으로 한 환상적인 이야기를 전개합니다. 세 이야기는 거장과 마르가리타라는 두 인물을 중심으로 하나의 이야기로 엮이지만, 이야기들을 연결해주는 것은 물론 거장과 마르가리타를 결합시켜주는 것 또한 볼란드입니다. 최종적으로 거장과 마르가리타에게 안식을 주는 역할까지 볼란드가 담당하죠.

볼란드는 이 소설에서 사탄이면서 메피스토펠레스입니다. 작가는 이 소설의 제사로 『파우스트』의 대사를 인용합니다.

"그래서 결국 너는 누구란 말이냐?"
"나는 영원히 악을 원하면서, 영원히 선을 행하는 힘의 일부이지요."

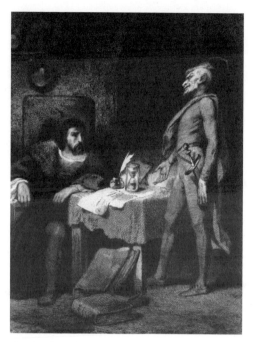

앙투안 요아노, 〈파우스트와 메피스토펠레스〉.

그러니까 이 작품에서 메피스토펠레스에 해당하는 인물이 볼란드입니다. 악역을 담당하지만, 그가 벌이는 소동은 궁극적으로 선을 행하는 힘의 일부라는 것을 자신이 알고 있습니다. 마지막 장면에서 신을 대신하여 거장과 마르가리타에게 안식을 주는 걸 보면 알 수 있죠.

이 작품에서 사회주의 혁명 이후에도 달라지지 않은 모스크바 시민들의 물욕과 함께 비판받는 악덕은 두 인물, 즉 빌라도와 거장의 비겁함입니다. 빌라도는 예수가 죄가 없음을 알면서도 유대 제사장이 그를 사형시키라고 요구하자 골고다에서 처형되도록 방조합니다. 비록 그 자신이 원하는 바는 아니었지만 처형을 묵인한 겁니다. 비겁한 행위입니다. 거장은 작품에 대한 부당한 탄압에 항거하지 않고 스스로 절필한 뒤 자기 발로 정신병원에 들어갑니다. 이 역시 비겁한 행동입니다. 그런데 이 거장의 비겁함은 작가 불가코프의 것이기도 합니다. 자기 반영이자 자기 응징인 셈인데, 비겁함에 대한 자기비판이면서 동시에 자기 구원이기도 하죠. 이 작품 『거장과 마르가리타』를 쓴 동기로 봐도 되겠습니다.

### 2천 년 전 예루살렘과 1930년대 모스크바

1930년대 밀고와 체포가 횡행하고 폭력적 정치체제, 외국인에 대한 부정적 시각이 난무하는 모스크바 사회에 대한 비판은 서커스 쇼에서 드러납니다. 흑마술 쇼입니다. 천장에서 지폐가 떨어지게 하면 사람들이 열광하면서 아우성칩니다.

"저들도 역시 똑같은 인간이야. 돈을 좋아하고, 하긴, 언제나 그랬었지…… 인간이란 종족은 돈을 좋아하지. 그게 무엇으로 만들어진 것이든, 가죽으로 만들어진 것이든 종이로 만들어진 것이든, 청동, 혹은 금이든. 그래, 생각이 얕은 자들이야…… 하지만…… 때로 그들의 심장에도 동정심이 울리기도 하지……. 평범한 사람들이야…… 예전에도 그랬지…… 주택 문제가 그들을 망쳐놓은 것뿐이야."

사회주의 사회가 됐으면 사회주의적 인간으로 개조되어야 하는데 아무것도 달라지지 않았습니다. 이러한 모스크바 사회의 모습은 작품 속 작품의 배경인 고대 도시 예르샬라임(예루살렘)에서도 반복됩니다. 이는 아프라니와 쥐잡이꾼 마르크로 대변되는 비밀경찰 제도와 정치적 폭력성,

기리앗의 유다에게서 보이는 물욕과 밀고 행위, 가이파의 종교적 폭력성과 그에 따른 예르살라임의 고립(도시 예르살라임의 파괴에 대한 본디오 빌라도의 예언) 등에서 발견됩니다. 모스크바와 예루살렘을 연결한 것이죠. 모스크바는 원래 '제3의 로마'로 불렸습니다. 비잔틴 제국이 멸망하고 난 뒤 로마와 비잔틴에 뒤이은 세 번째 로마이자 마지막 로마를 자임했어요. 곧 기독교 세계의 세 번째 중심이자 마지막 중심이 모스크바라는 것이었습니다. 그러니 예루살렘과 모스크바를 성지로 비교하는 것이 특별한 일은 아닙니다. 다만 여기서는 부정적인 양상이 비교되는 것이죠. 이 두 도시를 연결해주는 인물이 2천 년 동안 편두통과 불면에 시달리는 빌라도입니다. 그 불면에서 해방되는 것이 작품의 결말이기도 하고요.

### 인간의 유한성과 신의 문제

이반과 무신론자인 베를리오즈가 대화하는 첫 장면에서, 마솔리트라고 불리는 작가협회 회장인 베를리오즈가 이반이 쓴 예수에 대한 서사시를 비판합니다. 이반은 작가협회의 의뢰를 받아 예수를 비판하려고 썼는데 베를리오즈는 허구적 인물인 예수를 살아 있는 인물처럼 생생하게 묘사한 것은 문제가 있다며 수정을 요구합니다. 그때 볼란드가 나타나 베를리오즈의 무신론을 논박합니다. 당장 오늘 저녁에 무슨 일이 벌어질지도 모르는 인간이 세상 모든 것을 주재하고 기획할 수 있는가. 천년의 시간을 너희가 기획할 수 있는가. 그 정도 규모의 시간을 다루려면 인간보다 더 우월한 존재가 있어야 하는 것이 아닌가, 라고요. 바로 신의 존재 증명입니다. 볼란드로서는 악마인 자신이 존재하는데 신이 없다는 것은 난센스이기도 합니다.

그러면서 베를리오즈가 그날 저녁 약속된 작가협회의 회합을 주재하지 못할 거라고 예언합니다. 그리고 그의 말대로 베를리오즈는 그날 저녁 전차에 치여 목이 잘려 죽죠. 이반은 이 황당한 사건을 마솔리트 회원들에게 알리고자 하지만 오히려 정신이상자로 내몰려 정신병원에 갇히게 됩니다. 그리고 그곳에서 거장과 만나게 되는데, 거장이 쓴 소설도 빌라도와 예수의 이야기였으니 이반과는 여러모로 연결되는 셈입니다.

베를리오즈의 잘린 머리는 이 작품에서 여러 차례 등장하여 조롱거리가 됩니다. 조금 심하다 싶을 정도인데, 불가코프가 혐오하는 문학 권력을 상징하는 인물인 만큼 그에 대한 응징도 가차 없는 걸로 보입니다. 더불어 바로 코앞의 일도 예상할 수 없는 베를리오즈 같은 인간이 모든 것을 조종한다고 말할 수 있겠느냐는 볼란드의 조롱은 인간의 유한성에 대한 인식과 초월적 힘의 실재에 대한 불가코프의 믿음을 보여주는 것이기도 합니다.

『개의 심장』에서도 나온 이야기지만 인간의 이성이라든가, 과학이 기껏 도달할 수 있는 것이 결국 개-인간 정도라는 것이죠. 어떻게 만들어 볼 수는 있겠지만 차라리 만들지 않느니만 못한 것입니다. 신의 창조에는 범접할 수 없는, 지극히 제한적이고 유한한 능력만 보여줄 뿐인 것이죠.

### 거장과 마르가리타, 그리고 불가코프와 옐레나

2부로 구성된 이 작품에서 1부의 주된 행위자가 볼란드와 그의 일당이라면, 2부의 주역은 마르가리타입니다. 마르가리타는 볼란드의 제안을 받고서 볼란드가 주최하는 사탄의 무도회에서 여주인 역할, 곧 마녀 역할을 맡게 됩니다. 볼란드의 부하인 아자젤로가 준 크림을 바르고 투명

인간이 돼 빗자루를 타고 하늘을 날아가는 장면이 유명한데, 볼란드의 무도회장으로 가기 전에 그녀가 잠깐 들르는 곳도 주목해볼 만합니다. 바로 거장이 쓴 소설을 혹평함으로써 파멸시킨 비평가 라툰스키의 아파트를 발견한 마르가리타가 거장을 대신하여 철저하게 복수하는 장면입니다. 그나마 라툰스키로서는 다행스럽게도 베를리오즈의 장례식에 참석하느라 집에 없었는데, 마르가리타는 묵직한 망치를 손에 들고서 그의 집을 쑥대밭으로 만들어놓습니다.

알몸으로 하늘을 날던 그 보이지 않는 여인은 스스로를 진정시키려고 애썼다. 하지만 그녀의 손은 흥분을 견디지 못하고 떨리고 있었다. 마르가리타는 정확히 목표물을 조준하여 피아노 건반을 내리쳤고, 첫 번째 비명이 아파트 전체에 울려 퍼졌다. 아무 죄도 없는 베커 피아노가 절망적으로 비명을 질렀다. 건반은 박살이 났고, 상아로 된 얇은 조각들이 사방으로 튀었다. 악기는 낮고 묵직한 소리로 울부짖었으며, 때로 목이 쉰 것처럼, 때로 종을 치는 듯한 소리를 냈다. 반질반질하게 닦아놓은 공명판은 망치의 공격으로 총소리를 내며 쪼개져 나갔다.

저는 불가코프가 이 장면을 쓰면서 카타르시스를 느끼지 않았을까 상상합니다. 거장과 마찬가지로 비평가들의 혹평과 당국의 탄압으로 절필을 강요당했던 불가코프의 소심하면서도 화끈한 복수극이 펼쳐지는 장면이기도 합니다.

마르가리타는 이 작품에서 중요한 역할을 합니다. 활약상으로 보자면

불가코프와 마르가리타의 모델이 된 세 번째 아내 엘레나.(1935)

파우스트에 견줄 수 있을 정도입니다. 그녀는 거장을 위해 사탄의 무도회에서 마녀가 되지만 악마와 거래는 할지언정 자신의 영혼과 존엄까지 팔지는 않습니다. 사랑의 힘으로 거장을 구할 뿐입니다.

실제로 불가코프에게 작가로서 자존심을 회복하게 해주고 창작 의욕을 불어넣어준 사람이 세 번째 아내 엘레나 실로프스카야입니다. 유부녀이면서도 거장에게 반해 쫓아다닌 것도 비슷합니다. 두 사람은 1929년 무렵 처음 만나 1932년 결혼했습니다. 엘레나와 결혼하고 나서 불가코프는 쓰다가 포기했던 『거장과 마르가리타』의 집필을 다시 시작해 장장 9년에 걸쳐, 나중에는 구술로 마무리해서 겨우 완성합니다.

그런 식으로 필생의 소설을 남기는 작가들이 있습니다. 마르셀 프루스트도 『잃어버린 시간을 찾아서』를 쓸 때, 말년에 건강이 악화돼 얼마 못 산다는 걸 알면서, 두문불출하고 오직 소설을 완성해야 한다는 일념으로

매진했죠. 불가코프도 마찬가지입니다. 이 작품을 완성하려고 병상에서 끝까지 구술로 교정을 마무리 짓고 세상을 떠납니다. 여기에 핵심 조력자 역할을 한 이가 마르가리타의 모델이 된 옐레나였던 것이죠.

소설에서 마르가리타는 부족한 것이 전혀 없는 삶을 살았어요. 서른 살의 유부녀로 자식은 없지만 젊고 잘생기고 선량한 데다 유명인이기까지 한 남편의 사랑을 듬뿍 받으며 그야말로 부족한 것 없이 살았는데, 다만 행복이 무엇인지는 몰랐습니다. 열아홉 살에 결혼한 뒤로 아무것도 부족하지 않은데 행복하지 않은 삶을 산 것이죠. 그러다가 거장을 만납니다. 그리고 거장을 위해 모든 것을 헌신합니다. 사탄의 무도회에서 여주인 노릇까지 마다하지 않으며 적극적으로 거장을 구명하려 애씁니다.

그리고 볼란드가 그 대가로 소원을 말하라고 하니까 "저는 제가 사랑하는 사람을, 거장을 지금 당장 제게 돌려주시기를 원합니다"라고 말하죠. 그리고 그 소원대로 됩니다. 정신병원에 있던 거장이 어느 사이엔가 볼란드와 마르가리타 앞에 나타납니다. 거장은 자신이 소설을 썼다가 불태워버렸다고 얘기합니다. 그러자 볼란드가 얘기합니다. "그런 일은 있을 수가 없다. 원고는 불타지 않는다. 소설을 이리 가져와 보라." 앞서도 말씀드렸듯이 '원고는 불타지 않는다'라는 볼란드의 이 말이 이 작품의 주제문입니다. '원고는 불타지 않는다'는 건 불가코프 자신의 경험이기도 합니다. 초고를 불태웠지만 기억이 되살려 다시 써서 결국은 완성한 작품이 『거장과 마르가리타』이기도 하고요. 따라서 '원고는 불타지 않는다'는 말은 불가코프의 문학적 유언이자 그의 문학 정신을 대표하는 말이기도 합니다.

## 달라진 건 아무것도 없다

볼란드 일행의 흑마술 쇼와 그로 인한 한바탕의 소동, 그리고 사탄의 무도회까지 마무리되고 연인인 거장과 마르가리타가 재회한 다음이라면 이 작품은 두 사람에 대한 '처분' 정도만을 남겨놓게 됩니다. 그때 레위 마태오가 볼란드를 찾아옵니다.

"그분께서 거장이 쓴 것을 읽으셨다." 레위 마태오가 말했다. "네가 거장을 데려가 그에게 평온을 내려줄 것을 너에게 부탁하고 계신다. 악의 혼이여, 그것이 너에게 어려운 일은 아니겠지?"

"내게 어려운 일은 없다." 볼란드가 대답했다. "그건 너도 잘 알고 있을 텐데." 그는 잠시 아무 말도 하지 않다가 다시 말을 이었다. "그런데 왜 그를 너희, 빛의 세계로 데려가지 않는 거지?"

"그가 한 일은 빛에 합당한 것이 아니었다. 그가 한 일은 평온에 합당한 것이었다." 레위는 슬픈 목소리로 말했다.

이러한 분부를 받고 마지막 장면에서 볼란드가 거장과 마르가리타에게 처분을 내립니다. 현실에서 두 사람은 아자젤로가 건넨 포도주를 마시고 쓰러지는데, 거기에 독이 들어 있었습니다. 하지만 그들에게 죽음은 안식, 곧 행복한 영생의 시작으로 그려집니다.

볼란드의 말투는 단호하면서도 부드러웠다. "오, 너무나도 낭만적인 거장이여, 낮이면 당신의 여인과 함께 꽃망울을 터뜨리는 벚나무 아래를 거닐고, 밤이면 슈베르트의 음악을 듣고 싶지 않소? 촛불 아래 거위 털로 만든 펜으로 글을 쓰고 있노라면 정말 즐겁지 않겠소? 당신은 파우스트가 그랬던 것처럼 새로운 호문쿨루스를 주조해낼 수 있다는 희망을 품으며 증류기 앞에 앉아 있고 싶지 않소? 저곳으로, 저곳으로 가시오. 그곳에서는 벌써 집과 늙은 하인이 당신을 기다리고 있소, 벌써 촛불이 타오르고 있소, 하지만 얼마 안 있어 촛불은 꺼질 것이오. 당신은 곧 새벽을 맞게 될 것이기 때문이오. 거장, 이 길을 따라가시오. 이 길로! 잘 가시오! 나는 떠날 때가 되었소."

거장과 마르가리타는 볼란드와 작별합니다. 그리고 마르가리타가 그 길을 걸어가면서 거장에게 얘기합니다.

"이 정적을 들어봐요."마르가리타가 거장에게 말했다. 아무것도 신지 않은 그녀의 발밑으로 모래가 사각거렸다. "들어봐요. 사는 동안 그 누구도 당신에게 주지 않았던 이 고요함을 마음껏 즐겨요. 봐요, 저기 앞에 당신의 영원한 집이 있어요. 당신에게 상으로 내려준 집이……"

이게 두 사람이 등장하는 마지막 장면이고 에필로그는 그 뒷얘기입니다. 볼란드가 와서 한바탕 소동을 벌이고 거장과 마르가리타 등 일행과 함께 사라집니다. 당국에서는 조사를 통해 최면술사 일당이 한바탕 집단 최면을 건 사건으로 결론을 내리죠.
그러고는 원상태로 돌아가요. 아무것도 달라진 게 없습니다. 볼란드가 등장하기 이전이나 이후나 아무것도 달라진 것이 없습니다. 뭔가를 상기해줬다지만 제가 보기에는 모스크바 사람들이 폭로를 통해서 뭔가 깨닫게 된 것은 아무것도 없고, 다만 독자만 깨닫게 된 겁니다. 그렇구나, 달라진 게 없구나 하고 말이죠.

단 하나 변한 건 이반 베즈돔니입니다. 베즈돔니는 홈리스라는 뜻입니다. 집 없는 사람. 이반은 교수가 돼 있어요. 역사철학연구소 연구원인데 만월이 되면 이상한 증상이 나타납니다.

이반 니콜라예비치는 모든 것을 알고 있었다. 그는 모든 것을 알고 이해하고 있었다. 젊은 시절 자신이 최면술을 거는 범죄자들의 희생자가 된 적이 있으며, 그 후 치료를 받았고, 완쾌됐다는 것을 그는 알고 있다. 하지만 그는 자신이 극복할 수 없는 무언가가 있다는 것도 알고 있었다.

자신이 최면에 걸렸었다고 잘못 알고 치료를 받아 완쾌되었다고 믿었지만 무언가 자신이 알 수 없는 것이 있음을 깨닫습니다. 거장과의 희미한 끈을 느끼는 것입니다. 그리하여 만월이 되면 이상해지는 거죠.

어느 날 벤치에 앉아 있는데 거장과 마르가리타가 찾아옵니다. 그의 환영 속에서 찾아와 "다 끝났소, 나의 제자여"라고 말하고는 이반에게 입을 맞추고 사라집니다. 그리고 다음 날 아침 이반은 다시 멀쩡해져서 평온한 생활로 돌아갑니다. 다만 만월이 되면 또 잠시 환영을 보죠.

### 어떤 권력, 어떤 폭력도 없는 정의와 진리의 왕국으로 망명하다
구소련 사회에 대해 불가코프가 얼마나 절망을 느꼈는지 알 수 있는 대목입니다. 예를 들어 작품 속 작품인 빌라도와 예수 이야기에서 본디오 빌라도가 예슈아를 신문하면서 '너는 뭐라고 했나' 즉 사람들에게 무슨 메시지를 던졌느냐고 묻자 예슈아가 이렇게 답합니다.

"모든 권력은 인간에 대한 폭력이며, 카이사르들의 권력도, 그 외의 다른 어떤 권력도 존재하지 않는 시대가 올 것이고, 그때가 되면 인간은 그 어떤 권력도 필요 없는 진리와 정의의 왕국으로 들어서게 될 것이라고 말했습니다."

이 작품에서 불가코프가 보기에 예수가 인간에게 던진 메시지는 단 하나입니다. 어떤 권력, 어떤 폭력도 없는 정의와 진리의 왕국이 도래할 것이다. 그런 시대가 될 것이다.

불가코프 개인으로 보면, 권력으로부터 받은 억압 때문에 피해망상증에 시달리고, 작가로서는 사망선고를 받고, 모든 작품을 공연 금지당하는 등 고통의 세월을 보냈습니다. 권력에 대한 그의 거부감을 떠올려볼 수 있죠. 이런 말도 안 되는 것들이 모두 철폐되는 정의와 진리의 왕국이 도래하리라는 것이 예슈아의 입을 통해 불가코프가 말하고자 했던 자기 확신이 아닌가 싶습니다.

이런 의미에서 이 작품은 일종의 망명문학으로 볼 수 있습니다. 현실 권력과는 다른 차원의 어떤 질서, 다른 입법적 주권을 강조하니까요. 이를테면 문학이 통치하는 다른 세계, 즉 문학의 국가라고 할 수 있죠. 현실 권력에서 사형선고를 받더라도 이 세계까지 사라지지는 않습니다. 작가로서의 권능, 그가 가지고 있는 천재성은 보존되는 거죠.

지상에는 없는 그들만의 공간, 영원한 안식처, 영원한 집. 지상에서는 그들에게 아무런 공간이 허용되지 않아요. 그래서 거장과 마르가리타는 약을 먹고 자살합니다. 하지만 그들에겐 그들의 공간이 있어요. 그들의 안식이 허용됩니다. 이게 망명문학적 세계관입니다. 그들에게 문학은 일종의 인공 낙원, 이 세상의 낙원이 아닌 다른 차원의 새로운 낙원이었죠. 현실에서는 저주받은 실패자이자 시인이지만 그들에게는 자기들 문학 국가의 주권자이자 군주라는 자부심이 있습니다.

불가코프가 보여주는 것도 그런 세계관입니다. 그런 의미에서 불가코프나 파스테르나크 등은 모두 망명 작가들입니다. 내적 망명자인 것이죠. 내부자이기는 하지만 그들은 작품과 함께 외부자나 마찬가지였습니다. 공식적으로 출간될 수 없었고 인정받지 못했으니까요. 그런 의미에서 망명문학이고 망명 작가들이라고 생각합니다.

오늘 강의는 여기까지입니다.

# 숄로호프와
# 사회주의리얼리즘

**숄로호프의 『고요한 돈 강』 읽기**

그는 아들을 팔에 안고는 자기가 태어난 집 문 앞으로
들어섰다. 그것이 그의 인생에 남겨진 모두였다.
그것이 지금도 그를 이 차가운 대지와 태양 아래
빛나는 거대한 세계로 이어주고 닫게 해주는 모두였다.

『고요한 돈 강』 가운데서

# 미하일 알렉산드로비치 숄로호프

MIKHAIL ALEKSANDROVICH SHOLOKHOV • 1905~1984

『돈 지방 이야기』(1925)        「인간의 운명」(1957)

『고요한 돈 강』(1928~1940)     『그들은 조국을 위하여 싸웠다』(1942~1969 집필)

『개척되는 처녀지』(1932~1960)

# 숄로호프에 대해서

오늘은 숄로호프 이야기를 하겠습니다.

미하일 숄로호프는 1965년에 노벨문학상을 수상했습니다. 파스테르나크가 1958년, 숄로호프가 1965년, 솔제니친이 1970년에 연달아 수상했는데, 소련의 공식문학 작가로는 숄로호프가 유일한 수상자입니다. 숄로호프는 작품이 많이 소개되어 있지 않습니다. 대표작 『고요한 돈 강』은 매우 방대한 분량의 대하소설인데, 이 작품을 빼면 장편이 두 편 정도 더 있고 거기에 단편집이 나와 있습니다. 숄로호프는 많이 쓰지 않는 것에 자부심이 있었어요. 많이 안 써도 러시아에서는 작품집을 엄청나게 찍어 냈습니다. 숄로호프는 문학 권력자였고, 20세기 작가 가운데는 고리키와 함께 소련 문학을 공식적으로 대표합니다.

### 표절 시비에 휘말린 작가

숄로호프는 1905년에 태어나 1984년에 암으로 죽었으니 장수한 편입니다. 돈 강 지역 출신으로, 아버지는 카자크가 아닌 러시아인이었고 어머니는 절반이 카자크인이었죠. 숄로호프는 사생아로 태어나 쿠즈네

작업실에 있는 숄로호프.(1936)

트소프라는 성을 갖고 있다가 1913년에야 친부의 성인 숄로호프로 세례를 받습니다. 아버지는 여러 직업을 전전했는데 숄로호프의 교육에 관심이 각별해서 가정교사를 고용했습니다. 모스크바에서 중학교를 다니다가 1917년에 혁명이 일어나자 고향에 내려왔고, 내전으로 학업을 마치지 못했습니다. 그런데도 똑똑했는지 혁명군사위원회에서 여러 가지 활동을 합니다.

숄로호프는 독학으로 문학을 공부해서 1923년부터 작품을 발표합니다. 1926년에 『돈 지방 이야기』라는 첫 작품집을 내는데, 내전기 카자크들을 다룬 단편들을 모은 책입니다. 대표작 『고요한 돈 강』과 관련해서는 표절 시비가 있었습니다. 숄로호프가 23세 때인 1928년에 『고요한 돈 강』을 발표하는데 작품이 워낙 방대하기 때문에 20세 때 쓰기 시작해서 23세 때 발표한 걸 믿지 않는 사람이 많습니다. 노벨상을 받은 이후에는

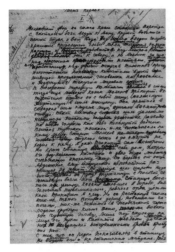

숄로호프가 자필로 쓴 『고요한 돈 강』의
원고 초안.

숄로호프가 태어난 집.

솔제니친이 공식적으로 표절 문제를 제기합니다. 소련에서 추방당한 솔
제니친이 1974년 파리에서 공식적으로 『고요한 돈 강』은 숄로호프가 쓴
게 아니라면서 구체적으로 원작자라고 생각되는 사람을 거명까지 했어
요. 표도르 크류코프(1870~1920)라는 작가가 있는데 내전 때인 1920년 세
상을 떠난 반혁명 계열 작가입니다. 이 작가가 쓴 원고를 가져다 베꼈다
는 거지요. 게다가 숄로호프에게 원고가 없었습니다. 제2차 세계대전 때
폭격을 맞아서 원고가 다 유실되었다고 했습니다.

그러다가 1999년에 일부 원고가 발견되자 전문가들이 나서서 면밀히
검토합니다. 지금은 숄로호프의 작품으로 시비가 일단락되었는데, 표절
을 주장하는 쪽에서는 이때 발견된 원고가 이미 표절한 거라고 얘기해
요. 숄로호프가 문학 권력자였기 때문에 반체제 인사들은 아무래도 더 의

심하는 편입니다. 게다가 후기 작품들은 수준이 떨어지거든요. 그래서 여러 정황상 숄로호프가 썼다고 믿기 어렵다는 견해가 있지만 결정적인 증거는 나오지 않았습니다.

## 공식 작가로 문학적 영광과 권위를 누리다

숄로호프는 21세 때인 1925년에 『돈 지방 이야기』이라는 단편집을 발표합니다. 이 단편들의 색깔이 『고요한 돈 강』과 비슷합니다. 그리고 장편 『고요한 돈 강』을 쓰기 시작합니다. 상식적으로는 이해하기 어려운데, 이것이 가장 중요한 작품이고 노벨문학상까지 받게끔 합니다. 놀라운 필력을 보여주는 작가지요. 『개척되는 처녀지』도 약간 논란이 되기는 했지만 나중에 사회주의리얼리즘의 대표 작품으로 간주됩니다. 문단 내 숄로호프의 지위는 확고해서 나중에는 작가동맹 대표도 되고 소련연방최고회의 대의원으로도 뽑힙니다. 커리어만 보면 중국의 노벨문학상 수상 작가 모옌과 견줄 만한데, 숄로호프가 모옌보다 더 영향력이 있었습니다. 생전에 대표작이 전부 영화로 만들어진 것도 그 방증입니다.

우선 『고요한 돈 강』이 1930년에 처음 영화로 만들어집니다. 우리나라에서도 개봉된 작품은 1957년 세르게이 게라시모프가 만든 것입니다. 1990년대에는 〈전쟁과 평화〉를 만든 세르게이 본다르추크라는 감독이 다시 영화로 만듭니다. 야심가인 본다르추크는 〈인간의 운명〉은 물론 〈그들은 조국을 위해 싸웠다〉까지 숄로호프의 대표작 세 편을 영화로 만들었습니다. 숄로호프가 국민작가라면 본다르추크는 국민감독입니다. 그의 영화 〈고요한 돈 강〉은 비교적 원작에 충실한 작품입니다. 작품 서두에 그리고리가 물 길러 온 악시냐한테 수작을 거는 장면이 있는데, 이것이『고요한 돈 강』을 대표하는 장면입니다. 악시냐와 그리고리의 첫 만남과 두 사람의 사랑 이야기가 이 대하소설에서 전개됩니다.

카자크는 원래 러시아 유민입니다. 제정 러시아의 압제에서 도망 나온 사람들이 남부 변경 지역에 카자크 공동체를 형성하게 됩니다. 이것이 규모가 커지니까 정부에서 관리하려 하는데, 일방적으로 억누르지는 못하고 어느 정도 자치 지구로 인정합니다. 그리고 적당히 이용하죠. 이게 카자크의 역사입니다. 그 카자크들의 생리와 역사적 격변기에 놓인 그들의 삶을 가장 생생하게 담고 있는 작품이『고요한 돈 강』입니다.

1957년 발표한「인간의 운명」도 대표작으로 꼽히며 무척 감동적인 작품입니다. 이 정도 작품을 쓴 뒤 1965년에 노벨상을 수상한 것이죠. 1965년 이후에는 별로 쓴 게 없어요. 1968년 무렵에『그들은 조국을 위해 싸웠다』의 몇 개 장을 더 썼다고 하는데 그다음에는 작품이 거의 없습니다. 1984년까지 20년 동안 작품을 쓰지 않았지요.

1932년 공산당원이 된 뒤 문학적 영광을 누렸고 현실 정치에서도 큰 영향력을 발휘합니다. 당 최고 위원과 아카데미 회원에 상이라는 상은 다 받습니다. 구소련에서 이 정도의 문학적 명성과 권위와 영향력을 누린 작가가 없습니다. 고리키도 이렇지는 않았어요. 고리키는 레닌과의 알력 때문에 혁명 이후 10년 정도 외유를 떠난 적도 있었던 데 비해 숄로호프는 말 그대로 승승장구했습니다.

**폭력의 미학**

숄로호프는 카자크의 전통과 풍습을 잘 알고 있었고, 내전 기간 돈 강 유역에서 벌어진 참상을 직접 보고 겪었습니다. 카자크 사회 안에서도 적군과 백군이 나뉘어 가족끼리, 형제끼리, 부자가 서로 총부리를 겨눕니다. 가족인 줄 알면서 죽이는 경우도 있었고, 죽이고 보니 가족인 경우도 있었습니다.

내전기를 다룬 많은 작품 가운데 가장 격렬하고 피비린내 나는 작품으로 1920년대 문학의 거장 이사크 바벨이 쓴 연작소설 『기병대』와 숄로호프가 쓴 『돈 지방 이야기』를 꼽을 수 있습니다. 『돈 지방 이야기』는 말 그대로 돈 강 유역의 카자크들이 내전기에 겪은 이야기를 주로 그렸고, 『기병대』는 내전을 유대인 장교 시점에서 그린 작품입니다. 바벨은 러시아 문학에서 드물게 '폭력의 미학'을 대표하는 작가입니다. 내용과 묘사가 대단히 난폭해서 단편 중에는 이런 것도 있습니다. 적군이 과거 지주였던 적을 체포했는데, 총으로 봐 죽이는 것으로는 성이 안 차서 발로 밟아 죽입니다. 죽인다는 감각을 느끼고 싶어 하는 것이죠.

숄로호프의 『돈 지방 이야기』 또한 피 튀깁니다. 카자크 내전의 와중에 전통과 가족 관계가 어떻게 파괴되고 이념 때문에 서로 어떻게 죽고 죽이는지 생생하게 고발합니다. 두어 작품만 살펴보면, 「배냇점」에서 니콜카는 독일과의 전쟁에서 아버지와 어머니를 잃은 뒤 홀로 잡초처럼 자라 적군 중대장이 됩니다. 카자크 가운데는 적군 편도 있었지만 혁명에 반대한 백군 편도 있었습니다. 중대장이지만 혈기만 왕성하고 미숙한 니콜카는 전쟁에서 상대의 우두머리를 만나 쫓아가 총을 쏩니다. 하지만 도리어 적의 장검에 일격을 당하고 말아요. '아타만'이라고 불리는 우두머리가 이 젊은 적군의 옷과 장화를 벗겨내는데, 적군의 발목 복사뼈에 자기 아들이 날 때부터 지니고 태어난 배냇점이 있습니다. 자기가 죽인 병사가 바로 오래전 헤어진 아들이었던 것이지요.

아타만은 화가 나서 욕지거리를 해대며 양말과 함께 장화를 쑥 뽑아냈다. 그리고 발의 복사뼈 조금 위에서 비둘기 알만 한 크기의 배냇점을 보았다. 아타만은 마치 죽은 사람을 깨울까 봐 걱정하듯이 얼굴이 위로 향하도록 머리를 천천히 돌려놓았다. (……) 아타만의 두 손은 입에서 흘러내리는 거품투성이의 피로 물들었다. 아타만은 죽은 사람의 얼굴을 뚫어져라 바라보았다. 그러고는 공허한 목소리로 말했다. "아들아, 내 자식, 내 피붙이, 한마디라도 해봐라."

아버지는 죽은 아들을 마구 흔들다가 결국 권총을 입에 물고 자살합니다. 대단히 격렬하고 거친 내용이지요. 이게 다 숄로호프가 스물한두 살 때 쓴 겁니다.

「처자식이 있는 남자」도 그런 얘기입니다. 미키샤라는 자식이 아홉 명인데 위의 둘은 다 자랐고 나머지는 어립니다. 그런데 다 자란 아들인 다닐라와 이반이 적군에 가담해 아버지와 다른 편에 섰어요. 아들들이 포로로 잡혀오자 마을 사람들은 일부러 아버지에게 아들을 처단하라고 합니다. 만약 아들을 죽이지 않으면 자기가 죽게 되고, 그러면 나머지 일곱 아이가 고아가 되겠죠. 그러니까 일곱 아이를 위해서 두 아들을 죽여야 합니다. 아버지는 큰아들 다닐라를 총검으로 내리칩니다.

그리고 얼마 지나지 않아 둘째아들 이반이 사로잡힙니다. 포로로 이송되는 도중 아들이 아버지한테 제발 살려달라고 애원합니다. 아버지는 살려주는 것처럼 가라고 하고는 등에다 총을 쏩니다. 아들이 "아버지, 난 애와 아내가 있어요" 하면서 옆으로 쓰러져 죽습니다. 아버지는 눈물을 흘리며 이렇게 말합니다.

"바뉴시카, 날 위해 고통의 면류관을 써라. 네겐 아내와 아이 하나가 있지만, 난 의자에 앉아 있는 일곱 명의 아이가 있다. 내가 널 도망치게 하면 카자크들이 날 죽일 거고, 그럼 아이들은 거지가 되어 걸식하러 다닐 거야."

이것이 숄로호프가 잘 다루는 주제, 가족 비극입니다. 숄로호프 작품이 대부분 이렇습니다. 「소용돌이」라는 작품도 마찬가지로 가족 간에 편이 갈라지는 바람에 생기는 문제를 다룹니다. 아버지와 두 아들은 적군에 가담하고 막내는 백군에 가담하는데, 막내는 전쟁 중 사망하고 포로로 잡힌 아버지와 큰아들은 이송 중 사살되는 내용입니다.

### 서사적 조망을 처음으로 구현한 『고요한 돈 강』

숄로호프는 이념적 노선이 불분명합니다. 『고요한 돈 강』도 작가의 노선이 불분명하다고 비판받았습니다. 주인공 그리고리도 회색분자처럼 모호하게 그려지지요. 그래서 소련 비평계에서는 혁명위원회 위원장으로 나오는 미시카 코셰보이 같은 인물을 중요하게 취급합니다. 그리고리가 주인공이지만 이 작품에서 중요한 인물은 코셰보이라는 식으로 이 작품을 구제하는 것이죠. 그래야 이 작품이 정당화돼요. 그러지 않으면 정말 애매합니다. 정치적 입장을 두고 논란이 벌어졌을 때 스탈린이 작가의 손을 들어줘서 사회주의리얼리즘에 부합하는 작품으로 분류됐지만 자세히 들여다보면 모호하거든요.

다른 단편의 내용도 이런 사상적 면에서는 비슷하게 모호합니다. 전쟁의 참상을 다룬다는 점에서는 공통적인데, 숄로호프는 자기가 직접 보고 체험한 것, 뭔가 새로운 것을 새로운 방식으로 이야기하고자 했습니다. 그래서 주로 사용한 것이 액자소설 형식으로, 숄로호프가 가장 잘 쓰는 기법이기도 하죠. 작중 화자가 누군가에게 이야기를 듣는 방식입니다. 이런 고백을 하고 이런 이야기를 전해주는 방식, 그러니까 '나'라는 화자가 등장하기는 하지만 주인공은 아닙니다. 대부분 청자 역할을 합니다. 거의 모든 이야기가 일인칭 화자의 고백으로 진행됩니다. 이걸 러시아에서는 스카즈(skaz)라고 하고, 비평 용어로는 화자서술이라고 합니다. 카자크의 생생하고 다채로운 구어체 방언을 통해 이야기에 개성적, 사회적 특성을 부여할 수 있다는 장점이 있지요.

여기에 등장인물의 심리 묘사와 돈 강과 초원 지역에 대한 서정적 자연 묘사 등이 비극적인 내용과 대조됩니다. 그리고 이러한 기본 구성이 『고요한 돈 강』에서 더 확대되고 심화됩니다. 그러니까 이 작품을 숄로호프가 다 썼다고 한다면 그 연장선상에서 이해할 수 있습니다. 20세 때 이런 작품을 썼다면 23세 때 『고요한 돈 강』을 쓸 수 있는 것이지요. 이런 방대한 규모의 작품을 구상했다는 것이 놀랍기는 하지만요.

### 한 사내의 인생을 감동적으로 그린 「인간의 운명」

숄로호프의 후기작 「인간의 운명」도 사회주의리얼리즘의 대표작으로, 내용 면에서 사회주의리얼리즘을 대표할 만합니다. 작품을 자세히 살펴볼까요? 1900년생인 주인공 안드레이 소콜로프는 부모와 누이가 대기근 때 굶어 죽었습니다. 외톨이 신세가 됐지만 고아원에서 만난 아내와 단란한 가정을 꾸리고 비교적 평범하게 삽니다. 소콜로프는 술을 잘 먹어서 집에 네발로 기어서 들어오는 일이 많은데 다음 날 아침에는 어김없이 해장술로 보드카에 오이 안주가 나옵니다. 이런 아내가 없지요.

그런데 1939년 제2차 세계대전이 터집니다. 소련은 독소불가침협정을 믿고 있다가 1941년 예고 없이 독일의 침공을 받고 전쟁에 휘말립니다. 이것이 제2차 세계대전사의 미스터리인데요. 서부전선이 이미 전쟁 중이었지만 소련은 독일과의 협정만을 믿고 전쟁에 대비하지 않았습니다. 그래서 동부전선이 막대한 피해를 봅니다. 소련이 독일에 일방적으로 당한 겁니다. 소련은 무방비상태로 있는데 독일이 밀고 들어왔으니 당연하죠. 독일군의 움직임이 수상하다는 식의 정황 정보가 들어갔을 텐데 스탈린이 히틀러를 너무 믿은 것인지 모를 일입니다.

어쨌든 1941년에 독일이 갑자기 밀고 들어옵니다. 소콜로프가 1900년생이니까 41세 때 징집되어 전선으로 갑니다. 소콜로프가 기차역에서 가족과 헤어질 때 아내가 거의 실성한 표정으로 우리는 다시 못 만날 거라고 얘기합니다. 그러니까 남편이 무슨 소리 하냐고 화를 내면서 아내를 밀칩니다. 결혼해 살면서 한 번도 그런 적이 없었는데 처음으로 살짝 밀칩니다. 그런데 그게 아내와의 마지막이었습니다. 그가 떠난 사이 집이 폭격을 받아 아들을 제외한 가족이 폭사합니다. 그래서 소콜로프는 평생 후회합니다.

소콜로프는 트럭 운전사로 배치됐다가 독일군의 포로가 되지만 강인하게 포로 생활을 버텨냅니다. 당시 포로들의 조건이 상당히 비인간적이었는데, 이런 예가 나옵니다. 수송 중 교회에 머물게 됐을 때 한 러시아군 포로가 용변을 보겠다며 밖으로 내보내달라고 했어요. 러시아정교도인 사람이 교회에서 용변을 볼 수 없는 노릇이잖아요. 그런데 독일군이 이 포로를 사살합니다. "노동이 너희를 자유롭게 하리라." 당시 독일군의 슬로건이었는데, 이건 일하다가 죽으라는 말입니다. 노동 할당량이 과도해지자 두 달 새 포로 절반이 죽어나갑니다. 채석장 같은 데서 일하던 소콜로프가 약간 불만을 터뜨렸는데 누군가의 밀고로 수용소장에게 불려갑니다. 그는 비장한 표정으로 수용소 관사로 갑니다. 가면 바로 죽을 수도 있는 상황이에요. 소콜로프는 가면서 생각합니다. 자존심만 지키자. 비굴하게 죽지는 말자. 마침 동부전선에서 승리를 거둔 독일군이 축하 파티를 하고 있었는데 소콜로프가 오니까 수용소장이 죽기 전에 마지막으로 술 한 잔 마시라고 합니다. 독일군이 승리했으니까 기분을 내는 겁니다. 한 잔만 먹게 한 다음 권총으로 쏴 죽이려는 것이죠.

독일군의 승리를 위해 술을 마시라니까 소콜로프가 못 마시겠다고 거절해요. 소장이 "그렇다면 너 자신의 죽음을 위해 마셔라"라고 하자 소콜로프가 단숨에 들이켭니다. 독주인데 단숨에 마시고 안주도 안 먹어요. 수용소장이 안주를 왜 안 먹느냐니까 소콜로프가 첫잔을 비운 뒤에는 안주를 안 먹는 것이 원칙이라고 합니다. 수용소장이 놀라워하면서 한 잔 더 따라줍니다. 두 번째 잔을 단숨에 마신 다음에도 안주를 안 먹어요. 또 왜 안 먹느냐니까 소콜로프가 두 번째 잔까지도 안주를 안 먹는다고 합니다. 수용소장이 감탄하면서 한 잔 더 따라줍니다. 세 번째 잔도 단숨에 마신 다음 빵 조각을 조금 뜯어 먹어요. 수용소장이 배포에 감탄해서 소콜로프를 살려줍니다. 용감한 군인은 서로 죽이지 않는다. 더군다나 오늘 기분 좋은 날이니까 살려주겠다. 그래서 보내줍니다.

그렇게 목숨을 건진 소콜로프는 겨우 탈출해서 고향으로 돌아옵니다. 그런데 딸들과 아내는 폭격을 맞아 이미 죽었습니다. 그 후 지원 입대한 아들은 전선에서 마지막 날 적군에게 사살됩니다. 그렇게 소콜로프는 다

영화 〈인간의 운명〉의 한 장면.(1959)

잃습니다. 『고요한 돈 강』에서 그리고리와 비슷한 설정으로 가는 것입니다. 그렇게 다 잃은 소콜로프는 어느 날 길을 가다가 한 고아 소년을 만납니다. "네 아버지는 어디에 있냐?" 하고 그가 묻자 아이가 "전선에서 죽었어요" 합니다. "그럼 엄마는?" 하니까 "포탄에 맞아 죽었어요" 합니다. 소콜로프는 자기 가족이 생각납니다.

> "이때 내 마음속에서 쓰라린 눈물이 솟구쳐 올랐소. 나는 즉시 결심했지요. '우리가 서로 떨어져서 이런 고통을 당해서는 안 된다! 이애를 내 아이로 삼자.'"

그래서 소년한테 다시 말합니다. "바뉴시카야, 너는 내가 누군지 아니?" 아이가 "누군데요?" 하니까 "난 네 아버지란다" 합니다. 그러자 아이가 소콜로프의 목을 껴안고 얼굴에 키스를 퍼붓습니다. 그러면서 "내 친 아빠야! 난 알았어! 아빠가 날 찾을 거라는 걸 알았어!" 이런 식이에요. 믿는 건지 믿는 척하는 건지 모르겠지만 여하튼 그렇게 해서 부자가 됩니다. 부자가 길을 가다가 화자와 만나 이 이야기를 들려주는 내용입니다. 이들이 얘기를 다 마치고 소콜로프가 떠납니다. 떠나는 모습을 보면서 화자가 '이미 고아가 되어버린 두 사람'이라고 생각합니다.

아들도 소콜로프도 미증유의 힘을 가진 전쟁의 광풍에 다 잃어버렸어요. 전쟁 광풍은 내전 때 한 번 있었고 제2차 세계대전 때 또 한 번 겪습니다.

전쟁의 광풍에 의해 낯선 지방에 내던져진 두 개의 모래알……. 앞으로 무엇이 그들을 기다리고 있을까? 불굴의 의지를 지닌 이 러시아인은 잘 견뎌낼 것이고, 아버지의 어깨 주변에서 자란 이 소년도 어른이 된 후에 모든 것을 인내하고, 조국이 부른다면 자신의 인생길에서 모든 것을 극복해낼 수 있으리라고 나는 생각하고 싶었다.

이런 것은 사회주의리얼리즘답습니다. 고난과 고통 속에서 살아왔지만 다 이겨내고 꿋꿋이 살아갈 거다. 그리고 조국이 부르면 언제든지 달려갈 거다. 여기까지는 괜찮습니다.

그런데 몇 걸음 가다가 아이가 뒤를 돌아보며 손을 흔듭니다. 아이가 손을 흔드는 것을 보니까 뭔가가 가슴을 짓눌러요. 눈물이 핑 돕니다.

나는 급히 얼굴을 돌렸다. 그렇다, 수년 동안 전쟁을 치르면서 머리가 희끗해진 중년의 남자들이 꿈속에서만 우는 것은 아니다. 그들은 현실에서도 울고 있다. 지금 중요한 것은 제때에 얼굴을 돌리는 일이다.

화자도 산전수전 다 겪은 중년 사내입니다. 그런데 눈물이 나요. 아이한테 눈물을 보이면 안 되기 때문에 고개를 돌립니다. 지금 가장 중요한 것은 아이 마음에 상처를 주지 않는 것이고, 뺨에 흘러내리는 뜨겁고 인색한 눈물을 아이가 보지 못하게 하는 것이다. 이게 마지막입니다.

19세기의 단편 가운데 가장 감동적인 작품으로 무무라는 농노 이야기를 그린 투르게네프의 「무무」가 꼽히곤 합니다. 20세기 작품 중에는 「인간의 운명」이 가장 감동적이라고 생각합니다. 「인간의 운명」이라는 제목은 중의적 의미를 띠고 있습니다. '한 인간의 운명'도 되고 '한 사내의 운명'도 되는 것이지요. 숄로호프는 내전기를 다룬 작품들에서 가족들의 비극을 주로 다루는데, 「인간의 운명」에서도 한 인간이자 한 사내의 인생을 그리면서 사회주의리얼리즘적 전망을 보여줍니다. 눈물을 흘릴지라도 그걸 보이지 않고 감추는 것, 고개를 돌리는 것, 그리고 희망만을 보고 사는 것. 그런 점에서 사회주의리얼리즘의 조건을 잘 충족하고 있는 대표적인 작품입니다.

표절 시비에 휘말리기도 했지만 「인간의 운명」 정도를 쓸 수 있는 작가라면 숄로호프의 능력을 인정할 수밖에 없다고 생각합니다. 1950년대 단편 중에는 이 「인간의 운명」이 가장 뛰어나다고 할 수 있어요. 이 작품과 『고요한 돈 강』은 결말이 비슷하기도 하죠. 설사 일부 표절했다 하더라도 앞부분에 집중돼 있는 정도고, 모티브 같은 것은 암시를 받았을 수 있겠지만 뒷부분은 숄로호프가 썼거든요. 원고도 발견됐으니까 그렇게 믿는 것이 타당하지요. 이런 정도의 작품을 쓸 수 있는 작가라면 『고요한 돈 강』도 쓸 수 있는 것입니다.


## 숄로호프의 『고요한 돈 강』 읽기

### 카자크의 슬픈 역사

장편소설은 역사성, 시대성을 담보하는 장르여서 역사적 시각 혹은 전망이 확보되지 않으면 쓸 수 없습니다. 혼란스러운 내전기에는 장편이 나올 수 없습니다. 연작소설만 나올 수 있지요. 『돈 지방 이야기』가 대표적입니다. 단편(fragment) 형식이라고 일컫는 짤막한 조각들만 쓸 수 있는 것입니다. 장편소설에 요구되는 총체적인 시야를 가질 수 없기 때문입니다. 작가가 이 사회에 대한 총체적 조망 시점 혹은 전망을 가질 수 없으면 장편으로 나아갈 수 없습니다.

그런데 『고요한 돈 강』 같은 규모의 긴 이야기가 소설로서 처음 나온 것입니다. 1928년 시점에는 얼추 총체적 전망이 보였다는 얘기죠. 그걸 확보했다는 얘기도 되니 소설사적인 의미가 있습니다. 『고요한 돈 강』은 여러 문제가 있고, 배경이라든가 인물이 주변적이기는 하지만 나름대로 소비에트 문학에서 서사적 조망 내지는 서사시적 조망을 처음으로 구현한 작품으로 의미가 있습니다.

『고요한 돈 강』은 제1차 세계대전 전야부터 러시아 혁명을 거쳐 내전이 끝나고 소비에트 정권이 확립될 때까지 10여 년 동안을 다룹니다. 전체 4부로 구성돼 있는데, 1부터 3부까지는 1928년부터 1932년 사이에 잡지에 연재되고 마지막 4부는 1940년에 완성됩니다. 그리고 1941년에 숄로호프는 이 작품으로 스탈린상을 받습니다. 소련 문학의 걸작이자 사회주의리얼리즘의 모범작으로 확실하게 평가받은 것이죠.

작품의 공간적 배경은 돈 강 유역으로, 이 지역 출신인 작가 자신이 가장 잘 아는 지역이기도 합니다. 작가는 돈 강 유역에서 농사를 지으며 전투에 동원되는 카자크 사람들의 특수한 사회적 전통과 관습에 대해 묘사했습니다.

이 작품을 제대로 이해하려면 카자크의 역사를 알 필요가 있습니다. 15~16세기경 귀족이나 지주들의 억압을 견디다 못한 농노들이 탈출해서 남쪽 변방으로 갑니다. 거기서 촌락을 만들어 농사를 짓고 살게 되는데, 변방이라는 지역 특성상 외부의 침입으로부터 방어해야 하기 때문에 이들은 농민이면서 병사가 됩니다. 시간이 흐르며 대단히 날렵하고 전투에 능한 집단이 된 이들은 나중에 용병으로도 활용되지요. 한마디로 농민 공동체이자 군사 공동체라고 할 수 있습니다.

고골의 『타라스 불바』에도 나오지만 카자크들은 가을걷이가 끝나면 주기적으로 군사훈련을 합니다. '아타만'이라고 부르는 우두머리를 돌아가면서 뽑습니다. 나름대로 민주적인 이 독특한 변방 집단은 때로는 러시아 황제를 돕고 그 대가로 제한적 자치를 허락받기도 하는 등 러시아제국과 이중적인 관계였습니다. 한편으로는 러시아제국으로부터 독립하고자 했고, 한편으로는 제국에 부역을 하기도 했으니까요.

〈전함 포템킨〉에 나오는 오데사 계단의 학살 장면에 동원된 것도 카자크 병사들이지요. 1905년 '피의 일요일' 사건 때도 마찬가집니다. 당시 상트페테르부르크에서 평화 행진을 하던 노동자들을 유혈 진압하여 500명 이상이 사망한 이 사건에도 카자크 용병이 동원되었어요. 영화 〈닥터 지바고〉에서도 초반에 시가행진을 하는 무리를 진압하는 장면이 나오는데, 그 병사들이 카자크 용병들입니다. 이들은 1917년, 제1차 세계대전 때 징집되어 참전했다가 돌아왔는데 곧바로 혁명이 일어나 내전에 돌입합니다. 그때 카자크에서도 빈농은 당연히 적군 편인 데 비해 부농이나 애매한 중농은 혁명에 반대하는 백군 편에 섭니다. 그래서 이들이 내부적으로 분열되고 서로가 서로를 죽이는 참혹한 전쟁, 내전이면서 동시에 계급 전쟁인 싸움을 벌입니다.

### 운명은 한순간 결정된다

주인공 그리고리는 중농 출신입니다. 부농을 편들 수도 있고 빈농을 편들 수도 있는 위치지요. 『고요한 돈 강』은 그런 문제적 주인공이 혁명기를 관통하는 이야기로 구성돼 있습니다. 어떻게 보면 『닥터 지바고』의 파샤 안티포프와 지바고를 합쳐놓은 듯한 인물입니다. 그리고리는 백군에서 싸우며 사령관이라는 상당히 높은 지위까지 올라가지만 지바고처럼 방관자적인 태도를 견지합니다. 그리고 항상 악시냐만 생각해요 언제든 그녀에게로 다시 돌아가려고 합니다.

이 작품의 내용이 사회주의리얼리즘에 부합한다 하더라도 그 주인공으로 삼기엔 그리고리에게 결함이 많습니다. 그래서 이 작품을 사회주의리얼리즘으로 수용하려면 그리고리의 부정적 말로를 보여주어야 하지요. 어리석게 혁명의 반대편에 섰던 카자크의 비극적인 말로. 그러면 반면교사의 교훈을 주는 작품으로 받아들일 수 있습니다. 그게 아니라면 사

세르게이 게라시모프 감독의 영화 〈고요한 돈 강〉(1957) 포스터.

회주의리얼리즘에 부합하는 긍정적 주인공이 있어야 하거든요. 그런데 이 작품은 이런 조건을 충족하지 못합니다. 그래서 소련의 비평가들은 코셰보이가 두 번째 주인공이라면서 상당히 비중 있는 인물이라고 강조할 수밖에 없었습니다.

카자크에는 경제적으로 빈농, 중농, 부농 세 계층이 있는데 리스트니츠키 집안은 부농이고, 코셰보이는 빈농이고, 그리고리는 중농입니다. 그래서 정확하게 각자의 계급적 배경과 정치적 견지가 상응하게 됩니다. 부

농인 리스트니츠키는 백군이 되고, 코셰보이는 적군에 가담하게 되고, 중
농 출신인 그리고리는 어느 편에도 소속되지 못하고 왔다 갔다 합니다.
그리고 양쪽 모두에서 배척됩니다. 중농 출신이라는 데서 인물의 성격이
규정되는 것이지요.

게다가 특이하게 그리고리에게는 터키인의 피가 흐르고 있어요. 터키
에는 뜨거운 열정 같은 것이 있습니다. 그래서 그에게는 카자크 혈통의
자유를 갈망하는 피가 한쪽에 흐르고, 욕정의 피도 한쪽에 흐릅니다. 자
유와 욕망을 대표하는 인물이 그리고리인 셈이지요.

작품 초반부에서 악시냐와 운명적인 관계가 시작됩니다. 영화에서 물
길러 온 악시냐한테 수작을 거는 장면이 유명하다고 말씀드렸는데, 사실
소설에서는 그 전에 악시냐를 보는 장면이 나옵니다. 악시냐의 남편이 스
테판인데, 스테판도 그리고리의 형과 같이 징집됩니다. 서로 이웃이니까
어머니가 스테판을 깨우라고 그리고리를 보냅니다. 그래서 그리고리가
옆집에 갔더니 부부가 자고 있어요.

> 스테판은 부엌 바닥에 무릎 덮개를 깔고 잠들어 있고 아내는 남편
> 겨드랑이에 머리를 틀어박은 채로 있었다.

부부가 자고 있으니 일어나라고 해야 하는데 그 전에 잠깐 그리고리의
시선이 멈춥니다.

> 희미하게 밝아오기 시작한 어둠 속에서 그리고리는 악시냐의 속옷
> 이 무릎 위까지 말려 올라가 자작나무 줄기처럼 새하얀 다리가—부

끄러운 줄도 모르고―드러나 있는 것을 보았다. 그는 잠시 그것을 지켜보았다. 입안이 바싹 마르고 머리가 저려오는 듯이 느껴졌다.

이 순간이 둘의 운명을 결정합니다. 하얗게 드러난 다리를 본 것이. 강가에서 물 긷는 악시냐한테 수작을 걸기 전에 이미 매혹되었기에 추근거린 겁니다. 그리고리가 "어이, 뭘 하고 있나, 일어나!"라고 했더니 악시냐가 졸린 듯이 "누구야?" 하면서 일어납니다.

그녀의 손이 당황한 듯 더듬어 속옷을 끌어내려 두 다리를 가렸다.

그런데 이미 늦었어요. 둘의 인연이 시작됩니다. 그래서 악시냐가 물 긷는데 남편이 없으면 뭐 하고 지내냐고 물어보면서 말을 걸죠. 악시냐도 그리고리가 자기한테 관심이 있다는 것을 압니다. 그리고 자기도 끌립니다. 악시냐는 열일곱 살 때 스테판에게 시집왔는데 열여섯 살 때 친아버지한테 겁탈당했다고 나와요. 쉰이 넘은 늙은 아버지가 끈으로 딸의 손을 묶어놓고 겁탈합니다. 그러고는 "이 일을 입 밖에 내면 죽일 테다. 잠자코 있어야 해. 모직 치마와 실내화를 사줄 테니까. 명심해야 한다. 한마디라도 했다가는 죽여버릴 거야." 이렇게 협박했는데도 악시냐는 엄마한테 아버지가 한 짓을 말합니다. 그러니까 엄마와 오빠가 여기저기 뒤져서 술에 취해 자고 있는 아버지를 찾아내서 때려죽입니다. 둘이서 한 시간쯤 계속 두들겨 패니 결국 죽었지요. 그날 밤 이웃 사람들한테는 술에 취해서 마차에서 떨어져 죽었다고 얘기합니다.

## 세계와 연결되는 통로로서의 아들

그리고 1년이 지난 뒤 악시냐는 스테판과 결혼합니다. 스테판은 아내한테 매우 폭력적이어서 어린 아내를 헛간으로 데려가 배와 가슴과 등처럼 눈에 안 띄는 부분을 심하게 때립니다. 그러고는 이웃 처녀를 건드리거나 바람난 과부를 꾀어내느라 밤마다 집을 비웁니다. 그러니 당연히 남편한테 정을 붙이기 어려웠죠. 그런 가운데 이웃집의 귀엽게 생긴 총각 그리고리가 말도 붙이고 수작도 거니까 악시냐도 끌립니다. 그래서 둘의 관계가 시작되고, 여러 사건을 거쳐 결국 악시냐가 총에 맞아 죽으면서 이 방대한 소설도 끝납니다. 소설의 시작과 끝이 그리고리와 악시냐의 관계의 시작과 끝으로 이루어져 있지요.

수평적으로는 리스트니츠키라는 백군과 코셰보이라는 적군, 두 편이 있고, 빈농 대 부농으로 나뉘어 내전을 벌이죠. 러시아에서뿐만 아니라 카자크에서도 계급 전쟁이 벌어지는 것입니다. 이러한 내전의 구도를 그리고리가 관통해 가지만 결국 성공하지 못합니다. 『닥터 지바고』에서 지바고도 라라와 결합하지 못하죠. 지바고는 결국 시만 남기고 죽습니다. 그리고리는 악시냐가 아닌 여자와 결혼하여 자녀를 두는데, 마지막에는 아들 미셴카 하나만 남습니다. 아들과 단둘만 남는 것이 숄로호프 소설의 상투적이고 전형적인 결말입니다. 그것이 굳이 친부자 관계가 아니어도 상관없습니다.

이를 긍정적인 결말로 봐야 할지 부정적인 결말로 봐야 할지 헷갈립니다. 격변기에 생에서 가장 중요한 열정의 대상이었던 악시냐는 물론 모든 것을 다 잃고 방황하다가 돌아오는 내용이거든요. 앞서 말했듯 악시냐는 적군의 총에 맞아 죽습니다.

악시냐는 그리고리의 팔에 안긴 채 날이 새기 조금 전에 죽었다. 그녀의 의식은 끝내 돌아오지 않았다. 그는 말없이 차갑고 피로 짭짤하게 된 입술에 입을 맞추고 시체를 풀 위에 살며시 내려놓고는 일어섰다. 정체를 알 수 없는 힘이 그의 가슴을 쾅쾅 두드리는 것 같았다. 그는 비틀비틀 뒷걸음질을 치다가 벌렁 뒤로 넘어졌다.

이게 악시냐와 마지막에 헤어지는 장면입니다. 그리고리는 결국 들판에 장사를 지냅니다. 사랑하는 이를 잃어버린 그리고리의 인생은 '온통 검은 것으로 되었다'고 묘사됩니다. 온갖 사건 끝에 소중한 것을 모두 잃어버리는 결말을 맞고 만 것이지요. 시대 배경만 다를 뿐 「인간의 운명」에서 주인공 소콜로프와 똑같은 심정을 겪는 것입니다.

혹독하고 무참한 죽음의 손길이 그가 지닌 모든 것을 빼앗고 부수어버린 것이다. 남은 것은 아이들뿐이었다. 그러나 그 자신은 완전히 산산이 바스러져버린 자신의 생명이 아직 어떤 가치가 있는 것으로 생각되기나 하는 듯이 여전히 경련을 일으키며 대지에 달라붙어 있는 것이었다.

3주 넘게 들판을 헤매다가 고향으로 돌아온 그리고리는 쉰 목소리로 아들 미셴카를 부릅니다. "미셴카! 아가야" 하니까 아이가 돌아봅니다. 아들은 오랜만에 만난 아버지를 알아봐요. 그래서 아들을 안아줍니다. 그리고 모두 어떻게 지냈냐고 안부를 물어보니까 고모는 잘 있고, 폴리시카는 작년에 죽었고, 미하일 아저씨는 군대 갔다고 합니다.

이렇게 해서 그리고리가 잠들지 못하는 밤마다 몽상하던 일이 드디어 실현되기에 이른 것이었다. 그는 아들을 팔에 안고는 자기가 태어난 집 문 앞에 섰다. 그것이 그의 인생에 남겨진 모두였다. 그것이 지금도 그를 이 대지와 차가운 태양 아래 빛나고 있는 거대한 세계로 이어주고 닿게 해주는 모두였다.

세계와 그리고리라는 주인공을 유일하게 연결해주는 것이 어린 아들입니다. 그렇게 부자가 만나는 걸로 끝납니다.

### 인간 숄로호프와 작가 숄로호프

숄로호프는 지바고와 마찬가지로, 적군이다 백군이다 나누고 서로 죽이고 죽는데, 이념이 도대체 무슨 의미인지에 회의적인 시선을 던집니다. 그래서 『고요한 돈 강』이 사회주의리얼리즘 작품으로 수용되었다는 사실이 좀 놀랍습니다. 이런 주인공에 대해 비판하려 했다면 얼마든지 비판할 수 있습니다. 이런 인물은 조연으로는 그릴 수 있어요. 사회주의 리얼리즘은 긍정적 주인공을 그리는 것입니다. 계급의식으로 각성하고 노동자 투쟁을 선도하며 어머니를 의식화하는 『어머니』의 파벨 같은 주인공이 긍정적 주인공입니다.

그리고리는 반면교사는 될지 몰라도 모델은 아닙니다. 그리고리와 같은 인물은 되어서는 안 되는 예지 모범적 인물, 소비에트의 영웅과는 거리가 멉니다. 그래서 알 수 없는 작품입니다. 하지만 스탈린상까지 줬으니 결론은 내려졌어요. 그래서 더욱 모범적인 작품이어야만 했지요. 그렇지만 도대체 어떻게 해서 소련에서 좋은 작품이 되는지 변호하기가 상당히 어려운 작품입니다.

『닥터 지바고』는 분명히 반혁명적인 작품이어서 러시아 내에서는 출간도 하지 못했습니다. 내전에 대해서 회의하는 작품이기 때문에 그건 충분히 말이 됩니다. 그런데 『고요한 돈 강』에도 『닥터 지바고』 같은 면이 있단 말이에요. 솔제니친이 표절 의혹을 제기한 이유 중에 이 작품의 사상과 숄로호프의 사상이 맞지 않는다는 점도 있었습니다. 당성이 투철하지 않다면 고위직에 올라갈 수 없습니다. 대외적 활동이라든가 실력자들과의 관계에서 아무 문제가 없었다는 뜻도 됩니다. 그러니 이 작품의 메시지와 사뭇 다르다는 것이지요. 이 수수께끼가 해소될지 모르겠습니다.

도스토예프스키와 마찬가지로 인간 숄로호프와 작가 숄로호프를 다르게 볼 수는 있습니다. 인간 도스토예프스키는 단순한데, 소설가 노스토예프스키는 복잡합니다. 숄로호프도 인간 숄로호프는 당성이 투철한 소비에트의 권력자이지만 소설가로는 세계를 복잡하게 인식하는 작가라고 분리할 수도 있어요. 그래야만 그나마 설명이 됩니다. 그러니까 인간 숄로호프는 그리고리와 아무 관계가 없습니다. 오히려 코셰보이에 가까운 인물입니다. 그런데 소설가 숄로호프는 그리고리를 주인공으로 삼아 대하 장편소설을 씁니다.

### 그리고리식 휴머니즘

그리고리는 전형적인 카자크 중농 가정의 둘째아들로, 둘째이기 때문에 더 자유롭고 반항적입니다. 첫째아들은 물려받을 게 있는 기득권자이므로 보수적이지만, 둘째아들은 물려받을 게 없거나 많이에 비해 적기 때문에 기성 질서나 권위에 대해 도전적이고 반항하게 되지요. 그리고리는 노동을 싫어하지 않고 근면했으며 인생에 대한 태도에서도 허위를 찾아볼 수 없었습니다. 성격이 격정적인데, 카자크는 일단 규범에 별로 구속받지 않는 것이 특징이기는 합니다.

이는 지바고와도 비슷합니다. 지바고는 아내가 있으면서 라라라는 정부를 만난 것인데 그리고리도 마찬가집니다. 그리고리가 유부녀인 악시냐와 열정적인 관계에 빠지자 가족은 그걸 막으려고 부유한 집안의 딸 나탈랴와 결혼시킵니다. 그런데 결국 아내를 놔두고 집을 나가 악시냐와 동거하지요. 리스트니츠키 집에서 품도 팔며 살다가 전쟁에 참전합니다. 그런데 그리고리가 전선에 나가 있는 동안 악시냐는 지주인 리스트니츠키의 아들과 육체관계를 갖습니다. 악시냐가 그리고리와의 사이에서 낳은 아이가 죽어 혼란에 빠져 있을 때 그녀를 유혹한 것입니다. 그 사실을 알게 된 그리고리는 자기 가정으로 돌아갑니다.

그리고리는 처음에는 적군에 가담했다가 나중에는 백군 편을 드는데 어느 쪽에도 마음을 두지 못합니다. 그것이 그리고리식 휴머니즘이라고 얘기합니다. 휴머니즘은 사실 사회주의 이념과는 다르잖아요. 그러니까 그리고리가 이 작품에서 어떤 이념을 대변한다면 이런 인간애입니다. 폭력에 대한 거부감, 무자비하고 무의미한 학살에 대한 염증과 혐오를 대표하는 인물이지요. 그럼에도 사령관 자리까지 올라갔다는 것이 난센스지만, 그런 지위에 잘 맞는 성격도 아닐뿐더러 리더십도 없습니다.

그의 휴머니즘은 해방이든 자유든 유혈을 부르는 폭력을 견딜 수 없게 만들어 다시 반혁명 진영에 가담하게 되는데, 이것이 되풀이됩니다. 그러니까 백군 쪽에도 적군 쪽에도 합류하지 못할 수밖에 없지요. 그런 괴리를 경험하다가 전쟁에 대한 염증을 여러 곳에서 토로하게 되는데, 결국 그가 머물 마지막 피난처는 악시냐입니다. 악시냐는 아주 생래적이고 본능적인 존재를 대표합니다. 그리고리는 이념과는 거리가 먼 차원에 놓인 그녀에게서 안식을 구하려 합니다. 지바고는 시에서 피난처를 구하고 예술을 통해 구원받습니다. 이것이 엘리트 작가들의 결론인데, 카자크 그리고리에게는 악시냐라는 한 여자의 육체가 피난처입니다. 유일한 안식처이자 피난처였던 그녀를 잃어버린다는 것은 모든 걸 다 잃어버린다는 의미입니다.

그러면 이제 어떻게 다시 시작할 것인가? 좀 더 긍정적 비전을 보여주려면 몇 문장 더 써줘야 하는데 숄로호프가 인색했어요. 아들을 팔에 안고 집 문 앞에 들어서는 걸로 끝납니다. 그러니까 여기에 긍정적인 의미를 부여하기에는 약해요. 영화에서도 무척 쓸쓸해 보입니다. 부자밖에 안 남았으니 거기에서 뭔가 새로운 희망을 보기는 어렵습니다.


### 내전기, 방황한 카자크 사람들의 초상

고향에 돌아왔지만 모든 것을 다 잃었고 따뜻하게 맞이해줄 터전조차 남아 있지 않습니다. 이런 주인공은 내전기에 적군과 백군 사이에서 방황한 수백만 카자크 사람들의 초상이라는 것을 보여주는 증언적 의미가 있습니다. 이것도 포용할 수 있다면 구소련 문학, 사회주의문학이 상당히 관대하고 포용력이 있는 것입니다.

제가 아는 한 구소련 문학에서는 이렇게 눈에 띄는 작품이 또 없습니다. 대하소설도 이렇게 쓰이지 않았어요. 1940~1950년대 소련 문학은 대부분 상당히 빈곤해서 『고요한 돈 강』에 견줄 만한 작품이 없습니다. 20세기 러시아 문학의 걸작을 꼽더라도 그 시기를 건너뛰고 솔제니친으로 넘어갑니다. 거의 아무것도 없어요. 그 부재하는 공간에서 유일하게 빛나는 작품이 『고요한 돈 강』입니다. 사실 숄로호프의 작품 목록에서도 거의 유일무이한 작품이죠. 그런데 숄로호프가 더는 이런 작품을 쓰지 않았다는 것도 특이합니다. 쓸 수 없었는지, 아니면 쓸 능력이 없었는지 모르지만 여러 가지로 궁금한 작가입니다.

『고요한 돈 강』의 결말은 「인간의 운명」만큼 희망을 보여주지는 않아요. 어떤 의지 같은 게 빠져 있습니다. 그럼에도 비슷한 면은 읽을 수 있고, 저는 그것이 숄로호프의 문학 세계라고 생각합니다.

지바고와 비교해서 말씀드렸지만 여기서 주인공 그리고리는 카자크적인 기질, 카자크적인 삶이 있습니다. 그러니까 그리고리에게는 혁명이니 전쟁이니 이념이니 다 중요하지 않습니다. 자기 식의 삶의 방식, 삶의 가치 혹은 가치 이전의 생래적인 것을 지키고자 할 뿐입니다. 비교하자면 혁명이냐 카자크적 삶이냐는 구도에 서 있는 인물이고 후자 쪽을 끊임없이 선택하고자 합니다. 그런 인물의 행로를 보여주려는데 계속 방해를 받는 것이지요. 카자크적인 삶의 방식을 지키고자 하는 것이 작품에서는 악시냐에 대한 절대적인 애정, 욕망으로 나타납니다. 그녀와 결합하고자 하는 의지로 나타나고 그것이 끝내 좌절되는 것이 이 작품의 결말입니다.

오늘 강의는 여기까지입니다.

# 솔제니친과 수용소 문학

### 솔제니친의 『이반 데니소비치의 하루』 읽기

"나는 언젠가는 소련으로 되돌아갈 것이다.
작가는 조국을 떠나서는 존재할 수 없기 때문이다."

알렉산드르 솔제니친

# 알렉산드르 이사예비치 솔제니친

### Aleksandr Isajevich Solzhenitsyn • 1918~2008

『이반 데니소비치의 하루』(1962)　　『1914년 8월』(1971)

『마트료나의 집』(1963)　　　　　『수용소 군도』(1973~1978)

『암병동』(1968)　　　　　　　『붉은 수레바퀴』(1975~1993)

『제1원』(1968)

## 솔제니친에 대해서

오늘은 솔제니친 이야기를 하겠습니다.

솔제니친은 소련 체제에 정면으로 반기를 든 가장 대표적 반체제 작가로 알려져 있습니다. 소련의 반체제 지식인으로는 안드레이 사하로프 박사가 유명하죠. 핵물리학자로 수소폭탄을 만든 사람입니다. 수소폭탄의 아버지인 데다 워낙 지명도가 높아 소련 당국에서도 함부로 할 수 없었죠. 서구 언론에서 가장 많이 다룬 소련의 반체제 지식인이 바로 이 두 사람, 즉 사하로프 박사와 솔제니친입니다. 사하로프는 소련에 계속 머물렀고 솔제니친은 추방돼 미국에서 20여 년간 머물다 1994년 러시아로 돌아갔습니다.

### 문학 이상의 문학을 한 솔제니친

미국으로 이주한 뒤 언론에 자주 오르내렸지만 솔제니친이 스탈린식 공산주의 체제뿐 아니라 자본주의 체제에 대해서도 비판하자 서구 언론에서도 그를 꺼리게 됐습니다. 러시아로 돌아가서는 조용히 지낸 편입니다. 반체제가 체제에 반대하는 것인데 체제가 무너지니 반체제도

스탠퍼드 대학교 도서관에서 작업 중인 솔제니친.(1976)

의미가 없어진 것이죠. 동유럽의 반체제 지식인들도 마찬가지 운명이었습니다. 하루아침에 존재감이 없어진 셈이죠. 솔제니친도 2008년 사망할 때까지 그런 식으로 잊힌 채 지냈습니다.

솔제니친 문학은 소비에트 사회주의 연방의 운명과 궤를 같이한 것이 아닌가 하는 생각이 듭니다. 미소 양극 체제가 유지됐을 때는 솔제니친 문학이 문학 이상의 역할을 했고 솔제니친 또한 작가 이상의 역할을 했지만, 냉전 구도가 무너진 이후에는 재평가되거나 격하된 감이 없지 않습니다.

게다가 한국에서는 솔제니친이 지나치게 프로파간다 작가로 알려져 그다지 인기가 없었죠. 파스테르나크와 함께 대표적 반공 문학 작가로 소개된 것이 그의 작품이 제대로 알려지는 데 오히려 방해가 된 셈입니다. 저도 학부 때는 중편인 『이반 데니소비치의 하루』 정도만 재미있게 읽었지 다른 작품에는 별로 관심이 없었습니다. 그의 수용소 문학에 관심을 갖고 흥미를 느끼게 된 건 얼마 되지 않았지요. 한 가지 안타까운 점은 예전에 번역된 그의 작품들은 이미 절판되었고, 수요가 많지 않다고 판단해서인지 새로 번역되어 나오는 작품은 거의 없다는 것입니다. 전집까지는 바라지 않아도 주요 작품은 번역서로 접할 수 있어야 할 텐데 시중에서 구할 수 있는 책이 별로 없어서 안타깝습니다.

### 수용소 체험을 토대로 수용소 사회를 고발하다

솔제니친은 1918년 캅카스 키슬로보츠크 시의 한 지식인 집안에서 유복자로 태어났습니다. 대학에서는 물리와 수학을 전공했고 대학 졸업 후 제2차 세계대전에 참전해 당시 친구에게 스탈린을 비난하는 편지를 보낸 것이 적발돼 8년간 수용소 생활을 합니다. 1962년 문학지《노비 미르》에 중편 『이반 데니소비치의 하루』를 발표하면서 작가로 데뷔함과 동시에 소련에서는 물론 해외에서도 유명인사가 됩니다. 이후 러시아 농촌문학의 효시 격인 「마트료나의 집」과 「크레체토프카 역에서 생긴 일」, 「공공을 위해서는」 등을 잇달아 선보이며 작가로서 입지를 굳힙니다. 그러나 1964년 흐루쇼프가 실각하고 브레즈네프가 취임한 뒤 문화 활동에 대한 이념적 규제가 심해지면서 곧바로 당국의 눈 밖에 나며 반체제 인사라는 꼬리표를 달게 됩니다. 그의 작품은 소련에서 공식적으로 출판할 수 없게 됐으며 1969년에는 급기야 소련 작가동맹에서 제명되기에 이릅니다. 이 때문에 1968년에 쓴 『암병동』을 비롯한 여러 작품들이 해외에서 먼저 출간됐습니다. 자신의 체험을 바탕으로 한 『암병동』을 비롯한 작품들로 1970년 노벨문학상을 수상하지만 소련 정부가 자신의 귀국

1974년 소련을 떠나 서독에 도착한 솔제니친. 취재진에 둘러싸여 있다.

을 허락하지 않을까 두려워 스톡홀름에서 열린 시상식에 참석하지 못합니다.

그러다 마침내 1973년 소련의 무자비한 인권 탄압을 기록한 『수용소군도』 1부가 파리에서 출판되자 소련 정부는 반역죄를 씌워 그를 강제 추방합니다. 이후 미국 버몬트 주 캐번디시에서 20여 년간 살며 스탈린 체제는 물론 서구 자본주의 체제에 대해서도 신랄하게 비판하다 1994년 러시아로 돌아간 뒤 2008년 8월 지병으로 사망하지요.

솔제니친의 어머니는 아들을 끔찍이 사랑해 재혼도 하지 않았다고 합니다. 게다가 독실한 정교도 신자여서 매주 아들을 교회에 데리고 다녔습니다. 교회가 탄압받던 시절이었는데 솔제니친은 홀어머니의 영향으로 종교 생활을 한 것이죠. 그의 문학 저변에서 그 영향을 찾아볼 수 있습니다. 실제로 말년에는 늘 종교 이야기를 했습니다.

솔제니친의 휴머니즘을 고리키식 휴머니즘이라고 하는데, 사회주의적 휴머니즘이면서 기독교적 휴머니즘을 바탕에 깔고 있기 때문입니다. 고리키가 종교성에 의지하고 필요성을 주장했듯 솔제니친의 작품 세계도 종교의 영향을 무시할 수 없습니다. 제2차 세계대전에 참전했을 때 친구에게 농담 삼아 스탈린을 비판하는 내용의 편지를 보냈다가 수용소 생활을 하게 되는데, 스탈린이 죽자 8년 만에 풀려납니다. 이때의 경험이 그의 문학, 즉 수용소 문학의 주요 테마가 됩니다.

그런데 수용소 문학을 대표하는 러시아 작가가 솔제니친 말고 또 있습니다. 바를람 샬라모프라는 작가입니다. 국내에는 2015년에야 『콜리마 이야기』라는 작품이 처음 소개되어 다소 생소한 이름이지만 러시아 수용소 문학의 거장입니다. 샬라모프는 20년 가까이 복역했습니다. 솔제니친의 두 배 이상 되는 기간을 복역한 데다, 콜리마라는 당시 가장 악명 높았던 수용소에 수감되어 있었습니다. 형기를 마친 후 20년간 복역한 당시의 체험을 녹여낸 소설집 『콜리마 이야기』를 썼지요. 제가 러시아에서 500쪽 정도 되는 책을 구입했는데 알고 보니 발췌본이었습니다. 엄청난 양을 썼다는 얘기겠죠. 소련의 수용소 문학을 대표하는 양대 작가인 샬라모프와 솔제니친을 비교하는 것도 의미 깊고, 프리모 레비 등 아우슈비츠 생존 작가들과도 비교해 읽어보는 것도 좋겠습니다.

### 소련 체제와 궤를 같이한 문학

솔제니친의 데뷔작은 1962년에 발표한 『이반 데니소비치의 하루』입니다. 이른바 해빙기, 즉 스탈린이 사망한 뒤 흐루쇼프가 집권하면서 공포정치를 마감하고 통치 방식을 완화한 시기를 대표하는 작품입니다. 문화적으로 검열이 완화되면서 여러 문학작품이 쏟아져 나온 것은 물론 영화감독인 안드레이 타르코프스키의 데뷔작도 이 시기에 만들어집니다. 그래봐야 고작 2년 정도에 불과했죠. 브레즈네프 집권기에는 또 달라지니까요.

《노비 미르》의 편집장이었던 알렉산드르 트바르도프스키도 이 작품을 발표해도 될지 확신하지 못해서 흐루쇼프의 허락을 받고 나서야 잡지에 실었다고 합니다. 흐루쇼프가 이 작품을 읽고 감동의 눈물을 흘렸다고 전해지는데 흐루쇼프가 워낙 낭만파라 이 작품이 불러올 파장은 미처 고려하지 못했던 모양입니다. 후임자인 브레즈네프였다면 결코 허락하지 않았겠죠.

어쨌든 이 작품은 한 서민 출신 죄수가 스탈린 시대 수용소에서 보내는 하루를 그린 것으로 수용소 생활의 실상을 전했다는 의미도 있지만, 문학적으로도 자기 경험을 간결한 문장으로 기록한 수작입니다. 그러나 1964년 흐루쇼프가 실각하고 브레즈네프가 공산당 서기장이 되면서 다시 문화 활동에 대한 이념적 규제가 강화됩니다. 솔제니친은 곧바로 당국의 눈 밖에 나 반체제 작가라는 꼬리표를 달게 됩니다. 그만큼 그의 작품이 대중적으로 공감을 얻었다는 얘기겠죠.

결국 구소련에서는 작품을 공식적으로 출판할 수 없게 되고, 1969년에는 작가동맹에서 제명됩니다. 『거장과 마르가리타』에서 마솔리트라고 불리는 작가동맹에 대한 조롱과 희화화를 볼 수 있었지만, 작가동맹에서 제명됐다는 것은 이제 작가가 아니라는 뜻이에요. 구소련에서는 작가로 활동할 수 없는 겁니다. 작품을 발표할 수도 없으니 사망 선고인 셈이죠.

그래서 『암병동』을 비롯한 작품들은 해외에서 출간해야 했으며, 국내에서는 자가 출판 형태로 암암리에 발표할 수밖에 없었습니다. 자가 출판은 지하 출판을 말합니다. 앞에서 공식 문학과 비공식 문학에 관해 말씀드렸는데, 솔제니친 문학이 비공식 문학의 대표적인 예입니다. 당시 비공식 문학은 출간 형태로 보면 사미즈다트(삼이즈다트)와 타미즈다트(탐이즈다트), 두 종류가 있었습니다.

'삼'은 '자기'라는 뜻이고, '이즈다트'는 '출간하다'란 뜻입니다. 그러니까 '자가 출판'이라는 얘기죠. 주로 지하 출판을 사미즈다트라고 불렀습니다. '탐'은 '저쪽'이라는 뜻이니 타미즈다트는 해외출판을 말하죠. 구소련에서는 정식 출간되지 못하고 지하나 해외에서만 유통되는 작품이므로 구소련에서는 공식적으로 부재하는 작품입니다. 그 대표 작가가 솔제니친이죠.

『암병동』은 1950년대 말 솔제니친이 유형 생활 중 말기라고 진단받았던 암을 성공적으로 치료한 경험을 바탕으로 쓴 작품입니다. 소설이 다루는 시기를 연대기적으로 배열하면 『붉은 수레바퀴』, 『수용소 군도』, 『암병동』순입니다. 『붉은 수레바퀴』가 혁명 이전의 러시아, 『수용소 군도』가 혁명 이후의 러시아, 그리고 『암병동』이 1950년대 말을 그렸으니까요.

1970년 솔제니친은 『암병동』으로 노벨문학상을 받습니다. 1962년에 등단해 필력이 채 10년도 안 된 작가에게 노벨문학상이 돌아간 셈이니 파스테르나크가 노벨문학상 수상을 거부할 때만큼은 아니더라도 상당한 파문이 일어납니다. 파스테르나크와 달리 솔제니친은 노벨문학상을 받지만 더 큰 탄압에 직면하는 계기가 되죠. 1973년에 『수용소 군도』가 프랑스 파리에서 출간된 것이 결정타였습니다. 볼셰비키가 집권한 1917년

1974년 소련에서 추방된 뒤 뒤늦게 노벨문학상을 수상하는 모습.

부터 1950년대 중반까지 40여 년간 행해진 각종 체포, 심문, 정죄, 이송, 구금 등을 묘사한 작품으로, 작가가 수집한 실제 사례들을 이름만 바꿔서 소설로 꾸민 것입니다. 수용소 사회인 구소련에 대한 방대한 분량의 보고서이자 해부도인 셈이죠. 이 작품이 문제가 되어 반역죄라는 명목으로 당국으로부터 추방 압력을 받습니다. 노벨상 수상 작가를 수용소로 다시 보낼 수도 없고 그렇다고 그대로 두기에는 불편하고 껄끄러우니 소련을 떠나도록 종용한 겁니다.

1974년 서독 프랑크푸르트 공항에 도착한 그는 "나는 언젠가는 소련으로 되돌아갈 것이다. 작가는 조국을 떠나서는 존재할 수 없기 때문이다"라는 말로 조국에 대해 변치 않는 애정을 강조했지만, 스위스를 거쳐 도착한 미국에서 20여 년이나 머물게 됩니다.

20년간의 망명 생활 끝에 1994년 러시아에 돌아온 솔제니친. 블라디보스토크에서 시베리아 횡단 열차에 오르고 있다.

1994년 조국으로 다시 돌아갈 때까지 그 긴 시간 동안 솔제니친이 심혈을 기울여 쓴 작품이 바로 『붉은 수레바퀴』입니다. 왜 소련 같은 괴물국가가 탄생하게 되었는가. 사회주의의 대의와 동떨어져 왜 그토록 인민을 탄압하고 억압하며, 왜 그 많은 소비에트 인민을 수용소로 보내야만 유지될 수 있는 괴물 같은 체제가 될 수밖에 없었는가. 이런 의문에 솔제니친 스스로 답을 구하고자 썼는데 완성도 하기 전에 소련이 해체되는 바람에 현재적 의의를 갖지 못하게 됩니다. 마치 역사 연구처럼 돼버린 셈입니다. 소련 체제가 건재했다면 대단히 의미 있는 작품이 될 수 있었겠죠. 앞에서 솔제니친 문학이 소련 체제와 궤를 같이했다고 말한 것은 이런 이유 때문입니다.

## 톨스토이와 도스토예프스키를 계승하려는 문학적 야망

1994년 조국 러시아로 돌아갔지만 작가로서, 또 반체제 지식인으로서의 위상은 예전 같지 않았습니다. 소련 체제가 무너지자마자 돌아왔더라면 사정이 달랐을 텐데 『붉은 수레바퀴』를 완성하느라 귀국을 늦추는 바람에 타이밍을 놓친 겁니다. 그렇더라도 1960~1970년대 솔제니친은 위대한 작가였습니다. 위대한 작가는 단지 글을 잘 쓰는 데 그치지 않고 사회적 요구에 부응할 때 탄생합니다. 시대 조건이 만든다고 할 수 있죠. 그러니 단순히 재능 있는 작가와는 다를 수밖에 없습니다. 문학에 대한 사회적 요구, 시대적 요구에 부응하는 문학, 이것이 곧 위대한 문학입니다.

일본의 비평가 가라타니 고진이 이른바 '근대문학의 종언'을 주장할 때, 그가 말하는 근대문학이 바로 위대한 문학입니다. 문학이 근대에만 있진 않았죠. 예전부터 서사시와 서정시도 있었고, 희극과 비극도 있었지만 문학이 특별히 위대해지는 시기가 있습니다. 19세기와 20세기에 들어 근대소설이라는 장르가 위대한 문학이라는 이름에 합당한 사회적 역할을 했습니다. 당시 작가들은 단지 글쟁이에 머물지 않고 사회 변혁의 사명을 짊어진 지식인의 책무를 수행했어요. 그런 시대가 끝났다는 게 근대문학 종언론의 요지입니다. 그러니 아직도 작가들이 소설을 쓰는데 종언이라니 무슨 소리냐고 반박한다면 맥을 잘못 짚은 것이죠. 문학이 끝났다는 게 아니라 '위대한 문학'의 시대가 끝났다는 얘깁니다. 상품으로서 문학은 얼마든지 번창해나갈 수 있겠지만, 더 이상 위대한 책무를 떠맡지 않는다는 것입니다.

솔제니친은 기본적으로 공산주의자입니다. 대학 시절에 쓰려 했던 소설도 '혁명을 사랑하라'였어요. 그런데 솔제니친이 보기에 러시아 혁명 이후 역사가 왜곡된 거예요. 궤도에서 일탈해버린 것입니다. 솔제니친이 생각하는 공산주의는 원시기독교적 공동체주의에 가깝습니다. 수도사들처럼 검약한 생활을 하면서 물질주의를 배격하는 공동체주의라고 할까요. 실제로 솔제니친은 매우 검소한 삶을 살았습니다. 80세가 넘은 솔제니친이 식사하는 장면을 지난 2004년 러시아 텔레비전에서 본 적이 있는데, 흑빵에다 전형적인 러시아식 가정식단이었어요. 집도 무척 소박해 보였습니다. 수용소 생활에 익숙해서인지 평생 사치와는 거리가 먼 삶을 산 듯합니다.

여담이지만 솔제니친이 소련에서 추방당한 뒤 당시 스위스에 있던 나보코프를 찾아간 적이 있습니다. 나보코프의 초대를 받아 간 것인데, 『롤리타』가 세계적 베스트셀러가 된 덕에 나보코프는 당시 스위스 몽트뢰의 고급 호텔에서 지냈습니다. 솔제니친은 그때 호텔 로비에서 그냥 돌아갔다고 전해집니다. 너무 으리으리하고 화려해서 만나고 싶은 생각이 싹 달아났던 것이겠지요.

솔제니친은 국수주의자이기도 했습니다. 그런 점에선 도스토예프스키와 비슷합니다. 실제로 솔제니친은 자신이 러시아 문학의 적통임을 자부했습니다. 자신을 톨스토이와 도스토예프스키를 한 몸에 구현한 러시아 문학의 계승자로 여겼죠. 문학에 관해서는 누구보다도 야심이 큰 작가였습니다. 유형 생활 경험으로 치면 도스토예프스키에 뒤질 것도 없고, 소설가면서 역사가 노릇까지 하고자 했습니다. 톨스토이가 했던 역할이죠. 실제로 『전쟁과 평화』에 버금가는 장편 역사 서사시 『붉은 수레바퀴』를 썼다고 자부했으니까요.

그뿐만 아니라 20세기 전체를 다 쓰겠다는 메가 프로젝트를 평생 실현하려 애쓴 작가이기도 합니다. 예를 들어 『수용소 군도』를 통해서는 1917~1956년까지의 레닌과 스탈린 체제, 그리고 스탈린 사망 이후 해빙기까지 전 시대의 역사를 기록하려고 방대한 자료를 수집합니다. 『붉은 수레바퀴』는 앞서 말한 것처럼 소련이라는 나라의 기원, 즉 러시아 혁명의 기원에 관해 쓰고자 했죠. 한국으로 치면 『태백산맥』과 『아리랑』으로 한국의 근현대사를 정리하는 작업을 한 조정래 작가를 떠올리면 될까요. 아무튼 20세기를 관통하는 소설적 건축을 축조함으로써 솔제니친은 자신의 문학 속에 톨스토이의 규모와 도스토예프스키의 깊이를 모두 구현하려 했습니다.

### 모든 억압에 저항하는 진정한 진보

솔제니친은 기본적으로 인간의 존엄성에 대한 강한 믿음을 고수했습니다. 이른바 솔제니친식 휴머니즘이라고 할 수 있습니다. 앞에서 고리키식 휴머니즘과 비교한 바 있죠. 밑바닥에서 시작해 수용소에서 끝나는 문학을 통해 두 작가가 공통으로 형상화했던 생각이 바로 인간의 존엄성에 대한 믿음입니다. 사회주의적 인간, 스타하노프 같은 노동 영웅들이 보여주는 새로운 인간에 대한 신념과는 다릅니다. 솔제니친은 자신이 그리고자 한 인간형을 '의로운 인간'이라고 불렀습니다. 도스토예프스키라면 '살아 있는 인간'이라고 했겠죠. 사회주의리얼리즘에서는 '긍정적 인간'이라고 해서 작가들이 긍정적 주인공을 형상화해야 한다고 요구했는데, 솔제니친의 주인공들 역시 긍정적 요소를 갖고 있습니다. 솔제니친은 성서에 나오는 표현을 빌려 의로운 인간이라고 했죠.

서구의 지식인들은 좌파 우파 할 것 없이 모두 솔제니친을 불편해했습니다. 비록 스탈린 체제는 반대했지만 솔제니친은 어디까지나 공산주의자였습니다. 그런데 자유 진영에서는 그를 반공주의자로 탈바꿈시켜 자기들 입맛에 맞게 받아들이곤 했죠. 우리나라만 해도 그랬습니다. 그 당시에는 모든 정치권력은 어떤 이념이든 억압적 측면이 있을 수 있고, 모든 억압에 저항하는 것이 진정한 진보라는 복합적 인식을 가질 만한 여유가 없었던 겁니다.

19세기 비판적 리얼리즘은 있는 그대로 현실을 그리지만 사회주의리얼리즘에서는 당위적 현실이 중요합니다. 있어야만 하는 현실, 예를 들어 사회주의 국가라도 부족해서 못 먹고 못살 수 있죠. 하지만 그런 현실을 있는 그대로 그리는 것은 사회주의리얼리즘이 아니에요. 당성이 부족한 것이죠. 하지만 그렇기 때문에 사회주의리얼리즘의 실상은 고전주의와 다를 바 없다는 비판이 나오기도 했습니다. 고전주의는 현실을 모방하는 것이 아니라 하나의 전범을 갖고 규범에다 짜 맞추지요. 사회주의리얼리즘이 그런 속성을 갖고 있습니다.

그런데 솔제니친은 당위적 현실을 그리지 않은 거예요. 있는 그대로 현실을 폭로했지요. 그것이 일차적으로 그의 문학이 갖는 문제성입니다. 그리고 그런 비판을 수용할 수 있었다면 소련도 성숙한 사회라고 인정받을 수 있었겠지요.

**의인 없는 마을은 성립하지 않는다, 『마트료나의 집』**

『이반 데니소비치의 하루』를 자세히 다루기 전에 그와 짝이 되는 작품으로서 『마트료나의 집』에 대해 먼저 살펴보고 대작 『수용소 군도』도 간단히 짚어보겠습니다. 1963년에 발표된 『마트료나의 집』은 『이반 데니소비치의 하루』와 함께 솔제니친의 초기 대표작입니다. 두 작품 다 중편소설인데, 『마트료나의 집』은 1970년대 일상문학(도시문학)과 함께 러시아 문학의 새로운 장르로 떠오르는 농촌문학의 효시 격 작품이기도 합니다.

초원 지대의 스탈린 수용소에서 러시아 중부 지역으로 돌아온 이그나티예비치는 삶에 지친 여인 마트료나 바실리예브나가 한평생 살아온 집에 머물게 됩니다. 수용소에 있는 이반 데니소비치 못지않게 마트료나의 주변 또한 불공평한 것들로 가득 차 있습니다. 그녀는 병을 앓았지만 병자로 여겨지지 않았고, 집단농장인 콜호스에서 25년을 일했지만 공장이 아니라는 이유로 연금을 받지 못했으며, 호주 상실에 대해서만 돈을 받을 수 있었죠.

남편은 전쟁이 시작된 이후 15년간이나 돌아오지 않은 상태였지만, 이제 와서 이곳저곳을 돌아다니며 그가 일한 기간과 얼마를 받았는가에 관한 증명 서류를 얻는 것은 매우 골치 아픈 일이었습니다. 다만 한 달이라도 남편의 봉급을 받아서 써봤으면 좋으련만 그렇지도 못했습니다. 그녀가 혼자 살고 있고 아무도 그녀를 도와주지 않는다는 사실, 그녀가 몇 년에 태어났다는 것을 증명해야 했습니다. 그러고 나서 모든 서류를 사회보장과에 가져가고, 잘못된 것을 고치기 위해 또다시 여러 번 오간 뒤 연금을 받게 될지 다시 한 번 물으러 가야 했죠.

선량한 마트료나는 한 남자를 사랑했으나 그는 제1차 세계대전 때 전쟁터로 떠나 실종됩니다. 3년 동안 기다리던 마트료나는 그의 동생과 재혼합니다. 그런데 결혼식을 올리자마자 남편의 형인 전남편이 포로에서

『마트료나의 집』의 실제 모델이었던 마트료나 바실리예브나 자하로바와 그녀가 살던 집.

풀려나 돌아옵니다. 그는 신부의 남편이 자기 동생이라는 이유만으로 이 신혼부부를 인정하고 용서하죠. 마트료나는 여섯 번 임신했지만 한 번도 아이를 낳지 못하다가 딸 하나를 겨우 얻지만, 2차 대전 당시 독일과의 전장으로 떠난 남편은 영영 그녀에게 돌아오지 않습니다. 딸은 자라 다른 마을로 시집가고 그녀는 무자비하고 잔인한 삶에 지쳐 늙고 병든 채 다 쓰러져가는 낡고 커다란 집에 홀로 남아 노년을 보냅니다.

어느 날 마트료나는 안달하는 구두쇠 친척들의 변덕 때문에 집안 살림을 정리하여 다른 마을로 옮기던 도중 기관차 바퀴에 깔려 세상을 떠납니다. 통나무를 싣고 가던 썰매가 기찻길 건널목에 빠져 빼내는 사이 후진하던 기관차에 사람들과 함께 깔린 것입니다. 그러나 어느 누구도 마트료나의 영혼의 지배자는 될 수 없었습니다. 마트료나의 상냥한 마음씨,

공손하고 겸손한 태도, 사람들에 대한 호의와 친근감, 남을 잘 믿는 성품 등은 그녀가 살아 있을 때뿐만 아니라 비극적인 죽음을 당한 뒤에도 계속해서 이그나티예비치를 비롯한 마을 사람들을 감동시켰습니다.

솔제니친은 1953년 8년간의 수용소 생활을 마치고 암병동에서 투병을 한 다음 또다시 남부 카자흐스탄의 외딴 지역으로 유형을 떠나게 됩니다. 이 작품은 그때의 경험을 토대로 쓴 것입니다. 이반 데니소비치는 수용소에서 비인간적인 삶을 살았지만 수용소 바깥이라고 해서 사정이 크게 달라진 것은 아니었습니다. 마트료나의 삶을 보더라도 이런 조건에서 인간이 어떻게 살아야 하는지 묻게 되는데, 이것이 바로 솔제니친이 던지고자 하는 질문입니다. 그리고 이 인물들이 어떻게 살아남는지를 통해 솔제니친 나름이 해답을 제시하려 합니다.

솔제니친은 비인간화의 극한이랄 수 있는 스탈린 수용소조차도 평범한 러시아인의 성격을 지배할 수는 없다고 생각했습니다. 이반 데니소비치가 비인간적 환경에서 선량함, 자존심, 정의와 일에 대한 사랑을 잃지 않았듯 마트료나 바실리예브나 또한 이러한 성격을 지니고 있었습니다. 전쟁과 같은 역사적 재난과 삶의 고난, 당국의 새로운 정책은 마트료나에게서 사람의 생존에 필요하고 여자의 본질을 완성한다고 할 수 있었던 요소들, 즉 사랑, 가족, 아이들, 가족의 따뜻함과 안락함을 빼앗아 갔습니다. 행복을 누릴 권리, 인간답게 살아갈 권리를 앗아간 것입니다. 그래도 좌절하지 않고 선량하고 겸손한 태도와 사람들에 대한 호의를 잃지 않습니다. 작품의 마지막은 이렇습니다.

우리 모두는 그녀와 함께 살면서도 그녀가 '의인 없는 마을은 성립되지 않는다'는 속담에서 말하는 의인이라는 사실을 깨닫지 못했다. 마을뿐만 아니라 이러한 정의로운 인물이 없이는 어떤 도시나 나라도 존재할 수 없는 것이다.

이것이 솔제니친이 지닌 기본적 인간관이자 세계관입니다. 무엇이 이 세계를 지탱해주는가? 체제인가? 아닙니다. 바로 이런 의인들입니다. 수용소가 유지되는 것은 슈호프 같은 의인 덕분이고, 마을이 유지되는 것은 마트료나 같은 의인 덕분이라는 것이죠. 그래서 솔제니친은 『마트료나의 집』을 '의인 없는 마을은 성립하지 않는다'라는 말로 정의하고자 했습니다. 그렇다면 『이반 데니소비치의 하루』는 '의인 없는 수용소는 성립하지 않는다'라고 부를 수 있었겠죠.

이런 의미에서 솔제니친의 작품을 단순히 스탈린 체제, 즉 수용소 체제에 대한 비판으로만 읽는 것은 협소한 독법일 수 있습니다. 의인이라는 긍정적 인간상을 제시한 점을 간과해서는 안 되니까요. 솔제니친은 이반과 마트료나가 인내심과 생명력을 가지고 러시아의 전형적인 성품의 가치를 중시했기에 이 세상에 존재할 수 있었다고 생각했고, 그들의 이러한 성품 덕택에 소련이 완전히 무너지지 않고 그나마 유지될 수 있었다고 보았습니다.

수용소는 이미 지옥입니다. 하지만 단순히 지옥을 그린 이야기로만 읽는다면 표면만 본 것에 불과합니다. 『이반 데니소비치의 하루』나 『수용소 군도』에는 지옥만 존재하는 것이 아니라 생명력을 가진 긍정적 인물이 함께했습니다.

## 역사가로서의 소설, 『수용소 군도』

수용소 문학의 결정판이라고 할 『수용소 군도』를 쓰기 위해 솔제니친은 방대한 사례를 수집합니다. 수용소에서 돌아오지 못한 사람들에 관한 주변인들의 증언을 모으고, 실제로 살아 돌아온 생존자들의 경험담을 모읍니다. 그리하여 그 인물들 전체가 주인공이 됩니다. 솔제니친 문학의 특징이기도 한데, 장편소설에서는 한 개인이 아니라 집단적 주인공이 등장합니다.

『수용소 군도』의 전체 내용을 간략하게 요약하면 이렇습니다.

제1부(수용소 산업)에서 솔제니친은 체포의 기술, 추적을 행하는 방법론, 형태가 다양한 감방과 수용소를 지탱·봉사하는 소비에트 법률 제정에 관해 이야기합니다. 집 안에서 체포되기도 하고, 실 가다 체포되기도 하고, 여러 가지 방식이 묘사됩니다.

제2부(영원한 움직임)에서 독자는 죄수들을 감옥에서 수용소로 이송하거나 수용소에서 수용소로 이송하는 것, 호송 도중 일시 체류하는 곳, 열차 칸과 체포자들을 이송하는 호송 차량, 그 밖의 다른 많은 것에 대해 알게 됩니다.

제3부(무자비한 파괴 노동수용소)에서는 수용소에서 수용자를 분류하는 방법, 수용소 안의 징계와 노동에 대해 그립니다.

제4부(영혼과 철조망)에서는 스탈린 수용소가 인간에게 끼치는 영향에 대한 작가적 사색이 주 내용입니다.

제5부(감방)는 수용자 생활의 참고서(사전)라고 부를 수 있습니다.

제6부(유형)는 종류가 다양한 유형, 유형지에 사는 사람들의 일상적 생활 방식을 그립니다.

제7부는 수용소 건설자의 중요한 인물 중 하나인 스탈린이 죽은 뒤 수용소에 일어난 변화를 알려줍니다.

『수용소 군도』는 1917년에서 1956년까지, 즉 1956년 제20차 전당대회에서 흐루쇼프가 스탈린을 비판하는 비밀 연설을 함으로써 공식적으로 스탈린 체제의 종언이 선포되는 시기까지를 다루었습니다. 이 40년 동안 사회주의 소비에트 연방 전역에 펼쳐져 있던 교도소와 수용소에 관한 모든 진실을 복구하는 작업을 『수용소 군도』를 통해 하는 것입니다. 『수용소 군도』를 통해 우리는 수용소가 고통과 죽음의 장소일 뿐만 아니라 제도의 기반이자 산물이며, 공포정치나 수용소 없이는 유지될 수 없는 권력의 어두운 모습임을 알게 됩니다.

솔제니친이 바라보는 정치, 역사적 맥락에서 『수용소 군도』는 『붉은 수레바퀴』의 에필로그에 해당합니다. 『붉은 수레바퀴』의 귀결이 『수용소 군도』라는 이야기입니다. 첫 단추가 잘못 끼워졌다는 거지요. 그래서 『붉은 수레바퀴』에서는 1917년 전후의 시기를 하루하루 상당히 세밀하고 긴박하게 다루었을 뿐만 아니라 레닌, 부하린, 트로츠키 등 볼셰비키 혁명가들이 실제로 등장합니다.

소설 문학으로 한정하면, 앞에서 언급한 바를람 샬라모프가 수용소의 삶에 대해 방대한 증언을 했다면, 솔제니친은 그곳의 모습을 역사가적 안목에서 제시합니다. 소설가이면서 역사가, 그리고 자기 시대의 판관을 자임한 셈이지요.

# 솔제니친의 『이반 데니소비치의 하루』 읽기

## 의인 없는 수용소는 성립되지 않는다

『이반 데니소비치의 하루』는 스탈린 시대에 수용소에 갇힌 이반 데니소비치 슈호프라는 생활력 왕성한 서민의 하루를 담담한 필치로 그려낸 수작입니다. 솔제니친이 실제로 수용소에서 석방될 때 사진을 보면 수인번호가 CH-282라고 찍혀 있는데, 이 소설의 주인공 슈호프의 번호는 CH-854입니다. 원래 소설 제목을 'CH-854'라고 할 생각이었는데 편집자가 『이반 데니소비치의 하루』로 정했다는군요. 경험이 없이는 쓰기 어려운 현장 보고서적 성격이 강한 작품입니다. 프리모 레비의 아우슈비

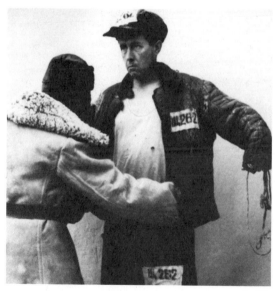

간수에게 몸수색을 받는 솔제니친. 1950년경.

츠 체험담도 마찬가지죠. 픽션이라고 돼 있지만 자기 체험을 기반으로 한 작품입니다.

말 그대로 슈호프의 하루를 다룬 작품입니다. 플래시백도 거의 없고, 중간에 어떻게 체포됐는지에 대한 구체적 설명도 없이 기본적으로 기상에서 취침까지 딱 하루 동안의 일과를 그립니다. 마지막 에필로그를 보면 그나마도 가장 운 좋은 하루를 다루었다고 합니다. 일종의 서술 전략이라 할 수 있는데, 가장 운 좋은 하루가 이 정도라면 다른 날들은 어땠을지 독자가 상상하게끔 하는 것이죠.

슈호프는 수용소 생활 8년째에 2년 형기를 남겨둔 상태입니다. 물론 20년 이상 생활한 작업반장 같은 베테랑도 있지만 슈호프도 나름대로 중견은 됩니다. 수용소 생활을 어떻게 해야 하는지 어느 정도 터득하고 있습니다. 수용소 생활법, 매뉴얼 같은 노하우가 제시됩니다. 어떻게 처신해야 하는지에 대해서죠.

그 외에도 여러 인물이 등장합니다. 수용소의 수인들 사이에는 도덕적 위계가 존재합니다. 물론 수용소에 적합하지 않은 인물도 있죠. 자존심을 지나치게 내세워도 버티기 어렵습니다. 해군 제독 출신인 부이노프스키 같은 인물이 가장 대표적인데, 알몸 수색에 항의했다가 독방형 처분을 받습니다. 독방에 갇히면 금방 몸이 상하기 때문에 최소 10년인 수용소 생활을 버티기 어렵습니다.

반대로 페추코프처럼 추잡한 인간도 버티기 어렵습니다. 적당히 자존심을 지키면서 요령도 부릴 줄 알아야 합니다. 그런 인물의 전형이 바로 슈호프입니다. 이런 인물이 어떻게 의인인가 싶겠지만 솔제니친이 생각하는 가장 바람직한 인간형이에요. 물론 단지 기도했다는 이유로 붙잡혀

영화 〈이반 데니소비치의 하루〉(카스파르 레데 감독, 1970)의 한 장면.

온 침례교 신자 알료샤를 더 바람직한 인간형으로 꼽을 수도 있습니다. 수용소에서도 몰래 성경책을 읽는 알료샤는 비록 주인공은 아니지만 슈호프조차 세상 사람들이 다 알료샤 같다면 자기도 알료샤처럼 됐을 거라고 말할 정도로 종교적이면서 기본적으로 선한 인물입니다. 이상적인 유형이죠. 하지만 현실성은 없습니다. 성경책을 숨기고 있다가 발각되면 처벌받을 위험부담이 있지요.

실제로 슈호프는 이런 경고를 듣습니다. "수용소에서 죽어가는 놈이 있다면, 그놈은 남의 빈 그릇을 핥으려는 놈들"이라고. 아무리 배가 고파도 남이 먹다 남긴 죽 그릇을 핥아 먹으면 안 됩니다. 남이 버린 꽁초를 주워서 피워도 안 됩니다. 추잡하더라도 생존해보겠다고 그런 짓을 서슴지 않는 자들이 오히려 오래 못 버틴다는 말이죠. 최소한의 자존심은 지켜야 한다는 겁니다. 국그릇을 속여 한 그릇 더 먹는 것은 괜찮아도 남의 국그릇을 핥아먹는 짓은 안 됩니다.

그리고 뺀질나게 의무실을 드나들면서 편히 누워 있으려는 놈들, 간수장 찾아다니는 녀석들, 밀고쟁이들은 칼침을 맞아 죽습니다. 결국 수용소에서는 죄수끼리 서로가 서로의 적이라는 것이죠. 그런 환경에서 그래도 잘 적응하면서 인간으로서 최소한의 자존심을 지키는 인물이 바로 슈호프입니다. 바로 이런 인물의 하루가 묘사됩니다.

슈호프가 늦장을 부리면서 일어납니다. 몸살기가 있습니다. 열이 얼마나 높은지 알 수 없습니다. 열이 38도 이상이면 의무실에 가서 몸을 누이고 하루 작업을 면제받지만 아픈 것이 아니라고 드러나면 오히려 독방에 갇히거나 영창에 갈 수도 있습니다. 어차피 의무실에서 쉴 수 있는 하루 정원인 두 명이 벌써 다 찼으니 돌아가라는 말을 듣습니다.

게다가 늦게 일어났다는 이유로 간수한테 붙잡혀 물청소를 하게 됩니다. 자칫하면 독방행에 처해질 수도 있었으니 이만하면 재수 좋은 것입니다. 그렇게 하루를 시작하고 아침식사를 배급받은 뒤 작업에 나갑니다. 제일 큰 걱정은 자기가 속한 작업반이 '사회주의 생활단지' 건설 현장에 배치되는지 여부입니다. 사회주의 생활단지 건설 현장이란, 이름만 그럴듯하지 실은 아무것도 없는 허허벌판입니다. 영하 27도를 오르내리는 한겨울에 허허벌판에서 하루 종일 작업한다는 것은 보통 고역이 아니죠. 그런데 다행히 다른 작업반이 그쪽에 투입되어 슈호프의 작업반은 바람막이가 있는 현장에서 벽돌 쌓는 작업을 합니다. 계속 운이 따르는 하루인 셈입니다.

## 현실 자체가 부조리인 수용소

슈호프는 살던 마을을 떠난 지 벌써 10년이 되었습니다. 전쟁에 참전했다가 포로가 된 뒤 구사일생으로 살아 돌아왔는데 이번엔 간첩 혐의를 받아 수용소로 끌려온 것입니다.

한때는 아주 좋은 때도 있어서, 무조건 10년이 언도된 적이 있었다. 그런데 1949년 이후부터는 시대가 바뀌어, 일단 걸려들기만 하면 모두 25년이었다. 10년이라면 어떻게든 죽지 않고 살아 나갈 수도 있겠지만, 수용소에서 25년을 견뎌보라고?!

25년이면 거의 종신형이죠. 10년형도 만만치 않지만 25년형에 비하면 '아주 좋은 형량'을 받은 셈입니다. 8년째 버티고 있지만 10년을 다 채워도 나간다는 보장은 없어요. 이러니 소련에서는 부조리 문학이라는 게 따로 필요 없습니다. 현실 자체가 부조리하니까 현실을 그대로 표현하면 바로 부조리 문학이 됩니다. 아이러니한 일입니다.

이반 데니소비치는 감옥과 수용소를 전전하면서 내일은 무엇을 어떻게 할 것인가, 내년엔 또 무엇을 어떻게 할 것인가 하는 계획을 세운다든가, 가족의 생계를 걱정한다든가 하는 버릇이 아주 없어지고 말았다. 그를 위해서 모든 문제를 간수들이 대신 해결해주는 것이다. 그는 오히려 이런 것이 훨씬 마음 편했다.

플라토노프의 『코틀로반』과 비교되는 대목입니다. 『코틀로반』에서 보

『이반 데니소비치의 하루』로 일약 유명해진 후 잡지 《로만 가제타》지에 실린 모습.(1963년 1월 호)

셰프 같은 노동자는 항상 삶의 일반적 계획에 대해서, 그 의미에 대해서 생각해야만 일을 할 수 있었습니다. 그래서 작업장에서 해고되기도 하니 슈호프와 얼마나 다른지 알 수 있죠. 그러니까 슈호프는 플라토노프가 생각했던 이상적인 사회주의 노동자와는 상당히 거리가 있습니다.

　물론 『코틀로반』에서도 체제가 요구하는 것은 열성적 노동입니다. 우리가 무엇을 위해 노동해야 하는가? 이런 물음은 일체 봉쇄됩니다. 그저 열심히 일하라는 주문밖에 하지 않습니다. 그런데 플라토노프는 이것만으로는 불충분하다고 생각합니다. 혼신의 힘을 다해서 일해야 하지만 무엇을 위해서, 누구를 위해서 일하는지 알아야 가능하다는 거였죠. 그것이

『코틀로반』에서 노동자들의 문제의식이었는데, 슈호프는 이미 높은 사람들이 대신 생각해주고 자기는 일만 하면 되는 상황입니다. 벽돌 작업을 하는 모습이 이 작품에서 그나마 가장 긍정적인 장면입니다. 슈호프와 수용자들이 몇 조로 나뉘어 작업에 열중합니다.

> 슈호프와 다른 벽돌공들은 아예 추위도 잊어버렸다. 빨리 일을 하느라고 서두르다 보니 몸에 땀이 다 날 정도로 더워진다. 이것이 첫 번째 더위다. 보온용 덧옷과 겉옷, 그리고 위아래 속옷까지 모두 땀에 젖었다. 그러나 잠시도 쉬지 않고 일을 하는 동안 두 번째 더위가 온다. 이번에는 젖었던 땀이 마르기 시작한다. 발가락이 시린 것도 잊어버릴 정도다 이 사실은 아주 중요하다. 다른 것은 전혀 문제가 되지 않는다.

일에 대한 열성, 노동의 가치나 중요성에 대한 인식, 이런 묘사만 보면 사회주의리얼리즘 작품과 다를 바 없어 보이기도 합니다. 수용소 생활에 대한 폭로만 아니라면 이처럼 열성적인 노동자, 노동을 통해 자기 존재의 가치와 존재감을 확인하는 인물들이 바로 진짜 노동자들이죠.

**의로운 인간 슈호프의 면모**
그다음 중요한 대목이 작업이 끝날 무렵에 나옵니다.

> "이런, 빌어먹을, 이렇게 하루가 짧아서야 무슨 일을 하겠어? 일을 시작한 지 얼마 되지도 않았는데, 벌써, 하루가 다 갔으니 말이야!"

슈호프는 귀머거리와 단둘이 남게 되었다. 그들은 말없이 일을 계속한다. 귀머거리와 이야기를 하기도 그렇고, 또 말이 필요없을 정도로 머리가 좋은 녀석인 데다 눈치로 모든 것을 알아차리기 때문이다.

모르타르를 철썩 퍼붓는다. 그다음엔 벽돌을 철퍼덕 놓는다. 그리고 꽉 누른다. 위치도 바로잡는다. 모르타르. 벽돌. 모르타르. 벽돌…….

모르타르를 버리라는 반장의 명령이 있었고, 또 얼른 버리고 달려가고 싶은 마음도 굴뚝같다. 그러나 슈호프의 그 지랄 같은 성격은 어쩔 수가 없는 모양이다. 8년간을 수용소에서 살았지만 그 성격은 전혀 고칠 수가 없다. 아무리 하찮은 것이라도 마구 버리지 못하는 성미라 어쩔 수가 없다.

하루가 짧다고 불평하는 장면이 나오는데, 러시아에서는 특히 동절기에는 해가 무척 늦게 떴다가 일찍 집니다. 아이들도 캄캄할 때 학교에 가죠. 보통 9시, 10시는 돼야 해가 뜨니까요. 그러고 나서 4시면 해가 집니다. 모스크바 같은 경우 겨울에 해가 떠 있는 시간이 6시간밖에 안 돼요. 낮 시간이 짧아서 해를 기준으로 삼는다면, 뭘 좀 할라치면 해가 져서 그만두어야 합니다. 그러니 하루가 짧다는 불평을 할 만도 하죠.

다시 돌아갈 시간이 됐으니 하던 일을 중단해야 하는데 모르타르를 많이 비벼놓았어요. 작업반장은 갖다 버리라고 지시합니다. 빨리 끝내야 하니까요. 하지만 슈호프는 모르타르가 아까워서 버리지 못합니다. 어떻게든 다 쓰려고 더 부지런히 벽돌을 쌓는 겁니다.

수용소 생활을 하면서 요령도 익히고 제법 적응했지만 슈호프에겐 바뀌지 않는 것도 있습니다. 바로 그의 고집스러운 성미입니다. 재료를 낭비하면 안 된다는 것. 이것이 바로 슈호프의 긍정적 면모입니다. 『코틀로반』에서도 노동자들의 노동에 대한 자발적 의지가 강조되는데, 사회주의적 인간은 기본적으로 그런 자발성을 가져야만 합니다. 그렇지 않으면 사회주의 인민으로 재탄생하기 어렵고 이른바 혁명적 몸체로 변신하거나 개조되기 어렵습니다.

자본주의적인 나태한 근성을 가져서는 곤란합니다. 마르크스와 엥겔스가 "인간은 가슴속에 라파엘을 갖고 있다"라고 말했듯 모두 천사표가 돼야 합니다. 자발적 노동이 그런 예입니다. 자기 헌신이죠. 슈호프가 벽돌 몇 장 더 쌓는다고 해서 배급을 더 받는 건 아니거든요. 모르타르를 버린다고 해서 영창에 가지는 않습니다. 직당히 요녕껏 하면 되는데 성미가 허락하지 않는 거죠. 아무리 하찮은 자재라도 소홀히 취급하기에는 그의 성미가 너무 고지식합니다. 이게 슈호프의 면모입니다.

이런 점에서 이 작품이 수용소 사회에 대한 고발에만 치중한 것이 아님을 알 수 있습니다. 슈호프의 이러한 면모를 통해 수용소의 수인들이라고 해서 비인간적 환경에 적응하는 과정에서 모두 인간성을 상실하는 것은 아님을 솔제니친은 보여주고자 했습니다.

또 한 가지 흥미로운 장면은 작업을 마치고 돌아가는데 작업반별로 경쟁이 붙는 것입니다. 작업반마다 경호병들도 있고 죄수들도 있어서 원래는 서로 적대적인데 작업반별로 돌아갈 때는 다른 작업반과 치열한 경쟁이 벌어집니다. 그 순간만은 경호병과 죄수가 한 팀이에요. 공동운명체인 거죠. 왜냐하면 먼저 검사받고 들어가지 못하면 영하 20도가 넘는 곳에서 30분 혹은 1시간씩 대기해야 하니까 보통 일이 아닌 겁니다. 자연히 경호병들도 이때는 한편이 됩니다.

이젠 누가 누구와 감정이 있든 없든 간에, 모두 한 덩어리가 되어서, 이젠 적이 아니라 동지가 되어 마구 달리고 있다. 경호병조차 이 순간만은 적이 아니라 동지가 된다. 적은 바로, 저쪽에서 오고 있는 작업대다!

모두들 조금 전까지 몹시 상해 있던 기분이 완전히 없어지고, 화도 모두 가신 느낌이었다.

"빨리! 빨리 뛰어!"

죄수들이 경호병들과 혼연일체가 되어 뛰어갑니다. 이 장면도 수용소 생리를 보여주는 한 단면이죠.

### 자기 시대의 증언자

마지막 장에서는 수용소 생활을 요약합니다. 잠자리에 들 때는 감사 기도까지 올리죠. 하느님, 덕분에 하루를 무사히 보냈습니다. 영창에 들어가지 않게 된 것을 감사드립니다. 여기에서라면 어떻게든 견뎌낼 수 있겠습니다. 영창은 좀 힘들어요. 영창에 자주 드나들면 오래 버티기 힘듭니다. 그런데 이 수용소에서는 어떻게 버텨볼 수 있겠다는 거죠.

슈호프는 아주 흡족한 마음으로 잠이 든다. 오늘 하루는 그에게 아주 운이 좋은 날이었다. 영창에도 들어가지 않았고, '사회주의 생활단지'로 작업을 나가지도 않았고, 점심때는 죽 한 그릇을 속여 더 먹었다. 그리고 반장이 작업량 조정을 잘해서 오후에는 즐거운 마음으로 벽돌 쌓기도 했다. 줄칼 조각도 검사에 걸리지 않고 무사히 가지고 들어왔다. 저녁에는 체자리 대신 순번을 맡아주고 많은 벌이를 했으며, 잎담배도 사지 않았는가. 그리고 찌뿌드드하던 몸도 이젠 씻은 듯이 다 나았다.

눈앞이 캄캄한 그런 날이 아니었고, 거의 행복하다고 할 수 있는 그런 날이었다.

이렇게 슈호프는 그의 형기가 시작되어 끝나는 날까지 무려 10년을, 그러니까 날수로 계산하면 3,653일을 보냈다. 사흘을 더 수용소에서 보낸 것은 그 사이에 윤년이 들어 있었기 때문이다.

운 좋은 하루였다고 표현하면서 아이러니 효과를 의도했습니다. 이유는 영창에 가지 않았고 사회주의 생활단지에 배치되지도 않았으며, 점심때는 죽을 두 그릇이나 먹었기 때문입니다. 물론 맛있는 음식도 아닙니다. 귀리죽은 원래 말한테나 먹이는 것이니까요.

작업량 사정도 반장이 적당히 해결한 모양입니다. 유사시에 혹시 필요할지 몰라 줄칼을 몰래 숨겨서 들어왔는데 들키지 않았어요. 저녁에는 체자리라는 부유한 수감자의 소포를 대신 타다 주고 대가를 얻기도 했습니다. 이런 하루하루를 도합 10년, 그러니까 3,653일을 보낼 겁니다. 그리고 오늘은 그중 운이 좋은 날이었고요.

소련 사람들에게마저 이 작품이 충격적이었던 것은 현실감 있는 묘사를 통해 폭로했기 때문입니다. 수용소를 경험한 사람들은 많았지만 자기가 겪은 일, 혹은 주변 사람들이 겪은 일을 이토록 현실감 있는 묘사로 읽어본 건 처음이었지요. 게다가 나뿐만 아니라 모두가 읽을 수 있는 문학 작품이란 공론장을 통해 접했다는 것도 충격적이었습니다. 그런 점에 솔제니친 문학의 의의가 있습니다.

지금은 물론 역사의 한 페이지에 대한 증언으로 남았지만 그런 증언이야말로 문학이 해야 하는 역할이라고 할 수 있습니다. 결국 솔제니친은 작가로서 자기 시대의 증언자 역할을 충실히 한 진정한 작가이고 그런 점에서 위대한 작가라고 생각합니다.

오늘 강의는 여기까지입니다.

# 나보코프와
# 예술이라는 피난처

**나보코프의 『롤리타』 읽기**

"나는 교훈적인 픽션은 읽지도 않고 쓰지도 않는다."

블라디미르 나보코프

# 블라디미르 블라디미로비치 나보코프
### Vladimir Vladimirovich Nabokov • 1899~1977

## 나보코프에 대해서

오늘은 나보코프 이야기를 하겠습니다.

일단 나보코프는 '러시아 망명문학의 대표 작가'입니다. 나보코프 본인도 러시아 문학 전통의 계승자라는, 아니 적통이라는 자부심을 가졌었습니다. 1899년생이라는 의미도 각별하죠. '러시아 국민 문학의 아버지' 푸슈킨의 탄생 연도가 1799년입니다. 나보코프는 푸슈킨 탄생 100주년이 되는 해에 태어난 셈인데, 이게 단순히 우연이겠느냐는 게 나보코프의 생각 같습니다. 어떤 역사적 필연성 같은 게 있다는 거죠. 푸슈킨에서 시작된 러시아 근대문학을 마무리하는 작가가 나보코프라고 할 수 있을까요.

저는 이게 나보코프의 은밀한 자부심이라고 생각합니다. 그가 푸슈킨의 대표작이면서 러시아 문학의 간판이라고 할 수 있는 운문소설 『예브게니 오네긴』을 영어로 번역하고 방대한 분량의 주석서를 펴낸 이유도 거기에 있다고 봅니다. 그 작업을 나보코프는 자신의 '업적'으로 간주했죠. 자신의 소설보다도 더 자랑스러워했습니다.

사실 20세기 러시아 문학에는 야심가들이 좀 있습니다. 노벨문학상 수상 작가인 솔제니친만 하더라도 그 자신이 '20세기의 톨스토이이자 도스

블라디미르 나보코프 (1973)

토예프스키'이고자 했지요. 나보코프의 야심도 그 못지않았다고 생각됩니다. 그는 소비에트 문학을 러시아 문학 전통의 단절로 보았습니다. 러시아 문학의 전통은 망명문학이 계승한 것이고, 나보코프는 그 망명문학의 대표 작가였으니 '푸슈킨에서 나보코프까지', 나보코프는 내심 러시아 문학사가 그렇게 기술되리라 기대했을 법합니다.

### 영어로 작품을 써야 했던 '설움'

간략하게 집안 소개를 하면 나보코프는 명문 귀족 가문 출신입니다. 망명 작가가 될 수밖에 없었던 게, 제정 러시아 때 워낙 호사스러운 생활을 했던 상류층이었기 때문에 혁명 이후에는 러시아에 있을 수 없었

상트페테르부르크에 있는 나보코프의 생가. 현재는 나보코프 박물관으로 쓰이고 있다.

습니다. 페테르부르크에 있던 나보코프가의 집은 고급스러운 대저택입니다. 남부럽지 않게 살다가 러시아 혁명 이후 급전직하로 몰락하지요. 그의 아버지는 혁명에 반대한 백군 편에 가담했다가 백군의 크림정부에서 법무부 장관까지 하지만 1922년에 암살됩니다. 동생은 히틀러 치하의 나치에게 죽임을 당하고요. 상당히 불행한 가족사지요. 그런 이유도 있으리라고 보는데, 나보코프는 작가의 실제 삶과 문학작품을 연결하려는 시도에 격렬하게 거부감을 보입니다. 혐오하는 수준이에요. 그러니까 프로이트주의적 작가 심리학 따위를 아주 싫어합니다. 그런데 뒤집어 보면 그의 그런 태도에 프로이트적 기원이 있습니다.

러시아 혁명 이후 망명해서 영국 케임브리지 대학교에서 공부한 뒤 베를린의 러시아 망명 문단에서 '시린'이란 필명으로 활동하다가 잠시 파리를 경유하여 일자리를 찾아 미국으로 건너간 해가 1940년입니다. 파리에

서 완성한 최초의 영어 소설 『서배스천 나이트의 진짜 인생』(1941) 이후
엔 주로 영어로 작품을 썼기 때문에 나보코프는 '러시아어 작가'이면서
동시에 '영어 작가'이기도 합니다. 브라이언 보이드라는 미국 연구자가
쓴 방대한 전기가 『러시아 시절』과 『미국 시절』 두 권으로 되어 있는 것
은 그런 이유에서입니다. 이 책은 나보코프 전기의 '종결자'라 할 만한데,
러시아어로도 번역돼 있습니다.

미국으로 건너간 뒤 시민권도 얻고 코넬 대학교를 비롯한 여러 대학에
서 강의도 했지만 나보코프가 미국이란 나라에 별다른 애정을 느끼진 못
한 듯해요. 『롤리타』가 폭발적 반응을 얻어 막대한 인세 수입이 생기자
곧장 스위스로 떠나는 데서 알 수 있습니다. 영어권뿐 아니라 전 세계적
으로 유명한 작가의 반열에 올랐음에도 나보코프가 자신의 삭가석 운명
을 유쾌하게 생각한 것 같지는 않습니다. 러시아 작가이면서 불가피하게
영어로 작품을 쓸 수밖에 없다는 것은 작가로서 불운이죠. 스스로도 '설
움'이라고까지 말합니다. 자발적으로 다른 언어를 선택한 경우와는 사정
이 다릅니다.

모국어가 아닌 언어로 쓴다는 것은, 아무리 능숙하더라도 일종의 '작
문'입니다. 작가적 본능으로 쓰는 게 아니니까요. 나보코프의 가장 인상
적인 사진은 책상머리에 두꺼운 영어사전을 놓고 찍은 겁니다. 그게 제가
떠올리는 작가 나보코프의 이미지입니다. 영어는 아무래도 나보코프에
게 제2의 언어죠. 물론 그는 분명 영어권의 대표 작가이고 『롤리타』 같은
작품은 영어권 100대 소설에서도 상위를 차지하는 20세기 대표작 중 하
나지만, 아무래도 본인은 영어에 대해 약간 콤플렉스가 있었을 가능성이
높습니다. 아마 제임스 조이스 정도가 나보코프보다 영어를 더 잘했을 것

같은데, 그럼에도 러시아어에 대해 갖고 있는 자신감이랄까, 모국어의 섬세한 감각을 영어로는 충분히 발휘할 수 없다는 자괴감, 그런 걸 한편에 갖고 있지 않았을까 싶어요.

### 『롤리타』의 작가이자 나비 박사 나보코프

『롤리타』로 이름을 떨치기 전까지 미국에서 나보코프는 그냥 소설을 쓰는 문학 교수 정도였어요. 작가의 생애에 『롤리타』가 중요한 전환점이 된다고 해야겠죠. 나보코프의 문학 강의도 유명해서 책 세 권으로 나와 있습니다. 『러시아 문학 강의』가 있고, 그보다 훨씬 두꺼운 서구 고전문학 강의인 『문학 강의』, 마지막으로 조금 얇은 『돈키호테 강의』가 있습니다. 나보코프라는 작가가 서구의 고전문학을 얼마나 세밀하게 읽어 냈는지 엿볼 수 있는 자료들입니다.

또 하나 특기할 만한 것은 '인시류 학자'로서의 나보코프입니다. 나비와 나방을 통틀어 인시류라고 하죠. 나보코프는 아마추어 학자가 아니라 전문가 수준이었습니다. 하버드 대학교 비교동물학박물관의 연구원까지 했고 전문적 논문도 20여 편 발표합니다. 최초로 발견해 자신이 직접 이름을 붙인 나비도 있을 정도입니다. 이렇듯 인시류를 끔찍이 좋아한 그의 취미와 문학세계가 무관하지 않습니다. 나비는 애벌레와 번데기를 거쳐 성충이 되는데, 그런 변태 혹은 변신 모티브가 나보코프 문학에 많이 사용되거든요.

결혼은 베라 슬로님이라는 여성과 26세에 합니다. 1934년 둘 사이에 드미트리 나보코프라는 외아들이 태어나지요. 이 드미트리가 나중에 나보코프의 러시아어 작품을 영어로 옮길 때 아버지를 도와 공역 작업을

나비를 채집한 뒤 표본으로 만드는 나보코프.

합니다. 나보코프 사후에는 유일한 상속자이자 나보코프 전작의 저작권자였습니다. 그런 그의 이름이 2009년 언론에 다시 등장했습니다. 스위스 은행에 보관돼 있던 나보코프의 미완성 유작『오리지널 오브 로라』가 출간됐기 때문입니다. 원래 나보코프가 공개하지 말라고 유언을 남긴 작품인데, 드미트리 말로는 꿈에 아버지가 나타나서 출간해도 좋겠다고 했답니다.

나보코프의 생애에 대해선 직접 쓴 자서전도 참고할 수 있습니다.『말하라, 기억이여』라는 작품입니다. 주로 어린 시절 얘기인데, 흥미로운 건 이 자서전에도 '작가'가 두 명 등장한다는 점입니다. 자서전의 주인공으로서 '나'와 그의 이야기를 기억하고 기록하는 '나'가 두 작가입니다. 사실 자서전이라는 형식의 기본적 구도이기도 하죠. 한데 두 '나' 사이의 관계가 나보코프 소설의 기본 구도라는 것이 중요합니다. 나보코프의 문학관이라고 할 만한 대목에서 그는 이렇게 말합니다.

> 과학자들은 공간의 한 지점에 존재하는 모든 것을 살피는 반면 시인들은 시간의 한 지점에 존재하는 모든 것을 느낀다.

이 대목을 그는 자신의 철학적 친구 비비안 블러드마크의 말이라고 인용하지만, 다 속임수입니다. 블러드마크라는 철학자는 없거든요. 나보코프가 지어낸 이름입니다. '비비안 블러드마크'는 『롤리타』에 등장하는 '비비안 다크블룸'과 마찬가지로 '블라디미르 나보코프(Vladimir Nabokov)'의 아나그램입니다. 즉 철자를 재배열해서 만든 이름입니다. 자신의 분신 격인 인물이죠. 나보코프는 이런 가면을 쓰고 자기 소설에 직접 등장하기도 합니다. 『롤리타』에서 퀼티의 애인으로 등장하는 다크블룸이 그런 경우죠. 영화감독으로 치면 자기 영화에 꼭 카메오로 출연하는 히치콕을 닮았다고 할까요. 실제로 히치콕이 공동 작업을 제안하기도 했는데 아쉽게 무산됩니다. 두 사람은 1899년생 동갑내기이기도 하죠.

나보코프의 작품은 대부분 고도로 계산된 트릭이고 게임의 성격을 갖습니다. 실제로 나보코프는 체스를 무척 좋아했습니다. 『루진의 방어』라는 소설에서는 체스 기사를 주인공으로 내세우기도 했어요. 체스에서의 문제풀이나 수싸움 같은 요소들을 소설에 가져오기 때문에, 어떤 때는 체스의 수를 알아야 이 부분의 내용이 무슨 의미인지 파악할 수 있는 경우도 있습니다. 지능을 필요로 하는 유희적인 소설인 거예요. 그래서 나보코프 전공자들은 체스 공부도 해야 합니다.

아내 베라와 체스를 두는 나보코프.

또 하나, 작가로서 나보코프에게서 짚어야 할 것으로, 시에 대한 콤플렉스가 있습니다. 그는 시집도 여러 권 냈지만 시에서 큰 인정을 받지는 못했습니다. 그런 만큼 인정받고 싶은 욕망이 있었죠. 그는 그걸 소설로 풉니다.

### 텍스트 바깥의 '의미'를 다루지 않는 난센스의 문학

나보코프 소설은 산문이지만 시적 원칙을 따릅니다. 산문에서 중요한 건 텍스트 바깥의 무언가를 지시하는 지시성이지만 시는 다르지요. 시의 언어는 자기 지시성의 언어입니다. 로만 야콥슨은 언어의 그런 면을 일컬어 '시적 기능'이라고 합니다. 그런데 나보코프의 소설들을 보면 그런 자기 지시성의 언어가 넘쳐납니다. 예를 들어 묘사할 때 컵이 있고, 책상이 있고, 이런 식으로 연결되는 게 아니라 컵이 나오면 컵과 연관

『사형장으로의 초대』 자필 초안.

된 소리에 이끌려 다음 장면이 연결되는 거예요. 그게 나보코프식 서사
방식입니다.

『사형장으로의 초대』라는 작품도 보면 묘사하는 게 아무것도 없어요.
이게 도대체 어느 시대, 어느 나라의 감옥인지 알 수 없게 돼 있습니다.
그냥 친친나투스라는 주인공이 사형선고를 받고 수감됩니다. 그런데 언
제 사형이 집행될지 몰라요. 그러다 사형이 집행되는 날 탈출하는 이야기
예요. 친친나투스는 작가의 초상이기도 한데, 작가의 역량이라면 상상력
이죠. 그런데 그걸 발휘하지 못해요. 날짜가 정해져 있지 않으니 어느 정
도 분량의 이야기를 꾸며내야 할지 견적을 낼 수 없기 때문이지요.

그러다가 형 집행일이 확정되고 마지막 카운트다운이 시작되니까 온

전하게 작가적 역량을 회복해서 빠져나옵니다. 자신을 가두었던 감옥이라든가 간수들이 다 무력한 환영이 돼버려요. 작품에서 친친나투스 주변의 여러 인물이 배역을 바꿔가면서 등장합니다. 그러니까 리얼리티와는 전혀 관계가 없는 작품이에요. 마치 연극 무대 같고, 사건은 친친나투스의 상상력 속에 세워진 환영적 공간에서 벌어지는 듯 보입니다.

『롤리타』는 조금 더 리얼리티가 있는 것처럼 보이지만 역시나 작가의 어떤 상상적 세계 속의 구축물이에요. 그렇기 때문에 윤리, 비윤리 따질 만한 것이 없습니다. 그런 것은 전혀 관계없어요. 언어유희적 측면에서도 보면, 예를 들어 'act'란 단어는 법조문도 가리키고 성행위도 가리킵니다. 'Carmen'은 '카멘'도 되고 '카르멘'도 되고요. 강간범을 뜻하는 'rapist' 앞에다 정관사 'the'를 붙이면 '처유지(Therapist)'란 뜻이 됩니다. 마치 언어유희의 박람회장 같은 인상마저 줍니다. 시인이 되지 못한 '한풀이'를 다하는 것처럼 보일 정도예요. 이러한 언어유희는 주로 단어 이하의 수준에서 벌어집니다. 단어를 분해해서 재조립해요. 아나그램이 대표적이죠. 명제들로 구성되거나 단어들로 구성된 세계가 있다면, 한편으로는 철자들로 구성된 세계가 있을 것입니다. 나보코프가 다루는 건 후자 쪽의 세계입니다.

요컨대 나보코프는 무척 시적인 산문을 쓰는 작가입니다. 그래서 텍스트 '바깥'에는 별로 관심이 없습니다. 바깥은 지시하지도 않아요. 『롤리타』도 주인공들이 미국 전역을 돌아다니지만 정작 미국에 대해서는 아무것도 얘기하지 않습니다. 동시대의 미국, 그 시대의 시대적 지표가 될 만한 뭔가가 있겠지 싶지만 아무것도 없어요.

나보코프는 러시아 작가론으로 『니콜라이 고골』이라는 책도 썼습니다. 그는 고골을 한마디로 난센스 작가로 봅니다. 그런 고골론을 저는 나보코프론으로 읽을 수 있다고 생각해요. 나보코프 문학 전체도 일종의 난센스 문학이라는 말이죠. 그의 문학은 '의미'를 다루는 문학이 아니에요. 의미를 지시성과 관계있는 것으로 본다면요. 이건 중요하지 않습니다. 지시성을 제거한 문학, 그래서 난센스 문학입니다. 나보코프는 고골에 대해 이렇게 얘기합니다. "고골의 작품은 19세기 러시아에 대해 아무것도 알려주지 않는다." 왜 알 수 없냐면 아무것도 가리키지 않으니까요. 『죽은 혼』이니 「검찰관」이니 하는 작품이 있지만 실제 러시아적 삶과는 별로 관계가 없다고 봤어요. 이것이 고골 문학을 읽는 한 가지 관점인데, 독특한 고골론이라고 할 수 있습니다.

### 러시아어 작가 나보코프와 영어 작가 나보코프의 합체

이제 나보코프의 작품 세계로 한 발짝 더 들어가겠습니다. 주로 두 작품, 첫 영어 소설인 『서배스천 나이트의 진짜 인생』과 대표작 『롤리타』에 대한 검토입니다.

『서배스천 나이트의 진짜 인생』은 나보코프의 소설 가운데 가장 '약한 소설'입니다. 러시아 소설의 대가였다 하더라도 영어 소설은 종류가 다르고 나보코프로서도 언어를 바꿔서 소설을 쓰는 일이 만만치 않았을 테지요. 이 소설은 마지막 러시아어 장편인 『재능』을 연재하기 시작한 1937년 무렵에 쓰기 시작합니다. 작품 초반에 작가 서배스천 나이트의 죽음을 두고 한 비평가가 이렇게 평하는 게 나옵니다.

"불쌍한 나이트! 그에게는 두 시기가 있었는데, 첫 시기는 엉터리 영어를 쓰는 멍청이였고, 두 번째 시기는 멍청한 영어로 글을 쓰는 엉터리였지."

말장난이기는 한데 결론은 멍청한 영어로 쓰는 엉터리 작가라는 것이죠. 러시아어에서 영어로 언어를 바꾸면서 나보코프가 가장 두려워했을 법한 것이 이것이라고 생각합니다. 예를 들어 "나보코프라는 작가가 있는데 러시아어로 쓰다가 영어로 쓰더라. 근데 얼마나 한심하던지 말이야" 같은 평판이 두려웠겠죠. 그런 평가에서, 그런 수군거림에서 벗어나 영어 작가로도 인정받을 수 있을까? 이게 나보코프의 최대 고민거리였을 거예요. 『서배스천 나이트의 진짜 인생』은 그걸 주제로 삼았습니다.

소설의 내용은 이렇습니다. 서배스천 나이트란 작가가 죽어요. 1899년 생이고 1936년에 갑작스럽게 죽는다고 돼 있는데, 나보코프가 러시아어로는 절필하겠다고 결심한 나이로 짐작됩니다. 러시아 태생 영국 작가가 소설을 다섯 권 남기고 서른여섯의 나이로 죽는다는 설정입니다. 소설의 화자인 '나'는 '브이(V)'라는 이름의, 서배스천 나이트의 이복동생입니다. 이복형의 출판 매니저였던 굿맨의 전기 『서배스천 나이트의 비극』이 결함투성이임을 발견하고 이복형의 새로운 전기를 쓰고자 유품을 뒤져 관련 자료를 수집합니다. 그런데 그렇게 전기를 써나가다가 작품 끝에 가서는 동생 브이가 형만 한 수준에 도달합니다. 그리고 아예 형과 분리가 안 돼요. 내가 서배스천 나이트인지, 서배스천 나이트가 나인지 분리 불가능한 상태까지 갑니다. 그러면서 작품이 끝나요.

저는 이 작품이 이면적으로는 영어 작가 나보코프가 러시아어 작가 나보코프가 간 길을 모방하고 따라가는 것, 그렇게 해서 하나의 작가로 합체되는 과정을 담은 작품이라고 생각합니다. 맨 마지막 문장이 의미심장하게도 이렇습니다.

나는 서배스천이다, 혹은 서배스천이 나다, 아니면 우리 둘 다 우리가 모르는 누군가다.

서배스천 나이트란 이름의 '나이트(Knight)'에는 체스 말의 기사(knight)란 뜻도 있지요. 나보코프 소설의 작중인물은 작가가 부리는 말이기도 합니다.

영혼은 항구적인 상태가 아니라 존재 방식일 뿐이며, 내가 영혼의 파동을 발견하고 따라간다면 어떤 영혼이라도 나의 것이 될 수 있다는 사실이다. 내세는 어떤 영혼이라도 선택해서, 아무리 많은 영혼 속에서라도 의식적으로 살아갈 수 있는 능력을 의미하는지도 모른다. 그 영혼 모두가 자신들이 짊어진 짐을 서로 맞바꿀 수 있다는 사실을 모르고 있다. 그러므로 나는 서배스천 나이트다.

브이와 서배스천의 관계라는 맥락에서 보면, 여기서의 '영혼'은 '언어'란 뜻으로 번역해서 이해해도 무방할 듯합니다. 작가에게 가장 중요한 것(영혼)은 바로 언어가 아니겠습니까. 그럴 경우, 브이의 깨달음은 언어(영혼)가 절대적인 것이 아니라는 것, 즉 그것이 교체 가능하다는 것이죠. 문제는 언어(영혼)의 맥박과 리듬을 잘 찾아내고 따라가는 것입니다. 여기서 '맥박'은 한 영혼이 지닌 고유한 생의 리듬입니다. 이 리듬을 공유해서 영혼은 서로 교환되고 합일된다는 것이지요. 이것을 통해 브이, 그리고 나보코프가 말하고자 하는 바는 우주적 차원에서의 동시화(cosmic synchronization)라는 형이상학입니다. 이때의 동시화는 곧 시간적 동시성의 구현인데, 이에 따라 개체적·개별적 존재가 지닌 시간의 단속성(불연속성)과 유한성은 극복될 수 있습니다. 즉, 우리 영혼은 불멸의 삶을 살게 되는 것이죠.

나보코프가 시간을 믿지 않는다고 한 것은 이런 맥락에서 음미해볼 수 있습니다. 이건 소설가의 세계관이라기보다는 전형적인 시인의 세계관입니다. 결국 이 소설은 습작가인 브이가 서배스천의 행적과 작품 세계를 더듬어가면서 이 이복형의 맥박(리듬)을 배워가는 과정을 그렸다고 봐도 무방할 것입니다. 그리고 이 소설의 끄트머리에 와서 브이(영어 삭가로서의 나보코프)가 마침내 자신의 반쪽인 서배스천(러시아어 작가로서 나보코프)을 따라잡게 되죠. 아니, 더 정확하게 말하면, 이제 대신하게 된 것입니다. 그의 이름 브이는 승리의 브이인 셈입니다.

### 나는 내가 하고자 했던 것, 쓰고 싶었던 것 다 이뤘다

나보코프는 어떤 작가였던가요? 그 자신에게서 정의를 찾자면, "나는 책을 쓰기 시작할 때 이 책을 끝내버리겠다는 것 외에 달리 생각이 없는 그런 작가"였습니다. 그러니 메시지 따위가 문제될 리 없습니다. 오직 하나, 끝내는 것. 그게 목적이고 그것만 생각하면서 씁니다. 하지만 또 함부로 막 끝낼 수는 없습니다. 시작과 중간이 있어야 끝이 있으니까요. 따라서 분량이 있어야 하고, 여정이 있어야 합니다. 산술적으론 1만 단어면 1만 단어, 2만 단어면 2만 단어가 빼곡히 들어가서 이야기를 만들어야 합니다. 그래야 끝이 나는 것이죠. 그게 나보코프의 유일한 관심사입니다. 세계를 뒤집어놓거나 인류를 구원하겠다? 그런 건 말도 안 되는 생각이고, 나보코프는 그런 관점은 거들떠보지도 않았습니다.

나보코프는 1977년에 세상을 떠나는데, 1962년에 『창백한 불꽃』이란 문제작을 발표하고 난 뒤 1975년에 대표적인 단편집을 하나 더 출간합니다. 그러고는 아들과 등산을 갔는데, 산 정상에서 이렇게 얘기했다고 해요. "나는 다 이뤘다." 정말 보기 드문 작가입니다. 여느 작가들 같으면 생의 남은 시간과 경쟁하면서 필사적으로 대표작을 쓰려고 조바심칠 텐데, 나보코프는 아주 여유만만하게 "나는 내가 하고자 했던 것, 쓰고 싶었던 것 다 이뤘다"라고 말한 것이죠. 그러고서 떠났습니다.

그러고는 제임스 조이스 못지않은 '나보코프 산업'이 일어나게 됩니다. 그 또한 '박사학위 논문을 위한 사냥터'가 되고요. 연구자들에겐 그런 작가들이 좋죠. 마음껏 뛰어다니면서 학위 논문을 하나씩 써내는 겁니다. 그러다 보면 대학에 자리도 얻을 수 있고요. 나보코프가 그런 수준의 작가입니다. 나보코프 연구소도 있고, 나보코프 학회도 있고, 나보코프 저널도 있습니다. 나보코프로 먹고사는 사람들이 무척 많습니다. "뭘 전공하십니까?" "나보코프요, 나보코프 전공입니다." 그렇게 많은 사람에게 일자리를 제공해주기도 한 작가입니다. 사실 톨스토이, 도스토옙스키도 마찬가지고, 무척 고마운 분들이에요.

나보코프가 그 고마운 분들의 랭킹을 매긴 게 있습니다. 나보코프가 꼽은 가장 위대한 러시아 작가 순위인데요, 1위가 톨스토이, 2위가 고골, 3위가 체호프, 4위가 투르게네프순입니다. 뭔가 이상한가요? 맞습니다. 도스토옙스키가 빠졌습니다. 나보코프는 도스토옙스키를 이류 작가로 평가절하합니다. 그런데 아이러니하게도 그에게 더 많은 영향을 끼친 작가는 톨스토이가 아닌 도스토예프스키입니다. 특히 이른바 '분신 테마'는 나보코프의 트레이드마크처럼 여겨지는데, 이게 도스토예프스키에게서 가져온 것입니다. 당대에는 혹평을 받았지만 『가난한 사람들』에 이은 도스토예프스키의 두 번째 작품이 바로 『분신』이고, 나보코프도 이 작품만은 좋게 평가했습니다.

『롤리타』에 등장하는 퀼티와 험버트도 서로 분신 관계이고, 나보코프의 많은 소설에서 이 테마가 긴요하게 사용됩니다. 『절망』은 특히 분신 테마에 바쳐진 작품이라고 할 수 있습니다. 그럼에도 그는 도스토예프스키 문학에 인색한 평가를 내려요. 지나치게 설교적이라는 이유에서입니다. 나보코프가 톨스토이를 높이 평가할 때도 물론 설교가나 사상가로서 톨스토이가 아닌 예술가로서 톨스토이를 높이 평가하는 겁니다. 톨스토이의 대표작으로 나보코프는 『안나 카레니나』를 꼽습니다. 그의 『러시아 문학 강의』를 보면 이 작품에 대해 상당히 길게 해설을 붙여놓아서 전체 분량의 3분의 1에 이를 정도입니다.

톨스토이에 대해 나보코프가 직접 인용한 유명한 에피소드가 있습니다. 『안나 카레니나』를 끝낸 이후 소설 쓰기를 중단한 지 오래인 톨스토이가 만년의 어느 날 아무 책이나 한 권 꺼내들고 중간부터 읽기 시작합니다. 무척 재미있어서 표지를 보았더니 『안나 카레니나』였다는 이야기입니다. 나보코프가 보기에는 이게 최고의 예술 작품이라는 뜻입니다. 그의 주장대로 작가와 작품이 완벽하게 분리된 사례가 아닐까요. 자기 자신으로부터도 분리된 작품을 썼으니까 톨스토이가 얼마나 위대한 작품을 썼느냐는 거지요. 그런 것이 진짜 작가이고, 진짜 작품이다, 나보코프의 생각은 그런 것 같습니다.

나보코프는 소설을 어떻게 읽어야 하느냐는 물음에 다음과 같이 대답했습니다. "소설은 읽고 또 읽어야만 합니다. 아니면 읽고 읽고 또 읽든가요." 그게 소설을 읽는 두 가지 방법입니다. 그의 소설도 예외는 아닙니다. 그런 읽기를 통해 '심미적 희열'에 도달한다면 다른 건 중요하지 않습니다.

사실 험버트 험버트가 자신의 님펫인 롤리타(12세)와 걷잡을 수 없는 사랑에 빠지는 이 '불륜담'(그래서 논란이 됐지만)에 혹자는 동정을 느낄 수도 있고, 혹자는 부러움 섞인(?) 불쾌감을 느낄 수도 있을 것입니다. 하지만 이 표면적 이야기의 이면에서 작가 나보코프가 정말로 말하고자 했던 바는 무엇이었을까요?

앞에서 말했듯이 영어를 쓰는 미국 작가가 되기 이전에 나보코프는 이미 재능이 탁월한 러시아 작가였습니다. 그가 자신의 모국어를 포기하고 영어로 글을 쓸 수밖에 없었던 설움이 바로 롤리타에 대한 험버트의 포르노그래피적 사랑의 배면에 깔려 있습니다. 그런 맥락에서 저는 『롤리타』가 결코 에로틱하지 않으며 비윤리적이지도 않다고 생각합니다. 작가의 표현을 빌리면, 유머 누아르이되 좀 슬픈 유머 누아르일 뿐이죠. 왜냐하면 님펫으로 상징되는 우리의 어린 시절은 결코 다시는 회복할 수 없는 것이니까요.

# 나보코프의 『롤리타』 읽기

## 세 작가의 이야기, 『롤리타』

이 작품은 처음에 미국이나 영국에서 출간하지 못하고 1955년 프랑스에서 출간합니다. 파리의 올랭피아 출판사라는 곳인데, 『로빈슨 크루소의 성생활』 같은 좀 '이상한' 책들을 내던 곳이었습니다. 나보코프가 내막을 잘 알지 못하고 그 출판사와 접촉이 돼 책을 냈는데, 처음에는 가명으로 출간하려 했습니다. 자기 생각에도 스캔들이 터질 것 같았으니까요. 하지만 출판업자가 대범하게 본명으로 내라고 권유했다고 합니다. 그래서 나보코프라는 이름을 달고 『롤리타』가 출간되었고, 파리에 주둔하던 미군들이 이 책을 먼저 읽으면서 입소문이 나기 시작했습니다. 그러면서 곧 폭발적 반응이 일어나고 미국판이 나옵니다. 1958년에 출간된 미국판은 첫 3주 동안 10만 부가 나갔다고 합니다.

이 소설은 아시다시피 험버트 험버트란 인물의 수기로 돼 있습니다. 말하자면 그가 저자입니다. 하지만 실제 저자는 아니죠. 그는 가짜 저자이고 이 작품의 진짜 '주인'은 따로 있습니다. 험버트 험버트를 인물로 그리는 작가 나보코프죠. 그래서 작가를 참칭하는 험버트 험버트는 작품에서 조롱거리가 됩니다. 허수아비처럼요. 작품에서 험버트는 '나'라는 1인칭으로도, '험버트'라는 3인칭으로도 불리죠. 자기가 쓰는 수기에서 3인칭을 쓰는 건 뭔가 수상쩍습니다. 게다가 이름도 '험버트 험버트'예요. 뭔가 반복, 중복되고 있어요. 이름 자체에서 이미 진품의 신뢰도가 떨어져요. 뭔가 반복되고, 재탕되고, 복사되고 있기 때문입니다.

그래서 이 작품을 재미있게 읽는 독법은 그렇게 세 작가 이야기로 읽

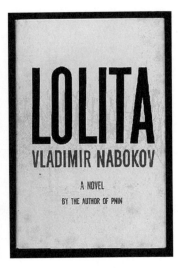

1955년 파리에서 출간된 『롤리타』의 초판과 1958년 출간된 미국판의 표지.

는 것입니다. 험버트 험버트라는 작가, 롤리타를 사이에 두고 험버트와 경쟁하는 퀼티라는 작가, 그리고 나보코프. 험버트 험버트가 롤리타를 뒤에서 조종했다고 퀼티를 찾아가 죽이는데, 번지수를 잘못 짚은 거예요. 실제 작가는 따로 있으니까요. 험버트가 퀼티를 찾아가 엎치락뒤치락 싸우는 장면이 나오지만, 이건 허수아비들의 싸움입니다. 이 작가들의 이야기, 그 안에 롤리타와 험버트의 불륜 이야기가 끼어들어 있는 것이죠. 험버트가 님펫이라고 부르는 9~14세 소녀들에 대한 이상성욕을 롤리타 콤플렉스라고도 하는데, 그런 이야기가 표면적 서사라고 하면 배면에 있는 서사는 '작가들'이 저작권을 두고 벌이는 싸움이라 할 수 있습니다.

또 한편으로 생각해볼 수 있는 것은 작가 나보코프에게 이 작품이 갖는 의미입니다. 이 작품의 창작 동기와 직접 관계있는 건데요. 저는 『롤리타』가 나보코프의 노스탤지어를 그린 작품이라고 생각합니다. 어린 시절에 대한 노스탤지어. 다시는 돌아갈 수 없는, 회복할 수 없는 유년에 대한 그리움 같은 것이고, 그가 러시아에서 유년 시절을 보냈기에 러시아에 대한 그리움과 겹칩니다. 물론 작품에서 작가가 이런 주제를 직접 노출하진 않습니다.

## 어떠한 도덕적 교훈도 없는 소설

『롤리타』란 작품은 특이하게 작가가 뒤에 후기를 붙여놓았어요. 「『롤리타』에 대하여」라고. 1958년 영어판이 미국에서 나올 때 붙인 글인데, 지극히 예외적이고 나보코프의 문학관과도 배치됩니다. 작가와 작품은 분리해서 봐야 한다는 게 나보코프 문학적 신념이기 때문이죠. 하지만 독자로서는 작품을 읽는 데 유익한 실마리를 얻기에 유리한 면도 있습니다. 독서가 작가와 독자 사이의 게임이라면 말이죠.

나보코프의 고백에 따르면 그는 이 작품을 1955년에 교정을 본 다음 거들떠보지도 않았다고 합니다. 그런데 영어판이 미국에서 나오면서 하도 시끄러운 말들을 듣게 되고, 너무 많은 오해가 난무하니까 작가로서 불편한 심사를 털어놓고 맙니다. 그가 뭐라고 하느냐면, "나는 교훈적인 소설은 쓰지도 않고 읽지도 않는다"라고 해요. 에두르지 않고 단도직입적으로 말합니다. "존 레이가 뭐라고 말하든 간에 『롤리타』는 가르침을 주기 위한 책이 아니다." 『롤리타』에는 존 레이 주니어의 서문이 들어 있는데, 그 서문조차도 일종의 게임이라는 것이죠. 문학을 도덕적 교훈을 전달하기 위한 매개로 삼는 태도, 그런 계몽주의적 태도야말로 나보코프가 가장 혐오한 문학관이기도 합니다. "어떤 국가 또는 사회계층 또는 작가에 대한 정보를 얻으려고 문학 작품을 연구하는 것은 유치한 짓이다"라는 게 나보코프의 기본 태도입니다. 그런 태도에 반대하여 그가 내세우는 것은 일종의 미학주의입니다. 그는 이렇게 적어놓았어요.

> 나에게 소설이란 심미적 희열을, 다시 말해서 예술을 기준으로 삼는 특별한 심리상태에 어떤 식으로든 연결되었다는 느낌을 주는 경우에만 존재 의미가 있다.

그리고 나보코프의 속내가 이어집니다. 이 냉정한 작가의 목소리가 좀 높아지지요. "어차피 나의 미국인 친구들은 아무도 내 러시아어 소설을 읽지 못했으므로 그들이 내 영어 소설의 장단점을 평가하는 작업은 아무래도 초점이 좀 어긋날 수밖에 없다." 이것이 그의 불만입니다. 그렇게 해선 자기가 영어로 쓴 작품에 대한 평가가 제대로 될 수 없다고 보기 때문이에요. 그래서 나보코프는 자신이 러시아어로 쓴 작품을 전부 영어로 옮겨놓습니다. 아들과 같이. 그리고 영어로 쓴 작품은 다시 러시아어로 옮겨놓고요. 그렇게 해서 완벽하게 '2개 국어 작가'가 탄생하게 됩니다.

이미 『서배스천 나이트의 진짜 인생』에서 살펴본 대로 나보코프의 문학은 언어의 단절이 있긴 하지만 연속적입니다. 그런데 그걸 제대로 이해해주는 사람이 없었던 것이죠. 그래서 이렇게까지 말합니다. 제가 감동적이라고 생각하는 대목입니다.

> 나의 개인적 비극은, 물론 남들의 관심사가 될 수도 없고, 되어서도 안 되겠지만, 내가 타고난 모국어, 즉 자유롭고 풍요로우며 한없이 다

루기 편한 러시아어를 포기하고 두 번째 언어에 불과한 영어로 갈아
타야 했다는 사실이다.

말하자면 『롤리타』는 그렇게 자유롭고 풍요로우며 한없이 다루기 편
한 러시아어를 버리고 영어라는 두 번째 언어로, 혹은 이류의 영어로 쓸
수밖에 없었던 나보코프의 설움을 담고 있는 소설이기도 합니다. 그런데
이런 건 지극히 개인적 비극이기 때문에 타인의 관심사가 될 수 없음을
작가 자신이 잘 압니다. 그래서 작품에선 전혀 내색하지 않죠. 그러니 『롤
리타』를, '아, 나보코프의 설움이여'라고 읽을 독자는 거의 없을 거예요.
하지만 작가에게 이 작품의 의미는 그렇다는 말이죠. 하지만 그건 '내' 사
정이고, 너희는 너희가 읽고 싶은 대로 읽어라, 이런 데도예요. 나보코프
의 비극이 독자와 공유될 수 있는 성질의 것은 아니니까요.

**푸슈킨에서 나보코프까지 망명문학의 긴 여정**
그의 작품에서 유심히 볼 부분이 시작과 끝입니다. 『롤리타』는
이렇게 시작해요.

롤리타, 내 삶의 빛, 내 몸의 불이여. 나의 죄, 나의 영혼이여. 롤-
리-타. 혀끝이 입천장을 따라 세 걸음 걷다가 세 걸음째에 앞니를 가
볍게 건드린다. 롤. 리. 타.

유명한 서두인데 여기서도 '롤리타'라는 어떤 실제적 인물을 가리키지
않고 '롤리타'라는 기표 혹은 발음을 얘기했어요. 발음이 주는 쾌감, 그런

부분에 더 집중하는 것이죠. 거기서 시작해요. 그래서 '언어'에 관한 소설입니다. 그리고 마지막에는 이렇게 끝납니다.

C. Q.를 동정하지 마라. 나는 그놈과 H. H. 중에서 한 명을 선택할 수밖에 없었고, H. H.가 그놈보다 두어 달이라도 오래 살기를 원했다. 그래야만 후세 사람들의 마음속에 네가 길이길이 살아남도록 할 수 있기 때문이다.

험버트와 퀼티, 둘 중에서 험버트가 더 오래 산 이유는 딱 한 가지밖에 없어요. 기록을 남겨야 하기 때문입니다. 그는 수기를 남겨야 하니까요. 그게 험버트의 알리바이입니다. 그래서 둘 다 허수아비이긴 하지만, 험버트가 퀼티보다는 조금 더 살 필요가 있습니다. 그런 필요가 없어지면, 다른 인물들도 그렇지만 가차 없이 제거됩니다. 이 작품에서도 주요 등장인물들은 험버트와 롤리타를 포함해 모두 죽습니다. 나보코프로선 효용이 다한 인물들을 굳이 오래 살려놓을 필요가 없는 것입니다. 이제 정말 마지막 문장을 보죠.

나는 들소와 천사를, 오래도록 변하지 않는 물감의 비밀을, 예언적인 소네트를, 그리고 예술이라는 피난처를 떠올린다. 너와 내가 함께 불멸을 누리는 길은 이것뿐이구나, 나의 롤리타.

이 작품의 비밀은 혀의 여정, 롤리타를 발음하는 여정이면서 동시에 그것이 불멸성에 이르는 여정이라는 것이죠. 'Lo-li-ta', 이렇게 발음하는 것이 작품 맨 마지막에서도 반복돼요. '롤리타'란 이름을 부르면서 시작된 소설이 '나의 롤리타'를 다시 부르는 것으로 끝납니다. 그리고 이 여정에 불멸성을 부여하는 것이 바로 '예술이라는 피난처'입니다. 시에서라면 롤리타는 뮤즈죠. 시인이 작품을 시작하도록 해주고 끝낼 수 있도록 이끌어주는 것이 뮤즈의 역할이고요. 그리고 예술이란 일종의 피난처라는 것이 나보코프의 망명문학적 문학관이고 예술관입니다.

망명문학의 대표적 구호는 "원고는 불타지 않는다"(불가코프)입니다. 문학이 현실과는 다른 차원의 세계, 다른 질서에 속한다고 보는 거예요. 나보코프도 마찬가지입니다. 문학의 왕국은 따로 있어요. 문학의 질서가 따로 있고요. 러시아 문학에서는 그런 망명문학적 태도를 처음 정초한 작가가 푸슈킨입니다. "시는 시이다"라고 말한 최초의 러시아 시인이기 때문입니다. 시가 뭔가 다른 것을 하기 위한 수단이 아니라는 얘기죠. 즉 시는 그냥 자기 스스로가 목적입니다. 자기 목적적이라고 하죠. 러시아 문학에 그런 계보가 있습니다. 푸슈킨에서 시작되는. 그런 관점에서 보면 나보코프가 적통이기는 합니다. 다시 한번 반복하면 '푸슈킨에서 나보코프까지', 이렇게 되는 것입니다.

나보코프와 함께 20세기 러시아 문학 강의는 여기서 마무리됩니다. 끝까지 함께해주셔서 감사합니다.

찾아보기

이 책에 인용한 한국어판 번역본

고리키, 『어머니』, 최윤락 옮김, 열린책들, 2009

_____, 『밤주막』, 장윤선 옮김, 범우사, 2008

_____, 『은둔자』, 이강은 옮김, 문학동네, 2013

자먀틴, 『우리들』, 석영중 옮김, 열린책들, 2009

플라토노프, 『코틀로반』, 김철균 옮김, 문학동네, 2010

_____, 『체벤구르』, 윤영순 옮김, 을유문화사, 2012

_____, 『귀향 외』, 최병근 옮김, 책세상, 2002

파스테르나크, 『닥터 지바고』, 박형규 옮김, 문학동네, 2018

_____, 『닥터 지바고』, 김연경 옮김, 민음사, 2019

불가코프, 『거장과 마르가리타』, 김혜란 옮김, 문학과지성사, 2008

_____, 『개의 심장』, 김세일 옮김, 창비, 2013

숄로호프, 『고요한 돈 강』, 맹은빈 옮김, 동서문화사, 2007

_____, 『숄로호프 단편선』, 이항재 옮김, 민음사, 2008

솔제니친, 『이반 데니소비치, 수용소의 하루』, 이영의 옮김, 민음사, 1998

_____, 『수용소 군도』, 김학수 옮김, 열린책들, 2009

나보코프, 『서배스천 나이트의 진짜 인생』, 송은주 옮김, 문학동네, 2016

_____, 『롤리타』, 김진준 옮김, 문학동네, 2013